講談社文庫

秘匿捜査

警視庁公安部スパイハンターの真実

竹内 明

講談社

皆さんの成功は世間に広く知られることはありません。その一方で失敗はすぐに喧《けん》伝《でん》されてしまう。だが、あなた方は自分の任務がどれだけ重要で、欠かせないものであるかということに気づいているはずです。あなた方の努力が、どれほど意義深いものであるかは、長い歴史の中で判断されるということも……。

――ジョン・F・ケネディ大統領、一九六一年十一月二十八日、バージニア州ラングレーCIA本部での、職員に向けてのスピーチより。

目次

文庫版の読者の皆様へ

本書はこれまで一切明らかにされてこなかった「スパイ事件の裏面」だ。舞台は東京。主人公は、暗闇で地を這《は》い、泥をなめるような任務を遂行する「スパイハンター」、そして敵役として登場する「スパイ」である。生身の彼らの姿を、世に明らかにしたいという衝動こそが、私を執筆に駆り立てたものだ。

これから描くのは、緻密《ちみつ》な取材に基づいた真実である。私がこの眼で見たものと、百人近くの証言を再構築したノンフィクションだ。文庫版を出版するにあたっては、追加取材によって新たな資料を発見し、ファクトを詰める作業を行ったうえで、加筆することとなった。

インテリジェンス活動は国家として、秘し隠さねばならないもののひとつである。このため、「ニュースソースの保護」の観点から、一部を仮名で展開し、表現に細工を施さねばならなかったことを、ひとまずお許しいただきたい。

本書は、諜報戦が国内で起きていることに眼をつぶり、何ら対応策をとろうとしない、日本という国家への警告でもある。実はその警鐘を鳴らしているのは、筆者の私ではない。組織の末端として諜報戦の現場で闘いながら、切歯《せっし》扼腕《やくわん》している男たちだ。

二〇一一年八月
竹内　明

警察組織の階級と所属

階級／所属	警察庁	警視庁	県警本部	署
—	長　官	—	—	—
警視総監	—	警視総監	—	—
警視監	次　長 局　長 審議官	副総監	本部長	—
警視長	課　長	部　長	本部長 部　長	—
警視正	理事官	参事官 課　長	部　長	署　長
警　視	課長補佐	課　長 管理官	課　長	副署長
警　部	係　長	係　長	課長補佐	課　長
警部補	主任	主　任	係　長	係　長
巡査部長	係	係	主　任	主　任
巡　査	—	係	係	係

警視庁公安部組織図

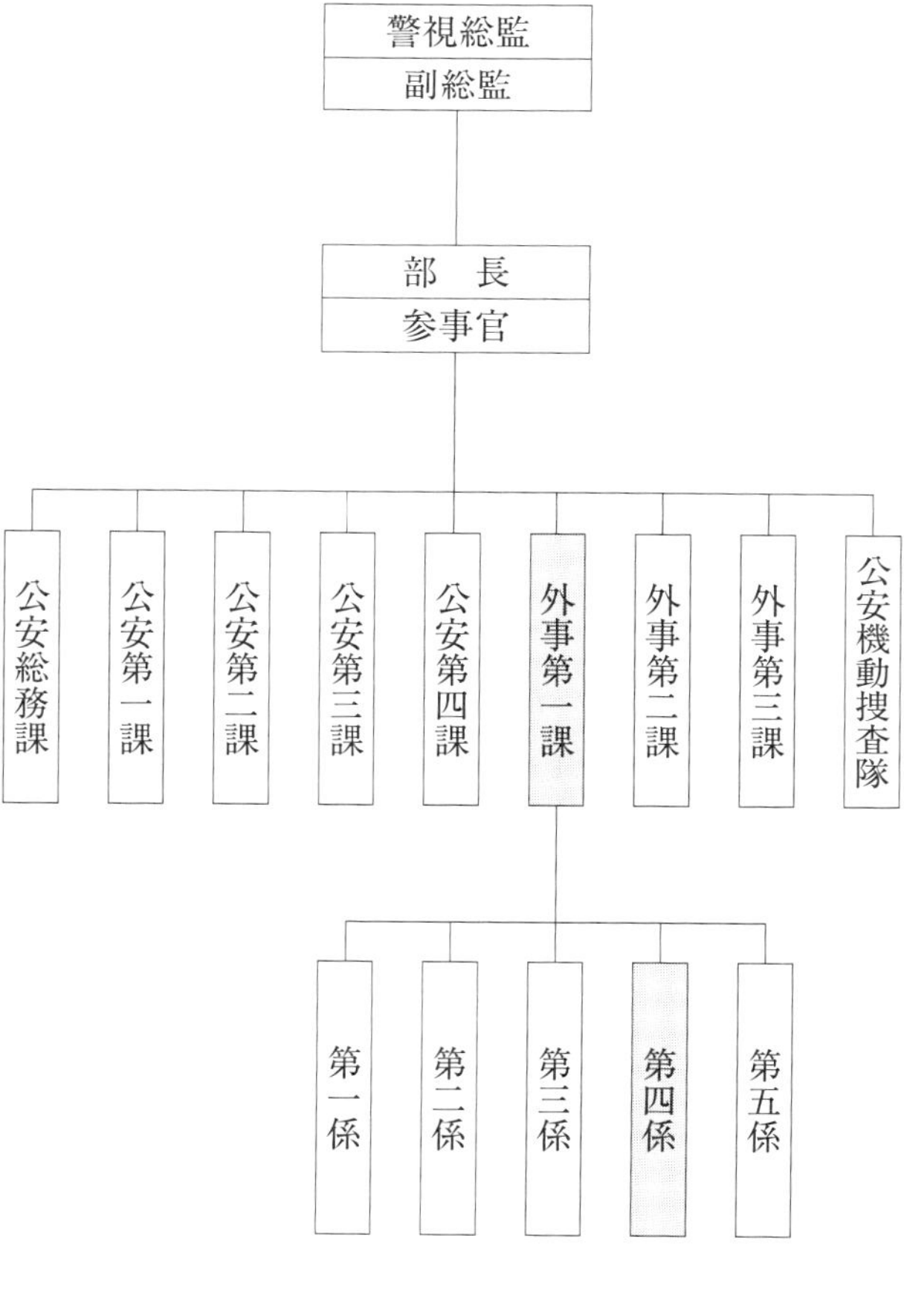
警視総監
副総監
部　長
参事官
公安総務課
公安第一課
公安第二課
公安第三課
公安第四課
外事第一課
外事第二課
外事第三課
公安機動捜査隊
第一係
第二係
第三係
第四係
第五係

プロローグ

異変

列車がホームに進入する轟音《ごうおん》から数秒遅れて、ひんやりとした人工的な風に背中を押された。この風を待っていたかのように、男は上質な純白のワイシャツに空気を孕《はら》ませて、地上に向かう階段を上り始めた。ゆっくりと、慎重に、一歩一歩ステップを踏みしめる男は全身を緊張させ、背後の足音を聞き分けている。

列車が発する唸《うな》り声が、地底から、かすかに聞こえてくると、周囲は台風の目に入ったかのように無風状態となった。次の瞬間、外から湿気をたっぷり含んだ生温い風が、階段を伝わって流れ込んできた。

逆風に顔を叩《たた》かれ、眼を細めたそのとき、階段中腹の踊り場を左に折れた男のフットワークが突如として軽くなった。膝と足首の柔軟なバネを十分に使って、歩幅を一気に広げると、まるで断崖で獲物を追う雪豹のように、階段を駆け上り始めた。

階段を不規則に下りてくる人々の流れをコントロールしているかのごとく、隙間を縫いながら、階段のてっぺんまで一気に上った男の姿は、初夏の日差しを浴びて一瞬、黒いシルエットになった。眩《まぶし》い光に眼を細めた瞬間、男は視界から完全に消え去った。

「お客さん、出口で待機している。脱尾《だつび》しろ」

ワイヤレスイヤフォンを通じてくぐもった声が聞こえた。無感情で、しかも囁《ささや》くような声だ。

「了解。脱尾する」

ダークブロンドの髪に整った顔立ちの外国人の男は、息ひとつ切らせていなかった。地下鉄出口で十秒間立ち止まって、後続の人の流れをゆっくりと睥睨《へいげい》し、何人かの容姿を脳裏に登録すると、男はくるりと反転し、再びゆっくりと歩き始めた。

ジャケットを右手に持ち、黒いレザーハードケースを左手に提げている。逞《たくま》しい僧帽筋が歩を進めるたびに動き、盛り上がった広背筋は緊張している。

「点検が激しくなった」

男は突然立ち止まり、何かを思い出したかのように、右に半転すると、オフィスビルの玄関をくぐった。建物が二棟並んで建ち、二階が渡り廊下で連結されているツインタワー形式のビルだ。

「お客さん『カゴ抜け』するぞ！」

「対象は南館から地下に入った。山ちゃんは二階から行こうか」

二つのビルは二階の渡り廊下だけでなく、地下のレストラン街でも繋がっている。レストラン街は地下鉄の駅にも繋がっている複雑な構造であることは、とうに確認済みだ。

「俺は地下鉄側の出入り口に回る」

五分後、ダークブロンドの刈り揃《そろ》えられた頭部が、地下鉄出入り口から上ってくるのが見えた。碧眼《へきがん》の若い外国人が、視界の隅で一瞬微笑んだように見えた。目を合わせずに擦れ違い、男の歩調に耳を澄ませた。

「二番出口上ったよ。頼むぞ」

このロシア人の追跡を始めてから五時間にもなる。男がビジネスマンでも観光客でもないことは、この日の特異な行動からも明らかだ。繁華街から住宅街を抜け、電車に一時間ほど乗って、途中の駅で発車間際に飛び降りた。寂《さび》れた喫茶店に入って何やら注文したが、料理が出てくる前にトイレに行くふりをして店を出た。

男は再び都心に戻り、今度は地下鉄を乗り継ぎながら三時間にわたって東京の住宅街を徘徊して、再び「職場」に戻ろうとしている。七時間もの間、誰にも接触せずに、ただひたすら歩き続けたのである。

警視庁公安部外事第一課第四係「ウラ作業班」所属の「スパイハンター」が、完全秘匿で追尾《ついび》していた男の名は、ウラジーミル・ペツケビッチ。三十五歳になる「在日ロシア連邦通商代表部」の職員だった。

在日ロシア連邦通商代表部とは貿易、通商に関する調査、政策立案を担当するロシア連邦の政府機関で、ＪＲ品川駅から徒歩六分、西武グループのホテルが林立する港区高輪の一角にある。千七百坪の敷地には七階建ての事務棟と九階建ての住居棟が建ち、通商代表部員は通常この住居棟に住んでいる。

しかし、ペツケビッチの任務は、日露貿易とはまったく別のところにあった。彼は「ロシア連邦軍参謀本部情報総局」、通称「ＧＲＵ」に所属する軍事諜報員だったのだ。東西冷戦時代のＫＧＢ（ソ連国家保安委員会）をもしのぐ実力を持つといわれる軍事情報機関が日本に送り込んだ「スパイ」、それがペツケビッチの正体だった。

スパイハンターたちは、この日のペツケビッチの動きを総括し終えると、かつてない、胸騒ぎを覚えた。相手は「行確員（行動確認要員）」の存在には気づいていないはずだ。「行確員」はいつものように存在を消し去って、都会の喧騒に溶け込んでいた。作戦は完璧に遂行されていたはずだった。しかし、どういうわけかペツケビッチは、まるで後頭部に眼があるかのように、「行確員」に頭脳戦を仕掛けてきていたのだ。

秘撮

二〇〇四年の春、大手光学機器メーカー「ニコン」の研究員・石谷哲二（仮名）は、お台場の『東京ビッグサイト』で開催された産業製品展示会に参加していた。自社の新製品ブースでパネル説明員をつとめていると、ひとりの外国人に声をかけられた。

「ロシアの貿易を担当しています」

ダークブロンドに、美しい青い瞳を持つ長身の男はこう言って、「ロシア連邦通商代表部」と書かれた名刺を差し出した。これが石谷とウラジーミル・ペツケビッチとの出会いだった。

石谷は品川区西大井にあるニコン大井製作所の主幹研究員で、赤外線センサー開発の技術者だった。大井と品川という職場の近さもあり、石谷は十二歳も年下のペツケビッチの誘いに応じて、レストランや居酒屋などで会食を重ねるようになった。

一杯やりながら「論文を読ませてほしい」などと言われ、石谷も技術者冥利《みょうり》に尽きたのだろう。彼は自らが開発した「ＶＯＡ（可変光減衰器）素子」について説明した。

「ＶＯＡ素子」とは光通信に使われる超小型の部品で、光ファイバーを流れるデータを安定させるために、光の波長を制御する最先端機器だ。

ペッケビッチは美しい瞳を輝かせ、その開発話に強い関心を示した。

二〇〇五年三月、石谷は大きな間違いを犯してしまう。ペッケビッチの求めに応じて、VOA素子を職場から持ち出し、居酒屋で食事をしながら渡してしまったのだ。石谷は謝礼として現金八万円を受け取り、知らぬ間にロシアの情報機関員のエージェント（情報提供者）になってしまった。

その七ヵ月後の十月、石谷は職場で夕刊を開いた瞬間、腰を抜かしそうになった。その記事は、東芝の子会社に勤務する三十歳の社員が、半導体に関する資料をロシア人に渡した容疑で書類送検されたことを伝えていた。機密情報を受け取ったロシア人は「ロシア連邦通商代表部所属」で、「初対面は展示会」「複数回の会食」「現金百万円受領」と新聞は報じている。

「これは俺と同じじゃないか！」

キーワードはすべて一致していた。新聞には、書類送検されたロシア人が諜報機関「SVR（ロシア対外諜報庁）」の機関員と書かれていた。

石谷はさらに青ざめた。

「まさかあの男もそうなのか……」

石谷はすぐにペツケビッチに会った。その席で「君とはもう会うことはできない」と通告すると、ペツケビッチは、あらかじめ用意していた三十万円を石谷に手渡してつなぎ止めようとした。石谷はこれを遮《さえぎ》り、断固受け取りを拒否した。

ロシアの狙いは「VOA素子」だけでなく、石谷が専門とする「赤外線センサー」だったと見られている。これらは誘導ミサイルなど軍事転用が可能なもので、まさに軍事諜報機関GRUのターゲットにふさわしい最新技術だった。

「ウラ」のスパイハンターたちは、ペツケビッチの一連の工作を直近で視察していた。石谷がVOA素子を渡したときも、現金を受け取ったときも、すぐ隣のテーブルに座って、一部始終を秘撮《ひさつ》（秘匿撮影）していた。二人は完全監視下に置かれていたのである。

石谷はウラのスパイハンターによる極秘聴取を受けてすべてを自白した。すべて監視されていたことを知り、否認のしようがなかったのだ。彼はその後ニコンを退社、渡米してしまった。

有力なエージェントとの関係が断絶してしまったペツケビッチは、潜行捜査にはまったく気づかず、新たな獲物を求めて活動を開始していた。同じ通商代表部で働いていたSVR機関員が摘発されても、ペツケビッチはまったく手をゆるめることなく、大胆にネットワークを拡大していたのだ。

作戦中止

スパイハンターたちは石谷を窃盗容疑で書類送検する前に、ペツケビッチにバンカケ、つまり職務質問する作戦を立てていた。

ロシア連邦通商代表部で外交特権を持つのは、「代表」と「副代表」だけだ。ヒラの部員という肩書で活動しているペツケビッチに外交特権はない。スパイハンターたちは、相手が抵抗しなければ、警視庁本部に連れて行って、執拗に取り調べてやろうとさえ目論《もくろ》んでいたのだ。

任意で出頭を要請されて、のこのこ出てくるような情報機関員はいない。本国に連絡する間を与えず、有無を言わせぬタイミングで不意打ちするしかないのだ。取り囲んだうえで、強引に作戦車両に押し込んでも構わない。三十五歳というまだアオい機関員が、この平和なスパイ天国で、どん底に突き落とされるような恐怖を感じ、二度と立ち直れないほど自信を喪失すれば目的達成である。

作戦決行場所は、港区高輪四丁目のロシア連邦通商代表部周辺に決まった。一八六一年（文久元年）、攘夷派の水戸浪士は、同じ高輪の東禅寺にあるイギリス公使館の襲撃を、品川宿で謀議した。大胆で攻撃的なキャップが率いるスパイハンターたちは、GRU機関員を追い込むため、まるで外国人を敵視する十四人の水戸浪士のように、綿密な作戦を立てた。

その日、ロシア連邦通商代表部の正門近くに駐車した二台の作戦車両内で、数人のスパイハンターが息を殺して待機していた。

重厚なステンレス製の扉がゆっくりと開かれると、通商代表部から見慣れたセダンが滑り出てきた。セダンは門を出ると左折し、スピードを上げながら新高輪プリンスの方角に向かった。ハンドルを握るのは、紛れもなくペツケビッチだった。

作戦車両のドライバーがシフトノブを素早くDレンジに入れ、サイドブレーキを解除するのとほぼ同時に、Tシャツ姿の若い男が乗った自転車が、ペツケビッチの乗用車の背後を追うように接近していった。その反対方向から、ショルダーバッグを斜めがけにした冴えないサラリーマン風の男がゆっくりと歩いてくる。ここまでは、予定通りのシナリオが進行している。

対象車両を包囲しようとしたそのとき、通商代表部と向かい合うホテルの駐車場から、もう一台の車が飛び出してきた。

「何だ？　あのタクシーは？」

行確員たちは、予期せぬ役者の出現に、思わず声をあげた。

ハザードランプを点滅させながらペッケビッチの車を追う個人タクシー、そのスモークガラス奥の後部座席で、小型のビデオカメラを構えている男のシルエットが判別できた。

「全員離脱だ！　ペッケの追尾は中止！　作戦は中止だ！　車両追尾班は走行中の個人タクシーを完全秘匿で追尾しろ！」

キャップの指示とともに、Ｔシャツ姿の自転車の男、ショルダーバッグのサラリーマンは何事もなかったように住宅街の中に消えた。

「何者だ？　あのクルマはウチのものじゃねえ！　狸穴《まみあな》（在日ロシア連邦大使館所在地の旧称）の防衛要員か？」

個人タクシーの正体はすぐ判明した。都内のテレビ局の報道局が借り上げていた取材用車両だったのだ。記者らしき男は、タクシー車内から、捜査対象となっているペッケビッチの動画を撮影しようという魂胆だった。

「なぜ、内偵情報が漏れたんだ！　どこが漏らした！」

外事一課長の指揮で、漏洩《ろうえい》源の特定作業が開始された。しかし、その直後、火に油を注ぐ事態が起きてしまった。

「ペツケビッチと石谷を八月九日に書類送検したい」

外事一課は、警察庁に対して、こう日付を指定していた。一般にはなじみは薄いが、八月九日は「反ロシアデー」である。一九四五年のこの日、ソ連軍は日ソ中立条約を一方的に破棄して、満州国や朝鮮半島、樺太《からふと》南部や千島列島などへの攻撃を開始した。ロシアによる北方領土の実効支配のきっかけになった、日本にとっていわば悪夢の日だ。

スパイハンターたちは、たとえ逮捕できず、書類送検というセレモニーであっても、ロシア本国へメッセージを送ろうとしたのである。一九四四年、日本がソビエトのスパイであるリヒャルト・ゾルゲの死刑を、「ロシア革命記念日（十一月七日）」に執行したのと同じ精神構造が底流にあるといってよいだろう。

いよいよ外務省を通じてペツケビッチの任意聴取を要請した八月二日、スパイハンターたちは愕然《がくぜん》とした。ペツケビッチが帰国したという情報が入ってきたのだ。

「捜査情報が狸穴に漏れている。どういうことだ！」

成田にスパイハンターを急行させたが、モスクワ行きの便は離陸した直後だった。

搭乗者名簿には確かにペツケビッチの名前があることが確認された。ウラのスパイハンターの中には持っていた鞄《かばん》を床に叩きつけて切歯扼腕した者もいた。

彼らが怒り狂ったのも無理はない。実は本格捜査直前の早過ぎる帰国は、これで二度目だったからだ。

前回摘発した東芝子会社社員の背任事件では、捜査中の二〇〇五年六月十日に、SVR機関員ウラジーミル・サベリエフが突然帰国していたのだ。

サベリエフは「バッハ」という偽名を使い、イタリア人の経営コンサルタントを名乗って、若手社員に接近し、半導体に関する資料を受け取っていた。この社員をエージェントに仕立て上げるために、サベリエフはクラブや風俗店に連れていき、下半身の弱みを握った。この品性下劣な籠絡手法を使う、脇の甘いSVR機関員ですら、検察と強制捜査に向けた協議を開始した矢先に帰国していたのだ。外事一課が書類送検を発表する四ヵ月も前のことだった。

籠絡された内調職員

ここで終われば、「単なる偶然」で済んだかもしれない。しかし「三回目」は対象自体が異常だった。スパイハンターたちは「スパイ天国ニッポン」という不名誉な称号を、自らの手で立証することになってしまったのだ。

ウラの秘匿追尾の対象となったのは水谷俊夫（仮名）・五十二歳。この男の勤務先は一般企業ではない。日本の情報機関のひとつ内閣情報調査室（内調）国際部門に所属するベテラン職員だったのだ。

水谷はもともと中国語の専門家として「財団法人　世界政経調査会」という総理府（現在は内閣府が所管）の外郭団体に就職した。世界政経調査会は、「内外の政治、経済、社会事情等の調査研究、資料収集」が主たる事業で、対外的には民間団体であるが、実質的には内閣情報調査室と一体組織である。

彼は一九九四年、「選考採用」と呼ばれる中途採用で、内閣情報調査室に入り、国家II種や専門職と同じ待遇の国家公務員になった。

水谷がロシア側とはじめて接触したのは一九九六年夏のことだった。民間研究団体「アジア太平洋フォーラム」の会員だった水谷は、知人の通信社記者から、

「フォーラムの会員で、ロシア大使館員のリモノフさんがお会いしたいそうです」

と伝えられた。

水谷は何の警戒心も持たず、これを応諾した。そして、ちょっとした人付き合い、

といった意識で、リモノフ一等書記官、通信社記者の三人で食事をすることにした。特に記憶に残る会話をした覚えもなく、その後、リモノフ一等書記官からの連絡もなかった。

しかし、それからしばらくたって、水谷のほうからリモノフに連絡を取ることになる。背景には、実にお役所的な事情があった。当時の内閣情報調査室のトップである大森義夫室長が、「内調職員は積極的に外部の人間と食事などをともにして、情報を取るべし」と全職員に指示したのだ。

大森室長だけでなく、直接の上司にあたる国際部主幹も部下への要求が厳しかった。水谷たち末端の職員は、彼らに呼ばれるたびに、無理難題を言いつけられるのではないかと戦々恐々としていた。国際部中国班の同僚たちも、警察キャリア出身の上司の指示に従い、情報収集のための人脈開拓に必死になった。

形だけでもいいから誰かと食事をしなければ叱責されることになる。カウンターエスピオナージ（防諜）の訓練すら受けたことのない、日本の情報機関の職員たちは、上司の突然の命令に従い、無謀な冒険を開始したのである。

水谷の頭に真っ先に浮かんだのはリモノフだった。在日ロシア連邦大使館一等書記官なら最も適当な「食事相手」だ。あわてて名刺を探し出し、ロシア大使館の代表電話番号に電話をかけた。しかし、何度電話してもリモノフは留守で、大使館の交換手は「出かけている」と繰り返すだけだった。メッセージを残しても返事はない。水谷が諦めかけたころ、リモノフから電話がかかってきた。しかし彼の声は不機嫌そうで、水谷の誘いに警戒心を露《あらわ》にしていた。

「水谷さんとは仕事ではなく、個人的な関係でお会いしたいと思う。大使館には今後電話をしないでください」

リモノフは一方的に待ち合わせ日時と場所を告げて、怒ったように電話を切った。内閣情報調査室の職員が再接触を図ってきたことに対し、リモノフは「自分をリクルート（協力者獲得工作）しようとしている」と警戒していたのだ。日本の内閣官房の一組織でもある情報機関の要員が、まさか上官の命令で、手当たり次第に「食事相手」を探しているなど、夢にも思わなかったであろう。

水谷は居酒屋でリモノフと面会したが、会話が盛り上がることはなかった。水谷がロシア情勢について質問しても、リモノフははぐらかした。どのような質問に対しても言質《げんち》を取られまいとしているのは明白で、逆に水谷の一挙一動を観察しているかのごとく、じっと見つめている。水谷は専門の中国情勢について、一方的にレクチャーすることになった。

水谷との会話に、まったく関心がなさそうに見えたリモノフだったが、次回の約束を取り付けるのを忘れなかった。しかしそれは一風変わった作法であった。リモノフはテーブルにあったコースターに、素早くボールペンを走らせ、何も言わずに水谷に渡したのだ。コースターの裏側には、次の面会日時と店の名前が書かれていた。

水谷が「わかりました」と頷《うなず》くと、リモノフは「メモを戻してください」と言って、コースターを回収し、折りたたんでズボンのポケットにしまい込んだ。

水谷はその後、一ヵ月半に一度のペースでリモノフと会うようになり、次第に胸襟《きょうきん》を開いて言葉を交わせる関係になった。しかし、会話の主導権を握っていたのは、あくまでも水谷であって、リモノフは感心したように相槌《あいづち》を打つことが多かった。水谷の一方的なレクチャーによって、ロシアの外交官が日中関係に関する知識と理解を深めていっているという確かな手ごたえがあった。これはある種の快感であった。

しかし水谷は最も重要なことに気づいていなかった。目の前に座るリモノフという男の正体が、ＧＲＵが派遣した軍事諜報員で、対日エスピオナージ（諜報）を任務としているという真実の断片すら察知することはなかったのだ。

「私は帰国することになりました。後任を紹介したいので三人で会いましょう」

ある日、リモノフは東京を離任して、モスクワに戻ると告げた。

リモノフはグリベンコという名の一等書記官を連れてきて、三人で食事をした。やや堅苦しい雰囲気のある男だった。

リモノフのときと同様、水谷は一ヵ月半に一度のペースで、グリベンコ一等書記官との会食を重ねた。グリベンコもテーブルに備え付けの紙ナプキンやコースター、チラシなどを手にとってメモを書き、一方的に次の面会日時、場所を示した。

こうした前任者と同じ作法は、インテリジェンスとは無縁の職業に就いている者にも奇異に映るはずだ。しかし、水谷はここでも不信感を抱くことはなかった。

ロシアの情報機関員は、電話などは使わず、エージェントと接触した際に、次回の接触日時を決める。通常口頭のやり取りで伝えるのだが、リモノフとグリベンコは、この国のカウンターエスピオナージ機関が大きな網を張っていて、高性能録音機器や読唇術を駆使して、接触場所を事前に把握しようとしていることを知っていた。

過去に何人もの同僚が、スパイハンターに先回りされた挙げ句、摘発された。そして無念の帰国を果たしたあと、モスクワで屈辱的な処遇に涙を呑む姿を目《ま》の当たりにしてきたのだ。

警戒する様子をまったく見せない水谷に対して、ＧＲＵは次の段階へと一歩踏み出した。

「水谷さんにちょっとしたプレゼントです」

ある日、グリベンコは食事の途中で、赤いリボンの付いた小さな封筒を水谷に差し出した。指先に伝わる感触からすると、小さなカードのようなものだった。水谷は「大したものではないだろう」と抵抗を感じなかった。

家に帰って中を開けると、ハイウェイカードが入っていた。金額は一万円分だった。

次に食事をしたとき、水谷が、

「この前はハイウェイカード、ありがとうございました」

と丁重にお礼を述べると、グリベンコは、

「大使館ではたくさん余っているんですよ。問題ありませんよ」

と笑ってみせた。

その後、ハイウェイカードの額面は二万円になり、デパートの商品券になった。そして二〇〇一年一月になると、商品券は「現金」に形を変えた。

最初の現金は、封筒に入った五万円だった。水谷は「署名を求められたらどうしよう」と不安になったが、杞憂《きゆう》だった。抵抗感は一瞬で消え去った。

ＧＲＵ機関員は水谷の反応を探りながら、報酬の形態を徐々に変え、四年半の歳月をかけてついに現金を提供する関係にまで漕ぎ着けたのである。

ホシ

水谷は国際部門内を転々としたあと、二〇〇一年春に「ホシ」の所属になった。「ホシ」とは内閣情報官の直下に、この年設置された「内閣衛星情報センター」のことを指す。解像度の高い光学衛星と、夜間や曇天時も撮影可能なレーダー衛星を運用することから「ホシ」という隠語で呼ばれるようになったこの新組織は、ＩＭＩＮＴ《イミント》(Imagery Intelligence・画像情報) 専門のインテリジェンス機関だ。

衛星の分解能は一メートル程度と、商用レベルを超えることはないが、「ホシ」では、これを補うために日本スペースイメージング社の「イコノス」や米デジタルグローブ社の「クイックバード」「ワールドビュー」など分解能五十センチに迫る衛星画像を購入して、分析している。防衛省のみならず、外務省、警察庁が要員を派遣して衛星画像分析官の育成に力を入れているので、分析能力はきわめて高くなっているという。

新組織への転出だったが、中国情勢分析の専門家である水谷にとっては、キャリアを無視された屈辱的な人事だった。

「専門性を無視したあまりにもお粗末な人事だ。内調という組織はなぜこうもプロパーに冷たいのか……」

水谷が感じたのは、人事権者への怒りではなく、警察官僚を中心とした組織そのものへの失望だった。組織への強い不満はGRU機関員たちの工作の材料になった。水谷は教科書どおりのリクルート対象となっていた。


二〇〇一年九月、グリベンコが帰任することになった。彼は最後に会食したとき、

「またリモノフが着任します。今度は参事官として戻ってきます」

と一等書記官だったリモノフが、参事官として東京に再赴任して、水谷の「担当」になることを告げた。

実はリモノフの「参事官」という肩書は名ばかりで、GRU東京駐在部所属の機関員を取り仕切る「東京駐在部長（レジデント）」に出世しての再赴任であった。

鳴り物入りで発足した内閣衛星情報センターに、水谷が異動したと知って、GRUは最初に水谷を獲得したリモノフを送り込んできたのだ。そんなことなど微塵《みじん》も察知しなかった水谷は、「リモノフさんならよく知っているので気楽に付き合える」と安

心した。

しかし、駐在部長として戻ってきたリモノフは、再会を喜ぶ雰囲気ではなかった。別人のように、一気に攻勢をかけてきたのである。

「情報がないのはわかるが、隣に座っている同僚の名前や電話番号くらいならわかるでしょう」

相変わらず中国情勢を解説し続ける水谷に対して、リモノフは苛立っているようだった。かつての友好ムードは消え、まるで上官が下士官に接するような高圧的な態度に豹変していた。


東京市谷の防衛庁（現在の防衛省）本庁に隣接する「ホシ」のオフィスでは、担当職員でさえ鞄を持ち込むことは許されない。アメリカのIMINT機関「NGA（国家地球空間情報局）」に倣《なら》って、「ビニルバケツ」と呼ばれる透明のケースに私物を入れて持ち込ませるという、情報漏洩に最も神経質な職場である。衛星画像のプリンターも存在しないし、外部とのメールの送受信も不可能、USBメモリも私物のパソコンも持ち込めない。こんな「ホシ」のオフィスから衛星情報を持ち出すことはきわめて困難だった。

しかし追い詰められていた水谷は、日本独自の衛星が撮影した「衛星写真」を密かに持ち出して、リモノフに見せた。感謝されることを期待したが、彼は衛星写真をテーブルに置いたまま黙って見つめるだけで、鞄にしまい込もうともしなかった。中国の軍事基地の写真を見せても反応はなかった。商業衛星にも劣る日本の衛星写真などGRU機関員にとって何の価値もなかったのだろう。

「私はあなた方の衛星画像には関心はありません」

リモノフは身を乗り出して詰め寄った。

「ほかに役立つものはないのですか？」

彼は水谷に情報のランクアップを迫ってきたのだった。

同時に水谷に渡される金額は十万円に引き上げられた。一ヵ月半に一度の頻度で渡される十万円は、いつしか水谷の生活費の一部となっていった。

リモノフ参事官は、三年後の二〇〇四年八月に再び帰国することになった。後任の担当者は若手のドゥボビ二等書記官だった。

水谷は良好な関係構築のため、新任の若者に何か提供できないかと模索した。衛星情報センターのデスクの端末からは、外部のウェブサイトへのアクセスは不可能だったが、内閣情報調査室の外郭団体である「ＪＯＮＣ（日本海外ニュースセンター）」の配信情報には繋がることが判明した。ＪＯＮＣは海外メディアの翻訳記事を配信している。水谷は日朝や日中関係の翻訳記事に、自らの解説を添付したものをドゥボビ二等書記官に渡すようになった。会食の前になると、水谷は毎回十件前後の記事をピックアップし、解説文を書くのに必死だった。

「モグラ」

警視庁公安部外事第一課第四係ウラ作業班のスパイハンターたちは、ＧＲＵの「機関員性」が高いと見ていたドゥボビ二等書記官に対する秘匿追尾の過程で、彼が内閣情報調査室のベテラン職員と接触しているのを現認した。ドゥボビが帰任する直前、二〇〇六年十二月のことだった。

スパイハンターは水谷の行確を開始した。すると水谷は、ドゥボビの後任として日本に赴任してきたコンスタンチン・ベラノフ二等書記官と接触を重ねるようになった。この男も「真性」のＧＲＵ機関員と認定されていた。四係は日本の情報機関に「モグラ（組織深くに隠れたスパイ）」が養成されていると判断した。

水谷はこの時点で内閣情報調査室に戻り、研究部に勤務していたが、スパイハンターは水谷が最近まで「ホシ」に勤務していたことを知って驚愕した。彼らは日本がようやく打ち上げた「ホシ」の機密情報が、ロシアに抜けてしまったことを懸念した。

三十八歳という若手の部類に入るベラノフ機関員は、江東区豊洲の『豊洲シエルタワー』や中央区築地にある大衆寿司店で水谷と接触を重ね、関係を深めていた。

しかし接待に使われるのは、都心の大衆店ばかりで、いずれも人目に晒《さら》される場所だった。人が少ない郊外でも、個室を予約しているわけでもなかった。

機関員はこうやってエージェントの警戒心を解きほぐしてゆくのだ。日本のカウンターエスピオナージが甘く見られていたという見方もできるが、ＨＵＭＩＮＴ《ヒューミント》(Human Intelligence・人的諜報)の世界では、古典的なフェイス・トゥ・フェイスによる人間関係構築は鉄則なのである。

ウラのスパイハンターはＧＲＵ機関員ベラノフの心理をよく分析していた。

「『内閣情報調査室』を英語にしてみろ。『Cabinet Intelligence and Research Office』だ。小規模で、諸外国と比較できる能力はなくても、『内閣に近いインテリジェンス機関』に聞こえるだろう。ここにエージェントを抱えていれば、ＧＲＵという典型的な官僚組織の中で、最高の評価を得ることができる。しかも水谷は『ホシ』に所属していた。急がず焦らず長期間継続する関係を築くために、少しずつ情報を引き出すのが連中のやり方だ」

二〇〇七年九月には二人が居酒屋で封筒を交換する様子が確認された。二人が一杯やっている間に周辺の席に着いたサラリーマン風の男たちは、全員が行確員だった。ベラノフが受け取った封筒の中身は、その形状から何らかの書類のように見えた。

完全に油断していた水谷は、スパイハンターに決定的瞬間を提供した。ベラノフと別れたあと、彼は雑踏の片隅で小型の封筒を取り出し、中身を確認し始めたのである。行確員のひとりは通行人を装って背後に立ち、瞬間的に封筒の中の一万円札の束を視認した。

「次回、資料と現金を手交した瞬間を押さえて、任意同行をかけろ」

スパイハンターたちが、いよいよ強制捜査に踏み切ろうとした当日、異変が起きた。

二〇〇七年十二月九日、日曜日の夜、水谷が向かったのはＪＲ川崎駅だった。これまで二人が利用した店の中で、最も南に位置したのはＪＲ大森駅近くのしゃぶしゃぶ店だ。多摩川を越えて神奈川県に入ったのは、はじめてのことだった。

水谷は京急川崎駅前にある商業施設『ダイス』に入った。ここは大型書店やカジュアル洋品店、映画館が入居する地上九階地下二階建ての駅前大型ビルで、六階と七階はレストラン街になっている。ベラノフが会食場所として指定していたのは六階にある『炭火焼肉酒家・牛兵衛川崎ダイス店』だった。

通路からガラス越しに見渡せるこの焼肉店に、水谷は約束の時間ちょうどに到着した。十分、そして二十分が経過した。いくら待ってもベラノフは姿を現さなかった。

「これまで全部都内のレストランを指定されたのに、なぜ今回だけ川崎になったのだろう。しかも彼らが大幅に遅刻してくることは一度もなかった。何かあったのだろうか……」

水谷が不安に駆られたそのとき、前後左右を十数人の男に包囲されているのに気づき、全身に鳥肌が立った。

「警視庁の者です。水谷俊夫さんだね？　これから本部でお話をお聞きしたいのだが、一緒に来ていただきたい」

年配の男が無表情に、そして強い口調で言った。

「どういうことですか？」

そう応じた水谷の声は震えていた。

「何が起きているのか理解できなかった」

のちの調べに対して、水谷はこう語ったという。

実はこの直前、外事一課の捜査で、ある事実が判明していた。ベラノフ二等書記官が四日前の十二月五日に、モスクワに向けて出発していたのである。加えて十二月八日にはグリベンコ参事官も、日本を発っていた。二人とも任期を残しての緊急帰国だった。緊急帰国したグリベンコの代わりに、駐在副部長（副レジデント）と認定されていた、もうひとりの参事官がGRU東京駐在部の指揮を執っていることも判明した。

「水谷を徹底的に取り調べて、この異常事態の原因を探れ！」

スパイハンターたちに指示が飛んだ。

ウラ班のキャップは取り調べを始めると真っ先に、

「ベラノフもグリベンコも直前に帰国した。何か異変を察知していたのだろう？」

と、水谷の反応を探るように訊《き》いた。

「ベラノフが帰国した？　グリベンコは日本にいたのか？」

水谷は目を見開いて驚いた。

彼はグリベンコが参事官の肩書で再赴任し、GRUの東京駐在部長として、ベラノフらによるエージェントの運営をコントロールしていたことを、まったく知らなかったのだ。

水谷は取り調べが佳境に差し掛かると、黙秘を繰り返した。

「俺たちはドゥボビが帰国する直前から、あんたを監視していたんだ。あんたは完全にマークされていたんだよ。今さら隠しても無駄だ」

ベテランスパイハンターのこの言葉に、水谷は「まさか……」と絶句した。彼は一年もの間、秘匿追尾が行われていたことに気づいていなかったのである。

攻防

二十日後の十二月二十九日、スパイハンターたちは総理官邸の向かい側にある内閣府ビル六階に捜索差押許可状を持って踏み込み、内閣情報調査室の水谷のデスクなどの家宅捜索を行った。

取り調べは合計二十五回行われた。その結果、水谷が四人のGRU機関員から、ハイウェイカードや商品券、酒、さらに四百万円以上の現金を受け取っていたことが明らかになった。

水谷がエージェントとして運営された期間は十一年に及び、運営者のうち二人、リモノフとグリベンコは東京駐在部長に出世を果たして再赴任していたのだ。大物エージェントを運営している機関員を短期間で再赴任させるのは、ロシア情報機関のひとつの手法でもある。

注目に値するのは、情報機関員たちが分解能の低い日本の衛星画像にまったく興味を示さなかったことだ。ＧＲＵの目的は、日本のＩＭＩＮＴ機関が運用している衛星の軌道、さらにはどのような体制、手法で衛星画像情報が分析されているのか、という点に絞られていたのだろう。

結局、水谷からＧＲＵ機関員に渡された漏洩資料のうち、捜査で特定されたのは研究部が主催した『有識者会議の議事録』だけだった。

この議事録が国家公務員法に違反する「秘文書」にあたるかどうかの解釈をめぐって、内閣情報調査室側は、警視庁の捜査に全面対決の構えを見せた。

内閣情報調査室の総務担当幹部らは、

「そんなものはヒラ（秘密性のない）の文書にすぎない。見当違いの捜査だ」

と徹底抗戦し、国家公務員法の守秘義務違反での立件を阻止しようとした。

これに対して外事第一課側は、

「『有識者会議の議事録』は、形式的には『秘』に指定されていなくとも、実質的な秘文書にあたる。内調がどのようなテーマに関心を持っているかという『情報関心』も、漏洩してはならないのだ」

と立件に向けた攻撃的姿勢を崩さなかった。

スパイハンターたちは、内閣情報調査室に出向中の警察キャリアたちと真っ向から対立したのである。

スパイハンターにとって、国家公務員法や自衛隊法の守秘義務違反、つまり「秘密漏洩」の立件はひとつの「美学」だ。「秘密漏洩」こそが、スパイ事件の本質であり、この罪名を適用できなければ、スパイ事件捜査の任務を完了したという充実感に浸ることはない。

スパイハンターたちは、組織防衛と保身に走る警察キャリアたちの認識の甘さに、頭を掻《か》き毟《むし》るような苛立ちを感じるとともに、国家公務員法違反容疑での書類送検に向けて大変な苦労を強いられることになった。

内閣情報調査室に在籍する警察庁キャリアは、次のように強弁する。

「衛星情報センターは、防衛省のミリタリーインテリジェンス中心の組織だ。もともとは中国専門のアナリストで、しかも選考組内調プロパーの水谷は不要な存在だった。だから機密性の高い画像情報に接する機会もなかったし、GRU機関員から水谷へのデマンド（要求）もなかったらしい。東京駐在部長が扱っていたエージェントを、ヒラの機関員に引き継いでいるということは、水谷を『スリーパー（休眠エージェント)』として扱っていた証拠だ」

確かに水谷の運用担当者は、一等書記官時代のリモノフに始まり、グリベンコ一等書記官、さらに東京駐在部長として再赴任してきたリモノフ参事官から、ドゥボビ二等書記官、さらにベラノフ二等書記官と、途中から明らかに格下の若手二人に引き継がれている。しかしこれは、水谷というエージェントが「断絶」する危険のない、安定したエージェントにまで養成されたことを意味している。

たとえロシア側に衛星画像情報が渡っていなくとも、水谷が口頭で「ホシ」の体制や職員の氏名、分析手法、さらには内部の確執やスキャンダルなどを漏洩していれば、その情報は新たなエージェント獲得の材料になる。

しかもロシアの情報機関員から多額の金品を受け取り、接待を繰り返し受けていた水谷がまったく罪の意識を感じていなかったという事実も、工作成功の証し、と言える。スパイハンターたちの捜査が「見当違い」かどうかは、水谷自身が誰よりもよく知っていたはずである。

結局、このスパイ事件のことが、国内のメディアで報じられたのは年が明けた一月十一日のことだ。内閣情報調査室の内部調査チームは、この日から三日間、水谷への事情聴取を行っている。その一週間後、水谷は懲戒免職処分になり、一月二十四日、国家公務員法違反と収賄の容疑で書類送検された。

水谷は関係者に吐き捨てるように言った。

「内調にはとうの昔に失望していた。不当解雇で争うこともできたが、辞めるには良い機会だ」

組織はカウンターエスピオナージの訓練すら施していないプロパー職員に対して、国際インテリジェンスの収集という無謀な冒険を命じた。さらに、専門性を無視した不条理な人事異動を繰り返し、プライドをずたずたにした。最後は「スパイ」というレッテルを貼って、無残に切り捨てた。水谷は大きな不満を溜め込んだまま、組織を去ることになった。

漏洩ルート

しかし、まだ解明されていない重大な謎がある。いったいなぜ、グリベンコとベラノフは、円滑に運用できていたはずのエージェント水谷に何も知らせないまま、帰国したのだろうか。捜査が佳境に差し掛かったタイミングで、何の前触れもなく忽然《こつぜん》と姿を消した経緯から判断すれば、迫り来る危機を嗅《か》ぎとって、慌《あわただ》しく帰国したのは間違いない。

水谷自身も、検事調べや内部調査の中で、

「タイミングが不自然だ。十二月九日の面談直前に二人揃って緊急帰国したのは何らかの情報があったからだという疑念がある。警察内部にエージェントがいる可能性は否定できない」

との見解を披露したという。

前出の警察庁出向組の内調幹部は、内調サイドから漏れることはないと断言する。

「警視庁公安部、警察庁警備局ともに、内調幹部には一切事前に連絡してこなかった。だからこそ、内調に出向している警察庁幹部は激怒した。我々にも事前に相談しないほど極秘に調べていたから、GRUに漏らしたのは『捜査』に近い人間だろう。『間接的に』か『直接的に』かは、わからないが……」

この人物が言うとおり、警察庁警備局外事情報部外事課が、内閣情報調査室の首脳部に通知したのは家宅捜索直前だった。内閣情報調査室のトップである内閣情報官は、外事警察部門の実力者で、家宅捜索直前まで蚊帳《かや》の外に置かれていたことを知って、烈火のごとく怒ったという。

警察庁警備局と内閣情報調査室という双子のような情報組織が、激しく火花を散らしたことから判断しても、スパイハンターたちの極秘捜査に、内調がまったく気づいていなかったことがわかる。

ＳＶＲ機関員のサベリエフ、ＧＲＵ機関員のペッケビッチとベラノフ、そしてグリベンコ、スパイハンターの捜査対象となった四人の機関員は、いずれも強制捜査直前という絶妙なタイミングで緊急帰国した。いったいどうやって危機を察知したのだろうか。

外事第一課第四係のスパイハンターの中には「偶然だよ」と笑い飛ばすような楽観主義者はひとりも存在しない。誇り高く、自分たちの能力を信じて疑わないスパイハンターたちだが、前代未聞の事態に直面して、「秘匿追尾がヅかれて（気づかれて）いたのではないか」と疑い、捜査記録のファイルをひっくり返して、機関員の行動や追尾手法を徹底的に再検証した。しかし「穴」はまったく見当たらなかった。

「ベラノフへの視察は完全秘匿で万事うまくいっていた。継続的に情報が漏洩するルートがある。内調だけじゃなくて、こっちにもモグラがいるに違いない」

報告を受けた警察庁か、検察庁か、想像もしたくはないが外事一課内部か……。スパイハンターたちは、いずれかのルートでロシアの情報機関員に、捜査情報が恒常的に伝達されていると睨《にら》み、強い危機感を持っている。

客観的に成り行きを見守っていた他県警のロシア担当者は、別の見方をしている。

「ＳＶＲやＧＲＵは対象建物内のパソコンの微弱電波をキャッチして、手元のパソコンに同じ画面を映し出すという技術を諜報戦に使っている。こうしたハイテク技術を使って水面下の捜査を知った可能性もある。無線が解析された可能性もあるし、点検用のダミーを一個班動かすなどのローテクな手法で、追尾者の存在を把握したのかもしれない」

しかし、ある捜査指揮官は「ＣＩＡ（アメリカ中央情報局）のオルドリッチ（リック）・エイムズとＦＢＩ（アメリカ連邦捜査局）のロバート・ハンセンという二人のスパイのふてぶてしい顔が頭に浮かんだ」とまで言う。

エイムズ、ハンセンとは、旧ソ連とロシアに機密情報を流し続けて逮捕され、終身刑となったアメリカ史上最悪の二重スパイだ。彼らの漏洩により、ＦＢＩが苦労して獲得し、エージェントとして運用していたＫＧＢ機関員ら十数人が、本国で処刑されたという。

全米市民から「売国奴」と呼ばれ、憎悪の対象となった二人の「間接的殺人者」の顔を思い浮かべて、スパイハンターは歯ぎしりしたのである。

武器を持たぬ戦争

スパイ事件の摘発は年々、困難になっていると言われる。ＵＳＢメモリなどの大容量記憶装置によって、一度に大量の機密情報の受け渡しが可能となった。接触頻度が減少して捕捉がますます困難になることが予想されている。

ロシアのＦＳＢ（連邦保安庁）は二〇〇五年に、ＳＩＳ（イギリス秘密情報部・通称ＭＩ６）に所属していると見られるイギリス大使館員四人を摘発したが、彼らはエージェントとの直接の接触を避け、データ送受信機を内蔵した「石」をモスクワ市内の道路脇に設置して、情報の受け渡しをしていたことが明らかになった。ＰＤＡ（携帯情報端末）を路肩の方向に向けて、データを無線送受信している姿は、ＦＳＢによって秘匿撮影され、その映像はテレビで放送されてしまった。

「カウンターエスピオナージ」は機関員との頭脳戦、知的ゲームと言われる一方で、疑心暗鬼との闘いでもある。最前線で敵と戦っていても、背後から矢が飛んでくるかもしれない。隣にいる自軍の兵士が槍を突き立ててくる可能性もある。友軍の戦闘機が頭上に爆弾を落としていくかもしれない。作戦会議で向かい側に座っていた将校が、作戦の全容を敵に売り渡しているとしても不思議ではない。自らが所属する組織が、いつの間にか自分に牙を剝《む》き、巨像の足下の蟻のように踏みつぶされるかもしれない。

彼らはそんな恐怖心を抱えながら、脇差一本で目的達成のために闘っている。支えているのは、エスピオナージから国家を防衛するという使命感と、スパイハンターという誇り高き職人集団に属していることへの自負心だけだ。

公安部経験二十年というベテランは声を潜めて語る。

「公安の現場っていうのは任務成功のためには、どんな汚い手を使ってでも相手を欺《あざむ》くことができる連中だ。それが同僚だろうが、上司だろうが関係ない。何か疑いをかけられたら最後、二十四時間『追っかけ』が開始される。プロでも絶対に逃れることができない生身の背後霊が憑《つ》くんだよ」

「スパイハンター」と呼ばれる男たちは一度「敵」とみなした相手に情け容赦ない。彼らは今、暗闇で息を殺して漏洩源を探り始めている。今後、何ヵ月、何年もの間、獅子身中の虫が顔をのぞかせるのを、姿をまったく晒さずに待ち続け、伝統的技術と綿密な計画、異常なる執着心でスパイを追い詰めていくことになる。スパイハンターたちには「スパイ天国ニッポン」という、情報機関員の嘲笑しか聞こえていないのだ。

インテリジェンスという「武器なき戦争」を闘う男たちは、誰の目にも触れることはなく、常に孤独である。最前線で闘っていながら、国民の知るところとはならず、喝采を浴びることもない。自己を犠牲にしながら、その姿を公衆の面前に晒すことはない。彼らはその生き様を美学として受け入れているのだ。

第一章　ゾルゲの亡霊

狸穴ナンバー

警視庁麻布警察署交通課の遠山香織巡査（仮名）が六本木交差点の道路脇にミニパトを停めたとき、街はすでに薄暮に覆われていた。アスファルトが不快な暑気を発している。明日から十月だというのに、この日、東京都心の日中の気温は三十度を超えたという。永遠に続いているかのような違法駐車の列に向かって歩いていくと、排気ガスのくすんだ臭いで全身をいぶされるようだった。

外苑東通り沿いに路上駐車したまま煙草を吸っていたメルセデスの運転手は、交通巡査の姿に気づくと、これ見よがしに不快そうな顔をした。そしてご丁寧に舌打ちまでして立ち去っていった。

「どうせまた五分後には戻ってくるんでしょう。こっちだって、また戻ってきてやるだけよ」

遠山巡査は心の中で毒づきながら、黙々とマーキングチョークを路面に走らせた。

遠山が持つ向こう気の強さや正義感は、この交通警邏《けいら》という地味な仕事にはある意味、邪魔だとも言える。無難に一日を終えようと思ったら、感情を押し殺して機械のように黙々と作業するに限るからだ。

時計を見ると午後七時になっていた。昼間は閑散としていたこの街がようやく目を覚ます時間帯に差し掛かっていた。違法駐車した連中は今ごろクラブやレストランでお楽しみに違いない、と思ったところで、一台のセダンに目が留まった。黒い日産・セドリック。青いライセンスプレートを付けている。いわゆる「外ナンバー」だ。

「外交官車両か」

在京各国大使館の外交官連中は、外交特権を振りかざすように違法駐車、飲酒運転を繰り返している。行政手続きに強制力はないし、刑事手続きに持ち込んでも連中には外交特権がある。どうせ酔っぱらって戻ってきて、違法駐車のステッカーなど投げ捨ててしまうのだろうと、憎々しげに思った。

しかし、プレートの数字を心の中で読み上げた瞬間、意識は別の場所に飛んだ。

「これ、狸穴のナンバーじゃない」

外79○○……上二桁の「79」は「在日本ロシア連邦大使館」所有の外交官車両を示している。麻布警察署に配属された途端、嫌というほど頭に叩き込まれた数字だった。

この六本木交差点から外苑東通りを八百メートルほど東南に向かえば、右側に通称「狸穴」＝在日ロシア連邦大使館がある。

この場所に彼らの車が駐車されていても何の不思議もない。遠山は「このまま放っておこうか」と一瞬躊躇《ちゅうちょ》したが、いったんミニパトに戻って麻布警察署の当直に無線で連絡を入れた。

遠山巡査のこの生真面目な行動こそが、その後、ロシアスパイ事件摘発の端緒《たんちょ》になることを誰が予想したであろうか。


遠山巡査の無線連絡は、直ちに麻布警察署当直から警備課を経由して、警視庁本部十三階にある一室に伝えられた。

電話に出た矢島克巳《かつみ》警部（仮名）は、肩口に受話器を挟んだままメモを取ると、目の前のデスクで残務整理をしていた「オモテ」所属の二人の部下にメモを手渡した。

「麻布のミニパトのネエちゃんからの連絡だ。六本木交差点から五十メートル外苑東通り沿いに『ボガ』の車両発見」

メモを受け取った黒スーツの二人の男は卓上に広げていた書類を素早く引き出しの中にしまってロックすると、矢島の言葉が終わる前にドアの向こうに消えた。

「さすがに麻布だ。『狸穴』を管内に持つだけあって、末端にまでよく行き届いている」

矢島は自らの前任地での訓練の徹底ぶりに、ひとりほくそ笑んだ。

「オモテ」の二人はすばらしい運転技術で作戦車両を操り、渋滞を縫って最短時間で現場に到着するはずだ。そして対象車両を確認するとすぐに二人はばらばらにネオンの中に消え、対象を発見するだろう。矢島の携帯電話に結果報告してくるのは遅くとも四十分後だ。

警視庁公安部外事一課第四係長の矢島警部はデスクに戻り、手あかで真っ黒になったファイルを開いた。ナンバープレート一覧表には「79」で始まる番号がずらりと並び、ロシアの外交官の氏名、本国での肩書が書かれていた。頭に叩き込まれた数字は忘れようもない。

ロシア大使館員の車両が発見された場合、第四係長がオモテを現場に派遣するのは日々の基本作業だ。

オモテのキャップである山岡敏警部補（仮名）は、部下の巡査部長に指示し、対象車両を円の中心に据え、この円を徐々に広げる形で飲食店の聞き込みを開始した。

無論、山岡は店員に警察手帳を掲げるようなことはしない。所轄や刑事部の刑事とは違うのだ。険しい表情を緩めて微笑みすら浮かべて、待ち合わせのビジネスマンを装《よそお》う。

「すいません。ちょっと待ち合わせなんですが……もう来てるかな」

店員の脇をするりと擦り抜けて、店内を見渡せる場所に立って客の顔を確認するのだ。次に、「やっぱり、まだ来てないのかな」などと言って、大げさに困り顔を作ってみせる。その場にとどまり、店員の隙を見て予約ノートをのぞき見るためだ。予約名は片仮名で書かれているはずなので、一瞬目を走らせるだけで読み取ることも難しくない。

虱潰《しらみつぶ》しとはいってもロシアの外交官が行く店は限定されている。一店舗につき三十秒、雑居ビルがひしめく巨大繁華街六本木とはいえ一時間以内に対象を見つけなければ、オモテの捜査員は失格だ。

現場に到着して三十分を過ぎたころ、巡査部長が「対象」を発見した。対象の顔は日々の公然視察で頭に叩き込まれており、後頭部の襟足《えりあし》や耳の形状を見るだけで判別が可能である。

場所はハードロックカフェの裏にある『福鮨』だった。六本木の喧騒から一歩入ったところにある料亭のような、重々しい構えの大型寿司店だ。老舗ではあるが、店内に落ち着いたバーラウンジも備えており、接待でやってくる外国人客も多い。

入り口から店内をのぞくと、間仕切りもないシンプルな大部屋に、大型カウンターがひとつ、その手前にテーブル席が並んでいる。そのひとつに小柄で口髭を生やしたロシア人がこちらを向いて座っているのを視認できた。背中を向けているのは、ロシア人より一回り細身の日本人だった。グレーのスーツ姿、三十歳代半ばだろうか、背中を丸めるようにして鮨を口に運んでいる。談笑している姿は、どことなくぎこちなく、この高級店には不似合いに見えた。

「野郎を発見しましたよ。日本人の男と一緒です。『ボガ』の後ろの席が空いているので座ってみますか？　我々はヤツとの接触はないので、顔を知られていないはずです」

『福鮨』の入り口が見える場所に臨時の視察拠点を置いた山岡は、本部にいる矢島の指示を仰いだ。

「駄目だ。お前らの顔写真は回覧されているはずだ。しかも寿司屋だろ？　お前らがたらふく食って飲んだら二人で五万円はするぞ。店の前で監視しろ。完全秘匿で相手の身元を割り出してくれ」

矢島は冗談とも本気ともつかない口調で言ったが、要は日本人を自宅まで追尾して、身元確認せよという指示だった。

この日、午後十時過ぎ、「ボガ」と呼ばれるロシア大使館員と六本木交差点付近で別れた日本人の男は、地下鉄を乗り継いで、新宿から小田急線下りの急行列車に乗り込んだ。男は妙にあわてて車両中央部のドア付近の座席を確保すると、網棚に鞄をのせて、うつらうつらと居眠りを始めた。

　車両内を見回すと、席を確保した者はほぼ全員が眼を閉じている。若い女性が天井を仰いで、だらしなく口を開けている。混雑した電車の中で、荷物を網棚に上げ、無防備に口を開けて、眠りこけることができるのは、平和な国に暮らす日本人の特権だ。

　一方の座席確保競争に敗れた男たちの多くは両手で吊り革にぶら下がり、痴漢騒動に巻き込まれぬよう必死のアピールを試みている。かろうじてドアのそばを確保した者は体ごと外に向けて、周囲との接近を拒絶している。

　車輪とレールの発する摩擦音以外は何も聞こえない空間で、疲弊《ひへい》した人々が密着し、汗とアルコール、香水、ニコチンの臭気が、人々の奇妙な光景を包み込んでいる。ロシア人が見ても、アメリカ人が見ても異様な光景、いや一種の「狂気」とさえ映るだろう。

　それにしても、目の前の追尾対象の男はまったくの無警戒ぶりを晒している。居眠りどころではない、先ほどからがっくりと頸《くび》を折って熟睡し、電車の加減速に合わせて左右に揺れている。空席を小走りに確保した様子などから推察すると、人目を気にせず極限の疲労と闘っているかのようにすら見えた。もちろん周囲を「点検」することも、「防衛要員」が配置されている様子もなかった。

「まったく警戒している様子はない。初期接触だったに違いない」

山岡警部補は一瞬油断した。

一時間後、電車が伊勢原駅に到着すると男は突然目を覚ました。そしてあたふたと乗客をかき分けて電車を降りた。

山岡も同じ車両に乗るパートナーにハンドサインを送ると、努めて自然に降車した。男の突然の降車に、山岡は「『点検』かもしれない」と、深読みした。一瞬、脱尾すべきかどうか躊躇した。

伊勢原駅の改札口へ向かう階段はホームの幅と比較すると、極端に細くなる。帰宅ラッシュの利用客は階段下に滞留した。対象の男は人の波に飲み込まれるように山岡たちの前から姿を消した。

外事第一課第四係

エレベーターが警視庁本部十三階に到着し、ドアが左右に開くと、流れ込んでくる空気が他のフロアと比べて冷たいと気づく。ここに「公安部外事第一課」という一般には馴染みのないセクションがある。複雑怪奇に入り組んだ本部庁舎の桜田通りに面した大部屋、ここを拠点とする男たちの任務がロシアのスパイハンティングであることは、警視庁四万六千人の警察官でも知る者は少ないだろう。

首都東京を守る警視庁は全国の警察本部の中で唯一、独立した「公安部」を持っている。「公安部」とは文字通り、「公共の安全」と「秩序の維持」のための情報収集活動を行う組織である。捜査活動よりも情報収集、摘発よりも未然防止が最優先任務である。

警視庁公安部は、現在八つの課と機動捜査隊で構成されている。筆頭課の「公安総務課」は日本共産党やカルト宗教など幅広い捜査、情報収集を担当する。オウム真理教の動向調査も「公総《コウソウ》」の担当だ。警察庁キャリアが課長席に座り、法令解釈や部内の人員調整なども担当する。第一担当には「ＩＳ班」というチームが十三年ほど前に設置されている。語源は「Integrated Support（統合支援）」。政界や官界、任俠、マスコミまで幅広く情報源を開拓して、遊軍的に情報収集活動するのが任務である。公安部だけでなく警視庁すべての捜査部門に総合情報を提供するためのインテリジェンス部隊といえる。

「公安第一課」は中核派や革労協といった極左暴力集団の歴史とともに存在する、伝統の課だ。一連のオウム真理教事件、逃亡信者の追跡、警察庁長官銃撃事件も担当し、国家転覆を図るテログループの動向に眼を光らせている。

このほか、「公安第二課」は革マルや労働団体、「公安第三課」は右翼団体、「公安第四課」は資料収集やデータを管理する公安部の頭脳となる。「公安機動捜査隊」はテロ事件の初動捜査が担当だ。

そして、カウンターインテリジェンス（防諜、防テロ）を担当するのが外事部門である。対ロシアのカウンターエスピオナージ（防諜）を担当する「外事第一課」。対北朝鮮、対中国を担当する「外事第二課」、カウンターテロリズム（防テロ）を担当する「外事第三課」（二〇〇二年に新設）がある。

警視庁の公安捜査員の数は一切公開されていないが、部全体で千百人程度と見られる。公安総務課と公安一課にそれぞれ二百五十人と多く配置されており、外事部門では外事三課が一番多く、およそ百三十人。外事一課と外事二課にはそれぞれ百十人が配置されているとされる。警察庁警備局を頂点に、全国に張り巡らされた「警備公安警察」のヒエラルキーの中で、最大の実動部隊を誇るのが、この警視庁公安部なのである。

いかにも屈強な肉体を誇示する男や、メタボリック気味の男たちが騒々しく挨拶しながら闊歩する警視庁本部だが、この公安部は異質なフロアである。

廊下を歩く男たちは、警察官然とした立ち振る舞いはせず、大声で会話するようなこともない。さしたる特徴もなく、音もなく早足で用を済ませ、扉の向こうに消えていく。見知らぬ人物が不審な行動を見せようものなら、眼鏡の向こう側の猜疑心《さいぎしん》に満ちあふれた鋭い目で、つま先から頭のてっぺんまで観察されることになる。そしてその人物の特徴は彼らの頭の中に永遠に焼き付けられてしまう。

組織の活動の秘匿性は、彼らの人間味のない立ち振る舞いに反映されている。彼らのことを「ハムの連中」と呼ぶ刑事部の刑事たちに言わせれば、公安捜査員は「真実を語らず、人を疑い、隠し事ばかり」の得体の知れない不気味な集団となる。逆に公安捜査員に言わせれば、刑事は「知性のない、単細胞な、口の軽い」侮蔑すべき集団となってしまう。

警視庁の公安部以外の部署には、九州や北関東のアクセントが残る警察官が多いが、どういうわけか公安部には標準語の者が多いといわれる。これも素性を隠したがる公安捜査員ならではの特質でもある。

警視庁十三階でエレベーターを降りて、廊下を歩き「外事第一課」のクリーム色の扉を開けると、目の前に部屋は広がっていない。目の前にはいきなり背の高いロッカーが立ち並んで壁を作っている。

　このロッカー沿いに歩いた一番奥が、「外事第一課第四係」の部屋だ。日に焼けた壁、古びた内装だが、整然とスチールデスクが並んでいる。ラップトップパソコンのソフトが開いたままになっていたり、デスク上に書類が散らばっているようなことはなく、この部隊の秘匿性を物語っている。

　外事一課の組織の実態は公式には明らかにされていないが、課長の下で、三人の管理官が五つの「係」を束ねる形式となっている。第一係は庶務担当、第二係は在京大使館の連絡担当、情報指導、第三係はロシア情報担当、第四係はロシア情報機関員の視察及びスパイ事件捜査。第五係は大量破壊兵器、不正輸出事件の捜査を担当する（五係は外事三課新設までカウンターテロも担当）。

　第四係の任務は、カウンターエスピオナージ＝「スパイハンティング」だ。公安部内で同僚に「今どこの所属？」と問われたとき、「ソトイチ（外一）のヨンガカリ（四係）」と言えば、ロシア絡みの特殊作業に従事しているとだけ理解される。これ以上質問されることもないし、詳しく回答することは許されていない。

　マナーが身についていない同僚から質問されても、せいぜい「ロスケのこれだよ」と言って、Vサインした右手二本指を下に向けて交互に動かす動作を見せるだけだ。

ちなみに「ロスケ」というのは差別的に使われる言葉だが、「ロシアの情報機関員」を指す。そして指を二本立てて下に向け、交互に動かす謎の動作は、二本指を足に見立てた「秘匿追尾」のハンドサインである。ちなみにこのハンドサインは、公安部経験者でないと理解不能だ。

在日ロシア連邦大使館には、「SVR（ロシア対外諜報庁）」や「GRU（ロシア連邦軍参謀本部情報総局）」の機関員が外交官のカバー（偽装）で駐在し、エスピオナージ（諜報）活動を行っている。彼らスパイと呼ばれる男たちの非公然、非合法な諜報活動の端緒をつかみ、事件化まで持ち込むのが「第四係」に所属するスパイハンターの任務なのだ。

「オモテ」と「ウラ」

第四係は公然部隊である「オモテ作業班」と、非公然部隊の「ウラ作業班」に分かれる。この二つの班はそれぞれ「オモテ」「ウラ」と呼ばれるが、組織分掌表にその表記は存在しない。

オモテに所属する捜査員の任務は、ロシア大使館の情報機関員の公然視察だ。姿を隠すことなく対象に顔を晒して行確（行動確認）し、時には「インタビュー（直接尋問)」「強制追尾」もこなす。

あるオモテ班員は、レストランで昼食を終えて出てきたロシア大使館員に接近し、

「お前はGRUだな。俺たちはすべて知っているからな」

と、ロシア語で耳打ちしたことがある。

この大使館員は、まったくあわてる素振りを見せず、ニヤッと笑って、

「私はただの外交官ですよ。あなたこそ警察の秘密の部門にいるんでしょう?」

と流暢《りゅうちょう》な日本語で返した。

双方の挑発的な態度で一触即発の険悪なムードが流れたが、オモテ班員は「この男は単なる外交官ではなくGRUだ」と確信した。笑顔で皮肉たっぷりの逆質問を返すなど、修羅場をくぐった情報機関員しかありえないからだ。

中には情報機関員に「お茶の一杯でもご馳走してやる」と言って馴れ馴れしく接近して、親しくなり、協力者としての獲得を試みた強者《つわもの》のオモテ班員もいる。こうしたオモテの「インタビュー」での相手の表情、発言といった反応は、すべてファイリングされ、記録として残される。

しかし一度オモテに所属して顔を知られてしまうと、二度とウラに所属することはできないという不文律がある。ロシア大使館のSVR東京駐在部の中には、「ライン

ＫＲ」というカウンターインテリジェンス専門のチームがあり、「オモテ」のスパイハンターの姿は秘撮（秘匿撮影）され、本国にファイリングされてしまうからだ。「オモテ」と表裏一体となって動いているのが、極秘の非公然部隊「ウラ」である。この当時、ウラはコードネームで呼ばれる三つのチームに分かれていた。

コードネームが漏れると今後のウラの活動に支障が出る可能性もあるので、本書では「ＴＳ」「ＬＳ」「特命」と呼ぶことにする。これらのコードネームは視察形態による分類で、当時はそれぞれ十人前後の捜査員で構成されていた。

「ＴＳ」は初期接触をキャッチするチーム。情報機関員はエージェント（情報提供者）獲得工作の初期段階においては、繁華街など人目につきやすい場所でターゲットと会食するケースが多い。衆人環視の場で安心感を与えるためだ。このためＴＳは膨大な人の流れが交錯する場所、たとえば巨大ターミナル駅やスクランブル交差点、歩行者天国などに網を張り、ひたすら情報機関員が現れるのを待つ。

信じがたいことのようだが、ＴＳはラッシュ時にターミナル駅を乗降する人々、さまざまな方向から押し寄せてくる群衆の中から、情報機関員を引っかける（発見する）という職人技を持つ。機関員を発見次第、秘匿追尾を開始する。初期接触の場合、人目につきやすい繁華街のレストランや寿司店、居酒屋などが舞台となることが多い。それも安上がりな大衆店が使われる。

「ＬＳ」は接触形態が発展し、都心から離れたベッドタウンや郊外の駅周辺で秘密裏に接触するのをキャッチするのが任務だ。過去の機関員たちの行動パターンや所轄から上がってくる「79」ナンバーの目撃情報を総合的に分析し、「点」を「線」にする作業に没頭する。そしてネオンや街路灯もほとんどない郊外の駅周辺の暗闇に網を張り、ひたすら情報機関員の出現を待ち続ける。気の遠くなるような張り込みの末、発見して追尾を開始しても、機関員は激しい「点検」を行う。このためＬＳは最も苛酷で、緻密な分析を要するといわれている。

ＬＳの極秘手法は父から息子に受け継がれたこともある。東西冷戦末期にＬＳのキャップを務めたスパイハンターの息子が、父親の後を追って警視庁の警察官になり、およそ十五年後にＬＳのキャップに就任したのである。

「特命」は警察庁案件や所轄、オモテが端緒をつかんだ案件を捜査する。時にはＣＩＡ（アメリカ中央情報局）やＳＩＳ（イギリス秘密情報部・通称ＭＩ６）など国外のインテリジェンス機関の提供情報を端緒に、捜査を開始することもある遊軍的位置づけだ。

さらに「オモテ」「ウラ」の職人スパイハンターたちを支える「頭脳」として、「分析担当デスク」の一団が存在する。

機関員とエージェントとの諜報接触を捕捉するために、スパイハンターたちは地を這うような苛酷な視察活動を求められる。ロシアの機関員はエージェントと接触する際、追尾者の有無を確認するために、気の遠くなるような長い時間をかけて「点検」を行う。点検や緊急脱出用の「防衛要員」を配置していることも多い。

ロシア機関員が「点検コース」を何時間も延々と歩くのに苛立って、精緻に行われるべき秘匿追尾が荒っぽくなると、機関員は瞬時に追尾者の存在を察知し、エージェントとの接触を中止することになってしまう。近くに潜んでいた防衛要員が車で駆けつけ、機関員を現場から離脱させてしまうこともある。いったん気づかれてしまえば、その後は執拗な点検やエージェントとの関係断絶により、事件化のための証拠収集は極めて困難になる。

エージェントの訓練が完了していれば、「デッド・ドロップ・コンタクト」や「フラッシュ・コンタクト」といった非接触型コンタクトも使われる。

「デッド・ドロップ・コンタクト」とは木々が鬱蒼《うっそう》と茂る郊外の公園のベンチ下、通行量の少ない橋の下などをあらかじめエージェントに指定し、機密文書などを「投函」させる手法だ。ジュースの空き缶にマイクロフィルムを入れて地中に埋めたり、パッケージを穴に埋め込んだりといった手法も使われる。エージェントと物理的に接触せずに、機関員が機密文書を回収できるため、発覚しにくい。

デッド・ドロップの受け渡しの対象となるのは、機密文書だけではない。かつては東京と神奈川を結ぶ第三京浜道路沿いの鉄塔下の「ほこら」を動かすと、台座部分の空間から小型無線機が発見されて、関係者を驚かせたこともある。日本の最新技術を機関員が獲得しようとしていたとみられている。

「フラッシュ・コンタクト」とは、雑踏の中で擦れ違いざまに機密文書を受け渡す手法で、こちらもロシアの情報機関員が得意とする独特の手法だ。

いずれのコンタクトもスパイハンターにとって、視認や秘撮するのは極めて困難であることは言うまでもない。そして諜報接触を確認すると、二十四時間態勢で休日返上の秘匿追尾を行わなくては、実態を網羅的に把握するのは困難だ。

「スパイハンティング」という特殊任務を背負った「ウラ」の男たちは、家族にすらその任務の内容を明かすことはできず、初対面の人間に会えば、偽名を使って自己紹介するという。多くの者は名刺や警察手帳すら携行せず、交友範囲といえば警察学校の同期を除くと、ロシアスパイの情報を持つ「協力者」くらいのものである。自分の任務にメリットがない者とはコーヒーの一杯すら飲まず、臆病なほどに人との接触を拒絶している。すべては「敵」＝ロシア情報機関員への情報漏洩を防ぐためだ。

　またウラ同士でもプライバシーを明かすことはない。交友関係や私生活上のトラブルの噂でウラを追われた者は数多くいる。いったん疑惑をかけられて田舎の所轄の交番にでも飛ばされると、本部に戻る芽はほとんどない。競争の激しさから、いつ足を掬《すく》われるかわからない。こうした保秘徹底のための相互監視や疑心暗鬼に耐えることができず、自ら脱落していく者もいる。

　大型オペレーションが開始されると、中規模以上の警察署に設置されている警備課外事係や、第四係経験者に招集がかかり、百人近くが「第四係長」の指揮下に入ることになる。こうなると追尾対象がスパイハンティングを専門とする群衆を従えて、目的地に移動するという、にわかには信じがたい状況すら生じるという。

　第四係長には、経験豊富な警部の中でもカウンターエスピオナージのスペシャリストが、歴代就任しており、スパイハンターたちの究極の目標となっている。ノンキャリアの彼らは本部の課長や所轄の署長ではなく、「四係長」としてロシアの情報機関員と闘う道を目指すのである。

アクヴァリウム

　矢島第四係長は窓を背にしたデスクで、六本木で前夜秘撮された数枚の写真を眺めていた。どこか頼りなげに見える日本人の男、高級寿司店で一杯引っかけて出てきたところを撮影されたスチールだった。

　きりりとした眉に、意志の強そうな眼、整った顔立ちだが、笑顔がぎこちなく、どこか翳《かげ》を含む。まったく遊びのないスーツに、後ろと横を短く刈り上げたヘアースタイル。丸の内界隈にいる若いビジネスマンとは明らかに一線を画していた。

　もうひとりは口髭を生やしたロシア人。こちらは入国する際に成田空港で撮影された写真で、もう見飽きた顔といってもよい。「第四係」の捜査員なら「オモテ」「ウラ」問わず、その細い目、存在感のある耳、固く結ばれた口、頑丈そうな顎《あご》、それぞれの部品で見せられても誰のものか言い当てることができるはずだ。

　写真を眺めていた矢島の脇に「特命」のキャップ・吉田竜彦警部補（仮名）が立って、写真に視線を落とした。ストライプのネクタイに紺色のスーツ、いかにも糊のきいたワイシャツを身につけた吉田は、都内の私立大学を卒業後、警視庁に入庁、二十年近い警察官人生のほとんどを公安畑で過ごしている。

　洗練された身のこなしは泥臭さとは相容れないが、巡査部長時代にＴＳで地を這うような捜査に耐え抜き、内閣情報調査室では国内インテリジェンスのプロとして鍛錬を積んでいる。全身が醸《かも》し出すスマートなイメージとは裏腹に、冷たい光を放つ眼には、強大な自信を漲《みなぎ》らせている。その自信は、「公安部のエース」「将来の四係長」というきわめて高い評価で裏打ちされている。

第四係長の矢島は、性格もさることながら、外見も吉田とは対照的だ。鍛えられた筋肉の上に、たっぷりの脂肪で武装したこの職人捜査員は、警部補時代に特命とTSのキャップを務めたのち、警部への昇任異動で麻布警察署の警備課長代理となり、ついに念願の第四係長としてスパイハンティングの最前線に復帰した。

温厚そうに見える丸顔を、薄い色付きレンズの眼鏡で威圧的に演出しているのは、桑年になろうかというベテランスパイハンターのしたたかな知恵なのだと推察される。同時にレンズの奥の眼には、常人とはかけ離れた経験を重ねた人生の陰翳《いんえい》を刻んでいた。

「GRUのボガチョンコフですか……。愛想がいいやつですが、追っかけは難しいですよ」

「オモテ」が秘撮してきた写真の中で微笑むロシア人は、脆弱《ぜいじゃく》な日本のカウンターエスピオナージをあざ笑っているかのようにも見えた。

在日ロシア連邦大使館のビクトル・ユリエビッチ・ボガチョンコフ駐在武官は、一九五六年六月四日生まれの四十三歳（一九九九年当時）、海軍大佐の肩書を持つが、正体は「ＧＲＵ」というロシア連邦軍の諜報機関の機関員であることは、外事一課の捜査員なら当然知っている。

「ＧＲＵ（ロシア連邦軍参謀本部情報総局）」とは、旧ＫＧＢ（ソ連国家保安委員会）とライバル関係にあった諜報機関だ。その名のとおり、ロシア連邦軍の作戦指揮機能を持つ参謀本部の一部局で、参謀総長を通じて国防相に直結している。

ロシア連邦軍参謀本部には、五つの総局が存在する。「作戦総局」「組織・動員総局」「国際軍事協力総局」「通信総局」そして「ＧＲＵ（情報総局）」という構成になっている。

ＧＲＵの本部ビルは、モスクワ市ハラショーヴォ・ムニョーヴニキ地区にある。全面ガラス張りの外観から「アクヴァリウム（水族館）」と呼ばれる。

ソ連時代から一貫して組織実態が明らかにされず、ロシア国内でも最も謎めいた組織のひとつである。内部はアメリカ、アジア、ヨーロッパなどエリア担当局に分かれているほか、工作局、電波諜報局、技術管理局など目的別の局が存在するとされる。その局数は十二、職員数は一万二千人といわれる巨大情報機関だ。

スパイの巣

ＧＲＵのターゲットは、対象国の軍事政策や軍備、戦術に加え、軍事転用可能な科学技術である。このためＧＲＵ東京駐在部の場合、自衛隊の組織や人事資料、艦船・戦闘機の導入や開発計画、通信や戦闘指揮システム、ハイテクミサイルのスペックをはじめ、宇宙工学、医学、薬学にまでその触手は及ぶ。そして最大の狙いは、日本の同盟国アメリカの軍事機密だ。

こうした機密情報収集のため、ＧＲＵ機関員は、「エージェント」と呼ばれる情報提供者を対象組織内部に養成する。日本国内でＧＲＵのリクルート（協力者獲得工作）対象となる職業は、防衛省職員や自衛官、中央省庁の官僚や、企業の技術者、さらには政治家、マスコミ関係者、評論家と多岐にわたる。「国際的な攻撃からソ連を守り、ソ連の崩壊を阻止する」という設立当初のＧＲＵ最大の任務は、ロシア連邦になってからも何ら変わることはないようだ。

一方、スパイ小説などでも有名なＫＧＢは、ソ連共産党を守るため、国内の反共産主義者を粛清する秘密警察の役割を果たすとともに、アメリカを中心とする共産主義世界革命の敵をインテリジェンスによって破壊するスパイ機関だ。対外諜報、国内防諜、国境警備、要人警護などに加え、盗聴、暗号解読、暗殺などの幅広い特殊任務を担う、まさに旧ソ連の闇を背負う組織だった。国内外にスパイを擁するこの巨大情報機関はかつて「国家の中の国家」とまで称された。

　このKGBの中で対外諜報を担当したのが「第一総局（FCD）」で、資本主義国家にスパイを潜入させ、エージェント獲得、情報操作、破壊工作、テロリストの支援を行った。

　まさに世界革命を起こす「剣」、共産主義国家を守る「盾」ともいわれたKGBだったが、ソビエト連邦崩壊とほぼ同時に、解体されることになる。

　一九九一年八月、ペレストロイカ（建て直し）やグラスノスチ（情報公開）といった急進的な改革を推し進めてきたミハイル・ゴルバチョフ書記長が、「国家非常事態委員会」を名乗る改革反対派の保守勢力によって、クリミアの別荘に軟禁される事件が起きた。このクーデターは三日後に失敗に終わり、首謀者のひとりであったKGB議長ウラジーミル・クリュチコフは、当然のことながら解任された。

　ゴルバチョフはワジム・バカーチンをKGB議長に任命、ソ連共産党に対する国民の不満が高まる中、バカーチンはKGBに対する国民の批判をかわし、組織を延命させるための工作に奮闘することになる。

　一九九一年九月、バカーチン議長は著名な経済学者エフゲニー・プリマコフを第一総局長に就任させた。その後もさまざまな機構改革によって組織存続を試みるが、共産主義を守る国家の中の国家と呼ばれたKGBへの批判が収束することはなかった。そしてついにソ連の最高機関である国家評議会はKGB解散を正式決定する。

同年十一月、KGB本体からプリマコフ率いる第一総局が分離独立、十二月十八日に「対外諜報庁設置に関する大統領令」に基づき、SVR（ロシア対外諜報庁）が誕生した。ゴルバチョフがソ連大統領を辞任し、最高会議が「ソ連の解体」を宣言する、わずか一週間前のことだった。

「センター」などと呼ばれるSVR本部は、現在もKGB第一総局時代と同じく、モスクワ市南西部のヤセネヴォの森に潜んでいる。職員数一万人から一万二千人ともいわれる巨大諜報機関、そのトップに君臨する「長官」は、国家戦略決定機関であるロシア連邦安全保障会議のメンバーとして、国内保安を担当するFSB（連邦保安庁）長官とともに、国策決定に大きな影響力を持つ。

KGBは旧ソ連崩壊後解体され、国際諜報部門を担当するSVRと国内防諜・保安を担当するFSBに分断された。しかしGRUだけは情報機関再編の波には飲み込まれず、解体を免れ、原形を保ったといわれている。予算人員も大幅に拡充されたとの見方が定説になっており、SVRが一時、予算や要員の削減に喘《あえ》いだのと対照的だ。

ＳＶＲ、ＧＲＵともに、世界中の大使館に機関員を派遣している。ＳＶＲ機関員が「書記官」のカバーで駐在するのに対して、ＧＲＵ要員は「駐在武官」「書記官」という二つのカバーを使っている。

二つの組織が機関員を派遣するのは大使館だけではない。たとえば日本では、政府機関である「在日ロシア連邦通商代表部」にも多くの機関員が在籍している。通商代表部のスタッフは代表と副代表以外、外交特権で守られていないのだが、ＳＶＲ、ＧＲＵという二つの組織の機関員が活動する、いわば「スパイの巣」となっているのが実態だ。

このほか、ＳＶＲは「ノーボスチ」「イタル・タス」といったロシアの報道機関の特派員というカバーでも機関員を活動させ、ＧＲＵも国営航空会社「アエロフロート」の駐在員のカバーで機関員を国外に派遣するのが常套手段だという。日本警察がその行動形態などから「機関員性あり」と日本国内で認定した者だけでもＧＲＵが三十人、ＳＶＲが四十人ともいわれている。

東京の場合、ＳＶＲ、ＧＲＵともに在日ロシア連邦大使館内に拠点を置いている。ＳＶＲが十階、ＧＲＵは暗号通信を担当する電信部とともに九階にあるといわれている。

両者はそれぞれの「レジデント」と呼ばれる駐在部長の指示に従い、ライバルとして鎬《しのぎ》を削る。SVRは大統領、GRUは国防総省がカスタマーなので、科学技術情報の収集以外、二つの機関は協力関係にない。このため、お互いの作戦室に入ることもなければ、情報交換もなく、それぞれ独立機関としての権限を与えられている。

彼らは大使館内ではアンタッチャブルな存在だ。ニューヨークにあるロシア連邦国連代表部の一等書記官だったSVR機関員セルゲイ・トレチャコフが二〇〇〇年にアメリカに亡命したあと、明らかにしたところによると、代表部内に勤務するロシア外務省の外交官たちは「SVR」「GRU」といった名前を決して口にしなかった。

ロシア国連代表部は、マンハッタン・アッパーイースト六十七丁目のビルに入居していて、SVRとGRUのニューヨーク駐在部は八階に置かれていた。盗聴防止のために窓がなく、外部のインターネットも繋がらないことから、このフロアは「サブマリン（潜水艦）」と呼ばれ、立ち入ることを許された唯一の外交官は国連大使だけだったという。これは情報機関員が「外交」とはまったく別の世界に存在することを象徴している。

「毒ウォッカ事件」

「ＧＲＵ」が日本人を戦慄させたのが、「トビリシ毒ウオッカ事件」である。事件が起きたのは一九八〇年三月、在モスクワ日本大使館の防衛駐在官・平野浤治ら二人が、グルジアの首都トビリシを視察していた時のことだ。レストランバーで、夕食を食べている二人に、客とおぼしき男が、ふらっと接近してきたのが、悲劇の前奏だった。

「日本人か？　私の息子が空手をやっているが、優秀な成績を挙げたので乾杯してほしい」

酒を勧められた平野が、グラスになみなみと注がれたウオッカを飲んだ瞬間、凄まじい目眩《めまい》と吐き気、背中の激しい痛みなどの毒物中毒の症状に襲われたのだ。平野はかろうじて一命を取り留める。

日本警察が「犯人」として、密かに名指ししたのが、「ＧＲＵ」だった。「毒ウオッカ事件」のちょうど二ヵ月前、一九八〇年一月十八日、警視庁外事一課は、あるスパイ事件を摘発していた。陸上自衛隊元陸相補が、在日ソ連大使館に駐在するＧＲＵ機関員コズロフ武官に秘密文書を提供していた、いわゆる「コズロフ事件」だ。

元陸将補は定年退職直前の一九七三年に在日ソ連大使館を訪れ、武官に再就職の斡旋を依頼、その後、摘発されるまでの七年間、三人のGRU機関員によってエージェントとして運営された。

元陸将補は現金の供与を受ける見返りに、かつての部下だった現役自衛官から軍事情報月報や公電などを受け取って、GRU機関員に提供していた。外事一課のスパイハンターは、元陸将補が現役自衛官から資料を受け取った瞬間を捕捉し、逮捕したのだった。

元陸将補を代々引き継いだ三人のGRU機関員のうち、最後のハンドラーがコズロフ武官だった。コズロフは日本赴任からわずか五ヵ月で、外事一課から出頭を要請され、緊急帰国することになった。

コズロフは元陸将補に、「デッド・ドロップ・コンタクト」や、特定の場所にテープを貼ってメッセージを伝える「マーキング」というロシアスパイ独特の連絡方法も教え込んでいた。スパイの流儀を叩き込んだ貴重なエージェントの逮捕は、GRUにとって大きな打撃だったに違いない。

日本の警察当局は、コズロフ事件が毒ウオッカ事件の伏線になったという見方を強めた。つまり、GRUが報復のために、同じ「駐在武官」という肩書きの平野を狙った可能性が高いというのである。

警察庁長官を務めた漆間巌《うるまいわお》（前内閣官房副長官）が、警察官僚のモスクワ派遣の第一号として、在モスクワ日本大使館一等書記官となり赴任したのは、毒ウオッカ事件直後のことだった。

実は在モスクワ日本大使館には、戦前の内務省時代に「防諜事務官」というポストが存在した。戦後も一九五七年に、のちの警備局長・川島廣守《ひろもり》が一等書記官で赴任することが内定したことがあった。しかし、当時の門脇季光《すえみつ》大使の「警察官僚の赴任は危険がある。川島君の命の保障はしがたい」との打電で、川島の赴任先はユーゴスラビアに変更になった。警察庁にとってモスクワ駐在は、いわば曰く付きのポストだったのだ。

漆間は赴任してすぐ、「毒ウオッカ事件」の現場を視察してやろうと、トビリシに飛んだ。スターリンの出生地ゴリの街を見て歩いたあと、事件の舞台となったレストランバーに、客を装って入ってみた。

漆間がひとり食事をしていると、肌も露に踊っていたショーダンサーが接近してきて、

「一緒に踊らない？」

と誘ってきた。

漆間がこの誘いを断ると、今度は周辺にいた男たちがやってきて、

「さすが日本人だ。あの女の誘いを断るなんて！」

と、漆間を褒めそやした。

「乾杯しよう！」

男たちはこう言って、大量のグラスを持ってきた。漆間は、毒物中毒に悶《もだ》え苦しんだ平野とまったく同じ状況に置かれてしまったのだ。

漆間がグラスの中身を観察すると、入っているのはすべてシャンパンだった。「ぶどう酒醸造発祥の地」とされるグルジアでは、酒と言えば、ワインかシャンパンだ。店のメニューにウオッカがなかったのは確認済みだった。

「平野が飲んだのがウオッカだったとすれば、GRUによるひとつのメッセージだった可能性がある。シャンパンなら大丈夫だ」

こう睨んでいた漆間は、おびえる様子を見せずに、男たちが勧める酒を、順に飲み干してみせた。常温の液体が胃に届いても、体に異変は起きなかった。

のちに警察組織のトップに立つ漆間は、捨て身の覚悟での現場視察に踏み切ったわけだが、平野の吐瀉物《としゃぶつ》の痕跡すら残っておらず、毒物の鑑定は不可能だった。事件の真相はいまだに謎に包まれたままだ。

「私の人生最大の楽しみは、敵を暴き、十分に準備して復讐し、それから安心して寝ることだ」

スターリンが旧GPU（国家政治保安部）長官との酒席で、グラス片手に言い放ったという「甘美な復讐論」は、現在もGRUという強大組織の中に宿っているのだろう。グルジア人であるスターリンがこのセリフを吐いたとき、手にしていたグラスにはやはりウオッカではなく、ワインが入っていたといわれている。

報復

毒ウオッカ事件の七年後、一九八七年にも、スパイ摘発に対する報復と見られる事件が連続している。

警視庁公安部外事第一課は、この年の五月、「横田基地ソ連スパイ事件」、「東芝機械ココム違反事件」を連続して摘発した。横田基地事件では、ソ連通商代表部に在籍するGRU機関員がエージェントと接触しようとしたところを、スパンハンターたちに急襲され、任意での取り調べを受けた。この直後からソ連側も触発されたように動き出す。

在モスクワ日本大使館付の防衛駐在官だった竹島信博一等海佐がスパイ活動の嫌疑

をかけられたのは、モスクワに着任から、わずか二ヵ月後の七月末のことだ。研修旅行先のウクライナ共和国の港湾都市オデッサで写真を撮っていると、治安当局者らしき男たちに取り囲まれた。竹島がカメラを向けた先には、ソ連海軍基地があり、潜水艦などが停泊していたのだ。

防衛駐在官として竹島と一緒に現場にいた岡本智博元航空自衛隊空将はこう振り返る。

「あたりにいた観光客の姿が突然消えた。『逃げよう』と思った瞬間に、得体の知れない集団に取り囲まれ、彼らが無言で我々に向かって無数のフラッシュライトを焚《た》いた。強い光に目が眩《くら》んで、動転したところで尋問が始まった。彼らはGRUの要員だったのだろう」

結局、竹島は翌八月、事実上のPNG（ペルソナノングラータ・好ましからざる人物）通告を受けて国外退去を求められた。日本大使館員の国外追放は、戦後はじめての事態だった。

岡本によると、大使館員が標的になったのはこれだけではなかった。公使の自宅の窓ガラスがある日、空気銃で割られた。別の日には、日本大使館ナンバーの車だけが八台も車上荒らしにあい、ステレオやタイヤなどが盗まれた。大使館員の住む集合住宅は塀で囲まれ、入り口には内務省交通監視官が常駐しているにもかかわらず、である。

岡本が交通監視官に苦情を言うと、

「俺たちが監視しているのは、泥棒ではない」

と言い放った。監視しているのは日本人だということを暗示していた。

交通事故も相次いだ。日本人館員がモスクワ市内の青信号の交差点を、車で直進しようとしたら、信号無視した車が横っ腹に突っ込んだ。

政務班長の妻が運転するボルボが、急停止したトラックと、背後から突っ込んできたトラックとの間に挟まれる玉突き事故も起きた。妻はドアを自力でこじ開けて脱出した。大使館の裏庭に牽引されてきたボルボを見ると、車体が三分の一ほどにつぶれた状態だった。

次は岡本自身の番だった。一九八七年秋、中国大使館の武官と面会した岡本が車を走らせていると、猛スピードで追走してきた白いトラックが追い抜きざまに、岡本のトヨタ・カムリを巻き込む形で、車線変更してきたのだ。岡本は急ブレーキを踏んだが、車は鼻面を弾き飛ばされて、対向車線に突っ込んだ。岡本のカムリはそのまま三車線の対抗レーンを突っ切り、歩道に乗り上げて止まった。

危機一髪のところで正面衝突を免れた岡本は、ライトをハイビームに切り替えて、逃走するトラックを追跡した。トラックは国営映画製作所に逃げ込み、そのまま行方がわからなくなった。

岡本の事故の直後にも、気味の悪い事件があった。日本から派遣されてきた警察と陸上自衛隊の盗聴器探索チームのメンバーが、日本大使館内の食堂で昼食を食べたあと、激しい嘔吐や腹痛などの中毒症状で次々と倒れたのである。当時大使館ではソ連人のコックが昼食を作るシステムになっていた。この事件をきっかけに、食堂は閉鎖され、大使館員は弁当を持参することになった。

英雄の墓前で

破壊工作や暗殺も任務のひとつとされる「GRU」だが、現場の機関員はどのような男たちなのだろうか。東京・府中市の「多磨霊園」を訪れれば、遭遇することも可能かもしれない。毎年五月九日が近づくと、日本に駐在するGRU機関員たちが「英雄」のもとを訪れるからだ。

最近では二〇〇八年五月八日午前十時前、この都立霊園の駐車場に「79」で始まるナンバーを付けた数台の外交官車両とバスが次々に入ってきた。セダンタイプの外交官車両からは、濃緑、白、水色の軍服を着たロシア軍人五人が、バスからは十五人ほどの少年たちが降りてきた。手に花束を持った軍人と少年たちが向かった先は、リヒャルト・ゾルゲの墓である。

日本のスパイ摘発史に昂然《こうぜん》と名を刻むゾルゲは、GRUの前身となる赤軍第四本部に所属していた情報機関員で、ドイツの新聞社『フランクフルター・ツァイトゥング』の特派員というカバーで、エスピオナージ活動を行った伝説のイリーガルスパイである。

ゾルゲは東京を拠点に、朝日新聞記者で近衛文麿内閣のブレーンにもなる尾崎秀実《ほつみ》らをエージェントとする国際諜報団を作り上げた。同時に、駐日ドイツ大使オイゲン・オットに食い込み、大使顧問の立場も得た。

ゾルゲがモスクワに打電した情報のうち、最も大きな功績として語り継がれているのが一九四一年の「日本軍は南進。ソ連攻撃の意思なし」という日本軍の極秘作戦に関するものだった。これを受けてソ連軍はソ満国境に集結させていた極東配備部隊を密かに西に向かわせ、ヨーロッパ戦線を増強した。ゾルゲの打電は、ソ連軍がドイツ軍を打ち破ることに大きく貢献した。

この打電のあと、一九四一年十月に、ゾルゲは警視庁特別高等警察（特高）部外事課ロシア班のスパイハンターたちによって逮捕された。まさに警視庁公安部外事第一課第四係の前身となる捜査機関といってよいだろう。

逮捕されたゾルゲは、「駐日ソ連大使と面会したい」と申し入れたが、ソ連大使館の返答は「リヒャルト・ゾルゲなる人物は存じ上げない」との返事だった。祖国は敵の手に落ちたスパイを切り捨てたのだ。

治安維持法、国防保安法、軍機保護法、軍用資源秘密保護法違反の罪で起訴されたゾルゲは、裁判で死刑判決を言い渡された。そして一九四四年十一月七日、ロシア革命記念日というソビエト人としてはめでたい日に、巣鴨の東京拘置所で処刑された。

遺体は引き取り手もなく、東京都豊島区の雑司ヶ谷霊園にある共同墓地の一角に、寂しく埋葬されたが、逮捕直前まで一緒に暮らしていた石井花子によって掘り起こされた。花子が墓を建てて埋葬したのが、この多磨霊園だった。

ゾルゲがスパイハンターの足音が迫りくるのを感じながら、決死の覚悟で送った極秘情報のおかげで、ソ連は一九四五年五月八日にドイツを降伏させることができた。ロシアでは翌九日が勝利を記念する祝日となっている。

このためこの記念日が近づくと、普段は誰も訪れることがない多磨霊園のゾルゲの墓は、東京に駐在する制服組武官とGRU機関員らの訪問を受ける。かつて祖国に見放され、一時は無縁仏になったスパイの墓が、「祖国を守った英雄」として崇められるようになったのである。

この日、多磨霊園を訪れた五人の男たちが着用していた軍服のうち、濃緑は陸軍、白は海軍、水色は空軍のものだ。みな肩に階級章を着用しているが、全員が制服組の軍人とは限らない。GRUはロシア連邦軍参謀本部の一部門であるから、武官という肩書で日本に駐在するGRU機関員も、式典に参加する際には、軍服を身につける。

続いてバスから降りてきた少年たちは、在日ロシア連邦大使館内にある「ソビエト連邦英雄リヒャルト・ゾルゲ名誉学校」の生徒だ。この通称「ゾルゲ学校」は、在日ロシア人子弟のための学校で、一年生から十一年生、つまり小学生から高校生までが通う。

先頭を切ってゾルゲの墓石の前に立ったのは、在日ロシア連邦大使館の武官長だった。

彼は子供たちに向き直って次のように演説した。

「リヒャルト・ゾルゲの本国へのメッセージで、一九四一年に日本がソビエトを侵攻しないことがわかった。そのためスターリンは極東からソ連軍の師団を移動させることができた。ゾルゲは祖国の偉大なる愛国者で、ロシア国民の記憶に永遠に残ってゆくのだ」

武官長はこう言って、ゾルゲの墓石に花束を置いた。子供たちは伝説の偉人の墓石を眩しそうに見つめた。全員が順番に花束を置き終えると、子供たちを前に並ばせ、墓石を背景にして記念撮影を行った。

「ゾルゲ学校」の生徒たちがバスに乗って先に帰ると、五人の軍服の男たちだけが残った。彼らが居住まいを正すと、父親の顔は消え去り、貫禄ある軍人の姿となった。彼らはゾルゲの墓に向き直ると、一斉に敬礼した。

祖国から見放されながらも、処刑台の上で「コミンテルン万歳！ ロシア万歳！ 赤軍万歳！」と叫んでからこの世を去った、偉大なる先人の魂に敬意を表する、長くて静かな敬礼だった。

普段は強制追尾などで挑発的な行確を行う「四係オモテ」のスパイハンターたちも、この日の厳《おごそ》かな儀式にだけは距離を置き、無用な妨害をしないよう離れた場所から見守った。子供たちの前にも姿を晒さぬよう細心の注意を払った。

憎み合い、欺き合い、激しく対立する「敵」と「味方」であっても、これがインテリジェンスの世界に生きる男同士のマナーなのだろう。

軍服を身にまとった五人の男たちは、用意していたショットグラスにウオッカを注ぐと、グラスを高くかざして、ぐいっと飲み干した。

英雄を偲《しの》ぶ献杯の一部始終を見つめる三人のスパイハンターを視界の隅に捉えると、武官たちは彼らの配慮に感謝するかのように軽く会釈して、ゾルゲの墓をあとにした。

こうした儀式は毎年五月九日に向けて五月雨《さみだれ》式に続く。GRU機関員は毎年、多磨霊園にやってきて、国民的英雄となった偉大なるスパイの功績を讃《たた》える。同時に自らがゾルゲと同じ対日エスピオナージという苛酷な任務を遂行していることを再確認するのだ。そして自分もGRU機関員として、名を残すことを誓うのである。

こうしたゾルゲの墓前でのセレモニーは、第一次大戦でドイツ軍に対抗するための「赤軍」が組織されたことを記念する「祖国防衛の日（二月二十三日）」、ゾルゲの命日にあたる「ロシア革命記念日（十一月七日）」にも行われる。

年三回英雄ゾルゲの墓前で執り行われるGRU機関員の儀式を見ても、東西冷戦終了後、ロシアのスパイはいなくなったという考えは、おめでたい幻想であることがわかるだろう。

GRU機関員ビクトル・ボガチョンコフの日本への赴任はこれで二度目だった。前回は一九九〇年十一月十七日から一九九四年四月三十日まで「海軍武官補佐官」という肩書で東京に駐在していた。そして一九九八年九月十二日に「海軍武官」に昇進しての再来日を果たした。これは、本国で対日工作のスペシャリストとして評価されたということだ。それを証明するかのように、軍の階級が「海軍中佐」から「海軍大佐」に昇進している。

大抵のロシア人男性のような威圧的な巨体ではなく、身長は百七十センチで小太り、銀縁の大きな眼鏡、人の良さそうな笑顔、さらには流暢な日本語。ロシア人としては物腰柔らかで、愛嬌のある口髭が、どこか春風駘蕩《しゅんぷうたいとう》とした雰囲気を演出している。しかし、スパイハンターたちの過去の作業によって、ボガチョンコフが軍人らしからぬ親しみやすい要素を武器にしながら、人脈を着々と拡大していることが、記録されていた。

それにしても、寿司店でボガチョンコフと談笑していた男は何者なのだろうか。ビジネスマンにもジャーナリストにも見えないこの男の背中に浮かぶ、どこか寂しげな翳が、矢島と吉田はどうしても気になった。

「念のために割り付けをやっておこう。特命だけの完全秘匿でやってくれ」

矢島は特命キャップの吉田に指示した。「ウラ」が静かに始動した。

第二章　運命の狭間で……

見当たり

丹沢大山国定公園の一角には、かつて山岳信仰の地として栄えた大山がある。海抜千二百五十二メートルの大山の麓に広がるのが、神奈川県の中心に位置する伊勢原市だ。総面積の三分の一が山林原野で、山鳥が市の鳥に指定されているように、自然が豊富で、時には熊の目撃情報もある。

人口十万人のこのベッドタウンには、東名高速道路、国道二四六号線、小田原厚木道路が横切る。渋滞さえ回避できれば都心まで車で三十分しかかからない。しかし多くの市民は高速道路の渋滞よりも、鉄道の混雑を選択し、新宿まで一時間かかる小田急電鉄小田原線を利用する。

大山の玄関口にあたる小田急伊勢原駅北口には大山阿夫利《あふり》神社の鳥居があり、土日になると大山ケーブル駅行きのバス停には、登山やハイキングを楽しむ人たちが杖を持って列を成し、長閑《のどか》さを醸し出す。しかし平日の朝晩は、郊外のベッドタウンらしく、通勤、通学客が忙しく行き交うことになる。

鳥居から眺める伊勢原駅の駅舎は昭和の趣すら感じさせる質素なものだ。一日の利用客は五万人にもなるというが、明らかに老朽化している。改札口、階段ともに狭く、夜のラッシュの時間帯となると、利用客が改札口内で滞留し、水道水の高圧噴射のように、一気に外に吐き出されてくる。

　オモテ班の失尾《しつび》の代償は大きかった。「特命」の五人のスパイハンターは連日、伊勢原駅の北口側と南口側とに分かれて、改札口を通過する利用客の中から、写真の男を探し出すことになったのだ。

　吉田キャップ以下五人は作業開始から二週間、一度も四係の大部屋に姿を見せなかった。特命案件は、解答を出すまで本部の大部屋に顔を出さない。これは「ウラ」のスパイハンターたちの不文律のようなものだ。

「見当たり」と呼ばれるこの作業に取りかかると、ウラのスパイハンターたちはまず身長で群衆を選別する。看板、柱の汚れなど、対象の身長と一致する高さの目印に、心の中で線を引き、この線に一致する者の顔だけをピックアップするのだ。

　そして彼らはピックアップした人間の「眼から鼻、耳にかけての位置関係や形状」を瞬時に確認する。どんな変装をしても、顔のこの部分だけは変わらない。髭を生やしていても同じだ。逆にサングラスやマスクで隠していれば、警戒対象となり、あらゆる角度から複数のスパイハンターの目が同時に光ることになる。

　彼らは視線を走らせながら、ひとりひとりの顔を確認するわけではない。乗降客の画像を眼に焼き付けるのだ。それも視界に入る群衆ひと固まりを、まるで高性能デジタル一眼レフカメラのように「バシッ、バシッ！」と静止画にして切り取り、あたかも液晶画面のように眼底に残像を焼き付け、その中から対象を発見する。記銘、保持した対象の画像と切り取った人間の「静止画」を瞬時に検索、照合するのである。

元スパイハンターのひとりは、

「視界に入る群衆を、『点』ではなく『面』で切り取るイメージトレーニングを重ねる」

と、その手法を明かす。

熟練したスパイハンターなら、一枚の「静止画」の中に二十人から三十人の集団が一度に映し出されても、零コンマ何秒で照合作業は可能だという。まさに職人芸だ。

吉田たちは気の遠くなるような見当たり作業を、表情ひとつ変えずに、いとも簡単にやってのけた。ＴＳが渋谷駅ハチ公口の群衆から、ＬＳが郊外の駅でいつ来るか知れぬ情報機関員を発見することと比較すれば、郊外の小さな駅で、無警戒の日本人を発見することなど容易《たやす》いことだった。

「見当たり」開始から二週間後の夜、「特命」のひとりが駅の改札から出てくる写真の男を特定した。特命の五人のスパイハンターたちは、対象の男に吸い寄せられるように秘匿追尾を開始、男が北口の階段を下りて、徒歩で十分ほど離れた住宅街の一軒家に帰宅するまでを見届けたのである。

全国の警察署の交番には、「巡回連絡簿冊」と呼ばれるファイルが保管されている。これは地域課の警察官が、管内に引っ越してきた家庭を一軒一軒訪問して集めたもので、家族の名前、生年月日、緊急電話番号が所定の用紙に記入されている。地道な家庭訪問によって集められた用紙は、通称「巡連カード」と呼ばれ、事実上の住民データ台帳として、厳重に保存される。

このファイルから、男の氏名・職業・家族構成が判明した。

森島祐一（仮名）・三十七歳。職業は自衛官、それも海上自衛隊の三等海佐という幹部自衛官だったのだ。連絡先などから、神奈川県横須賀市にある防衛大学校総合安全保障研究科、つまり防大の大学院に在籍していることも明らかになった。まさに軍事諜報機関であるＧＲＵ（ロシア連邦軍参謀本部情報総局）にとっては、格好のターゲットだった。

家族は、ひとつ年上の妻・聡子（仮名）と、九歳になる一粒種の航太（仮名）がいた。

弔い合戦

伊勢原駅北口からほど近い住宅街の朝は、都心より明らかに空気が澄んでいた。暖かい日差しで乾燥した落ち葉が、冷たい風に吹かれてかさかさと音を立てている。住宅街を横切る緩やかな坂道の歩道を、ランドセル姿の小学生の一団と、コート姿で通勤するサラリーマンが下っていった。

午前八時ごろ、「千津《せんづ》ふれあい公園」のほうから、青いウインドブレーカーを着込んだ丸刈りの中年男が、白い息を吐きながらゆっくりと上ってきた。ジョギングにはいささか時間が遅いが、公園内の落ち葉を踏みしめて汗を流したあと、都心へと出勤するビジネスマンは少なくない。前方を見据えたまま歩くようなスピードで軽やかなフットワークを刻む中年男は、対面から自転車のブレーキをかけながらゆっくりと坂を下ってきたセルフレーム眼鏡の会社員らしき男とすれ違った。

そのとき、目の前にある木造一軒家の玄関ドアが勢いよく開いた。途端、朝のジョギング中の中年男、そして自転車の眼鏡の男の順番で、刺すような視線が、出てきた三十歳代半ばの男に向けられた。

彼らの視線は男の顔ではなく、男の首から下の全体像を捉えていた。零コンマ何秒かの緊張した空気は一瞬で消えた。暗雲に覆われたかのような表情に、強情そうな眉。爽やかな朝には不似合いな陰鬱《いんうつ》な空気を醸し出す男は、カゴ付きの黒い自転車にまたがると、眼鏡の若い男を追うようにして、伊勢原駅方面に続く緩やかな坂を下り始めた。

「お客さん、出てきた。鞄を持っている」

ジョギングしていた男が立ち止まって小声でつぶやいた。

脇目もふらずに自転車を漕ぐ男は公園前の信号を左に折れ、大通り沿いの商店街を駅とは逆の方向に、八百メートルほど走行した。激しく渋滞している国道二四六号線にぶつかると、男は東京方面に右折し、下り坂にもかかわらず自転車を漕いで加速していった。

反対側の狭い歩道を、やや遅れる形で、先ほどのセルフレーム眼鏡の若い男が懸命に自転車を漕いでいる。

「伊勢原警察署前通過！　まもなくそっちへ行きます」

猛スピードで自転車を漕ぐ男は、二四六号線から体を左に傾けてカーブを切ると、『東海大学医学部付属病院』と表示された巨大な施設群に向け、立ち漕ぎのスタイルで登り坂を上っていった。自転車を決してふらつかせないその漕ぎっぷりが、鍛え抜かれた強靱《きょうじん》な足腰の持ち主であることを物語っていた。

複数のビルが立ち並ぶ病院敷地内のある建物前の駐輪スペースに自転車を突っ込んだ男は、鍵をかけるのももどかしそうに小走りで、建物の玄関をくぐった。

「モリシママル到着しました」

病院前のバス停のベンチに座っていた、ジーパンにジャケット姿の三十代の男が、足を組んだまま独り言を言った。

階段を三階まで駆け上がった男は、小児科病棟のナースステーションをのぞいて、

「おはようございます」

と、大きな声で挨拶し、病室のひとつに入っていった。

ベッドの上に座るひとりの子供を前にして、それまで無表情だった男の顔が一変し、優しげな笑みが満面に浮かんだ。

ベッドの上やサイドテーブルには、色とりどりの美しい折り紙が並べられていた。複数の折り紙を複雑に組み合わせた「ユニット折り紙」と呼ばれる玄人《くろうと》はだしの作品だ。丁寧に、ひとつひとつ時間をかけて作ったに違いない折り紙の数は、入院期間の長さを物語っていた。

毛髪がほとんど抜けてしまっている小柄な男の子は、それまで熱中していた折り紙を掲げて見せ、精一杯の笑顔で父親を迎えた。父親の来訪を心底喜んでいる、きらき

らと輝いた笑顔だった。

病院敷地の駐車場の国産セダンの中に、青いウインドブレーカーに全身を包んでジョギングしていた男が飛び込んだ。神奈川県警警備部外事課の羽生啓二警部補（仮名）は、無線に向けて、息を切らせながら一気に話した。

「鞄を持っているから、自宅に戻らず学校へ向かうでしょう。モリシママルはどこだ？」

「病棟前です」

モリシママルとは、男が猛スピードで漕いできた黒い自転車のことだ。錆の浮いたこの古い買い物用自転車の前輪泥よけには、手書きの大きな文字で「森島丸」と書かれている。自転車の所有者は痩身中背で、決して体格が良いとはいえないが、控えめに「船乗り」であることを証明していた。

それから三十分後、車の中で待機していた羽生の携帯電話の液晶画面に、病院の見舞客を装って潜入している巡査部長の名前が表示された。「対象が病室を出た」という合図だった。

この行確員（行動確認要員）は病棟内で無線と携帯を使うなと厳命されていたので、非常階段からワンコールだけ発信したはずだ。

羽生はすぐに無線で呼びかけた。

「モリシママルが病院を出発する。伊勢原駅は警戒してくれ」

「了解です」

神奈川県警警備部外事課は、自宅近くの千津ふれあい公園、伊勢原駅北口の鳥居の下、そして東海大学医学部付属病院に二人ずつの行確員を常時配置して、森島祐一の行確を開始していた。

時に、捜査は警視庁公安部と神奈川県警警備部のジョイントプロジェクトというスパイ事件捜査としては異例の体制が組まれていた。羽生は警視庁の吉田警部補と綿密に連絡を取り合い、時には合同チームを組んで森島の秘匿追尾を行っていたのだ。

「犬猿の仲」というのが定説であった警視庁、神奈川県警の間での合同捜査が成立した背景には「不祥事に揺れる神奈川県警を立ち直らせたい」という警察庁首脳部の思惑があったといわれている。警視庁が端緒をつかんだ事件に、なぜ神奈川県警が加わったのか。それは実に感情的な理由だった。

きっかけは一連の警察不祥事の発端となった「神奈川県警覚醒剤使用揉み消し事件」だった。神奈川県警警備部外事課所属の警部補の覚醒剤使用が発覚したにもかかわらず、当時の渡辺泉郎《もとお》本部長を中心とする県警幹部が組織ぐるみで揉み消した事件だ。

「犯罪を取り締まり、治安を守るはずの警察が、身内の犯罪を揉み消すのか」

マスコミの集中砲火を浴びた末、当時の渡辺本部長ら神奈川県警幹部九人が書類送検された。このうち最年少だったのが、当時三十二歳の神奈川県警外事課長だった。

この若手課長は刑事処分については起訴猶予となったが、最終的には停職三ヵ月の懲戒処分が下され、一九九九年十二月十一日付で依願退職に追い込まれた。

神奈川県警外事課の課長は若手キャリアのポストだ。いつもなら「東大出の新しいボクちゃんが来たぞ」などと、取り合わない職人気質の外事課捜査員だが、東京大学アメリカンフットボール部で副将を務めていたというこの若者にだけは、「爽やかな好青年」と異例の高評価を下した。覚醒剤揉み消し事件の捜査を担当した横浜地検の検事の一人は、顔見知りの叩き上げの捜査員から「彼だけでもなんとかならないか」と、内々の嘆願を受けた。検事は「ずいぶん人望があるのだな」と驚いたという。

不祥事によってぼろぼろとなった神奈川県警警備部外事課を、スパイ事件捜査に加わらせることで、なんとか立て直そうというのが、警察庁警備局首脳部の思惑だった。

「対象の自宅が伊勢原では足場が悪いでしょう。神奈川と組んでやってみますか？」

当時の警備局外事課理事官の言葉に、「ウラ」のスパイハンターたちは誰ひとりとして反対しなかった。彼らも、外事課長が警察庁外事課の渉外担当のころから知らぬ間柄ではなく、事実上クビに追い込まれてしまったことに心を痛めていたのだ。同時に、「神奈川県警を排除して、警察庁の反感を買うのは得策ではない」という公安捜査員らしい打算も、心の内で働いていたに違いない。

——弔い合戦だ——。さまざまな思惑が交錯する中、警察を追われた三十二歳のキャリア官僚の存在が、険悪な関係にあると言われ続けた警視庁と神奈川県警を結びつけた。

宣告

「息子さんは九十九パーセント助かりません。辛いことですが、少しでも長い間、幸せな時間を作る努力をしてあげてください」

一九九九年十月、森島はひとり息子・航太の主治医から、こう宣告を受けた。ボガチョンコフと六本木の『福鮨』ではじめて食事をした、わずか十日後のことであった。

航太はまだ九歳だ。過剰なまでの愛情を注いで育ててきたひとり息子の死期の宣告は、森島にとって心臓をえぐり出されるような衝撃だったに違いない。

　航太が白血病と診断されたのは、二年以上前の一九九七年二月のことだった。当時六歳、森島は天命を恨んだことであろう。

「臍帯血《さいたいけつ》移植」を受けて、航太は一時快方に向かった。臍帯血とは出産時に赤ちゃんのへその緒と母親の胎盤から採取される血液で、赤血球、白血球、血小板など血液中の細胞の素《もと》となる造血幹細胞が大量に含まれている。骨髄の代わりに、この臍帯血を移植することは、子供の白血病患者には効果があるとされている。

　しかし航太の白血病は再発してしまった。闘病生活が続く中、森島は宗教に救いを求めるようになり、真言密教が母体だという宗教団体に入信した。

　宗教団体の世話役から、

「一回に千円や二千円のお布施では少ないのではないか」

と言われた森島は、「病気が治るのなら」との一念で、金をつぎ込むようになっていく。

　宗教に没頭し、金を消費する森島に、妻・聡子は反発し、口論は絶えなくなった。夫婦関係は悪化し、二人だけで過ごす家庭内の空気は冷たいものとなってしまった。

　一九九九年六月、航太はついに骨髄移植を受けることになった。骨髄移植とは、病に冒された骨髄細胞を根絶したうえで、ドナーの健康なものと入れ替えることだ。

患者は骨髄液の点滴注射によって移植を受けるのだが、移植の二週間前から準備に入り、術前処置として大量の放射線を全身に浴びなくてはならない。その結果、患者の骨髄細胞はすべて破壊されて、血液が生産されなくなり、激しい吐き気や全身の脱毛といった副作用と闘うことになる。さらに移植後は拒絶反応や感染症に注意しながら、無菌室で絶対安静の状態で過ごさねばならない。

一般病棟に移ることができるのは、移植された骨髄液が正常に働き始め、血液が作られるようになったことが確認されてからだ。小さな子供にとっては負担が大きい長期戦となる。

森島夫婦は「子供の側から絶対に離れない。近くに住んで病気と徹底的に闘う」と、固く決意し、小田急伊勢原駅近くに一戸建ての住宅を借りた。この家は病院が紹介したもので、自転車で十五分、車なら十分ほどで、航太のいる病棟に駆けつけることができる。

こうして、森島家は、伊勢原の借家と世田谷区池尻の防衛庁東山宿舎との、二重生活を送るようになった。住居費に加え、保険外医療費である室料差額、骨髄バンク登録料など、移植治療に伴う費用は、森島にとって大きな負担になっていた。

大阪府高槻市で生まれ育った森島は、教師だった父と母のもと、弟がいる長男として育った。両親は敬虔《けいけん》なクリスチャンだったことから、森島も幼少期に洗礼を受けた。一九八二年に、一浪して防衛大学校人文社会学科に入学し、国際関係論を学んだ。

防衛大学校の第三十期同窓会会員名簿を見ると、学生時代の森島は少々変わった学生だったことが推察される。学生時代の所属クラブといえば、ほかのOBはひとつ、多くても二つであるのに対して、森島は合気道部とカトリック研究同好会、美術部という一貫性がまったくない三つものクラブに所属していた。

一九八六年に卒業したあと、森島は着々と幹部自衛官の道を歩んだ。海上自衛隊幹部候補生学校に入校、二十五時間の授業でロシア語に触れ、強い興味を持った。練習艦隊に配属されると、森島は六ヵ月間、日本を離れて、北米、中米、ヨーロッパ、中東、東南アジアへの遠洋練習航海に出た。そして、広島県江田島市江田島町の海上自衛隊第一術科学校で学んだあと、護衛艦の船務士、機関士、航海長を務め、さらに補給艦『とわだ』の船務長というキャリアを積んだ。

高校時代に予備校で出会って以来交際を続けていた聡子とは、任官三年後の一九八九年に結婚、翌年六月に長男・航太を授かった。

森島のキャリアの中には、運命の皮肉としかいいようのない部分がある。森島はインテリジェンスの専門知識を身につけ、自衛隊の「情報畑」を歩み始めたのである。

森島は舞鶴地方総監部防衛部第二幕僚室という国外情報から海水温まで、あらゆる「情報」を扱う部署に配属されたのをはじめ、一九九四年に海上自衛隊資料隊情報第一課に配属された際には、海上幕僚監部調査部調査第二課に派遣されて、ロシアと東欧に関する情報業務を支援することになった。

一九九七年一月、三等海佐に昇任したが、翌月航太が白血病を発病したため、森島は直ちに陸上勤務を希望した。二ヵ月後には、やはりインテリジェンス部門である第一潜水隊群司令部幕僚で戦術情報分析を担当、さらに防衛大学校総合安全保障研究科に入校する直前には、海上幕僚監部調査部調査課に臨時勤務することになった。

この部署で、森島の先輩だった二等海佐は、調査課長から、

「森島君は防大修了後、情報の専門家として戻ってくる。よろしく頼む」

と、紹介されたという。

森島の経歴で特に興味深いのは、日本唯一のインテリジェンス教育学校である「陸上自衛隊調査学校」に二回も入校していることだ。

陸上自衛隊調査学校は二〇〇一年に「業務学校」と統合されて、「小平学校」と名称を変えたが、インテリジェンスと、その活動に必要な語学を学ぶ学校だ。卒業生は将来、各国大使館の防衛駐在官、米軍へのリエゾン（連絡要員）、情報本部などに配属されることが多く、自衛隊内の強固なインテリジェンス人脈を形成している。

森島は一九九三年から一年間、調査学校の「幹部ロシア語課程」に学んだ。日本でロシア語を短期間で学ぶ場合、この調査学校（現・小平学校）と警察大学校国際警察センターのロシア語課程、ロシア極東国立総合大学函館校が、日本のインテリジェンス関係者の間では定評がある。中でも調査学校は、一年間の課程で他の二年分のカリキュラムをこなすため、最もハードだといわれている。

この課程に入ると学生は全員寮に入り、午前八時半から午後五時までみっちりとロシア語の習得に没頭せねばならない。授業が終了しても山のような宿題と、深夜一時、二時まで格闘することになる。高校卒業間もない若者の吸収が一番早く、防衛大学校卒の幹部自衛官は必死になる。すると競争はさらに激化し、ほぼ全員が大部屋を出て、学習室で未明まで自習する。一年後、卒業するころには会話はもちろん、ロシア語の新聞の翻訳を辞書なしでこなせるようになるという。

森島はここで得意のロシア語に磨きをかけたあと、一九九七年九月から六ヵ月間は、調査学校の「戦略情報課程」に入り、インテリジェンスの技術を叩き込まれた。闘病生活を送る我が子のそばにいつもいてやりたいという一心で「船乗り」の仕事から遠ざかった森島は、ごく自然な流れでインテリジェンスの世界に足を踏み入れていったのだ。

一九九八年四月、森島は前年にスタートしたばかりの「防衛大学校総合安全保障研究科」に入校、国際安全保障コースを専攻することになった。大学院生ならば、部隊勤務などと比べて時間的拘束は遥かに緩やかだ。これこそが、息子とともに病魔と闘わねばならぬ森島にとって、最大の魅力だったのだろう。

防衛大学校の大学院修士課程にあたる総合安全保障研究科は、大学卒業以上の資格を持つ者を対象にした教育研究機関で、森島は第二期生だった。森島が入る国際安全保障コースのほか、戦略科学コースが設けられているが、両コース合わせても一学年は二十人しかいない。授業はセミナー形式で、学生が英語文献を読んでレポートし、それに対してディスカッションを行うスタイルが基本だ。研究科には二単位と四単位の科目があるが、学生は二年間で三十単位を取得したうえで、研究テーマに関する修士論文を執筆しなければならない。森島が選んだ研究テーマは「旧ソ連海軍の戦略研究」だった。

このころから森島は在モスクワ日本大使館に、防衛駐在官として赴任することを希望するようになった。防衛駐在官とは、自衛隊から世界各国の日本大使館に合計四十数人派遣されている「駐在武官」のことだ。

しかし防衛駐在官経験がある海上自衛隊の幹部自衛官はこう言い切る。

「防大同期の百五十人中で、十番以内に入っていないと防衛駐在官にはなれない。船乗りとパイロット、オペレーターが選ばれることが多く、情報畑から海外に行くことはない。現実的には森島には難しかったはずだ」

在モスクワ日本大使館の防衛駐在官は、「陸」「海」「空」の一佐クラスがひとりずつと、競争率は激しい。調査学校でインテリジェンスを仕込まれ、ロシア語の日常会話レベルならこなすようになっていた森島ではあるが、実現可能性は少なかったのだろう。

モスクワ駐在への夢を膨らませていた森島は、このときすでに、ロシアの情報機関員の仕掛けた釣り針のまわりを泳ぎ始めていた。

接近

運命の出会いは一九九九年一月十四日、東京都新宿区のホテル『グランドヒル市ヶ谷』で開催された「安全保障国際シンポジウム」の会場だった。シンポジウムのテーマは「二十一世紀北東アジアの戦略環境」だったという。

森島が陸上自衛隊調査学校に入校した際の教官だった坂本隆二佐（仮名）と並んで座っていたところに、小柄な外国人男性が笑顔で歩み寄ってきた。

「やあ、坂本さんお久しぶりです」

坂本が名前を思い出せず戸惑った様子を見せると、男は笑顔を崩さずに、

「ビクトル・ボガチョンコフ大佐です」

と、日本語で挨拶し、日本式に両手で名刺を坂本に差し出した。

坂本は九年前、長官官房総務課国際室に勤務していた当時に、在日ロシア大使館の海軍武官補佐官だったボガチョンコフと数回会話したことがあった。十年近く前に言葉を交わした若手自衛官の顔を、ボガチョンコフははっきりと記憶していたのだ。

ボガチョンコフはシンポジウムの休憩時間中に、再び二人の席にわざわざやってきて、今度は森島に名刺を差し出した。

「ボガチョンコフ大佐です」

名刺には「在日ロシア大使館海軍武官・海軍大佐　V・Y・ボガチョンコフ」と日本語で書かれ、裏側の英語の肩書は「CAPTAIN 1ST RANK　VIKTOR Y.

BOGATENKOV　NAVAL ATTACHE」と記載されていた。
堂々たる海軍武官の風格と、人を安心させる笑顔という、二つの相反する要素を兼ね備えている不思議な男だった。森島はロシア語で挨拶し、ほんの一分ほど世間話を交わした。

これも運命なのか、それとも周到に仕組まれたものだったのか。ロシアの大物情報機関員との再会は八ヵ月後に訪れた。

一九九九年九月十六日、ロシア海軍のミサイル駆逐艦『アドミラル・パンテレーエフ』が海上自衛隊横須賀基地に来航した。かつての仮想敵国の駆逐艦を横須賀で出迎えるなど、十年前なら想像すらできないことだった。

日露防衛交流は三年前から始まっていた。一九九六年四月に臼井日出男防衛庁長官が、防衛庁トップとして初めてロシアを訪問、同年七月に海上自衛隊の護衛艦『くらま』がウラジオストクを友好訪問した。ウラジオストクは太平洋艦隊の基地で、かつては外国船の入港が禁じられていた場所だった。以来、海上自衛隊とロシア海軍は毎年艦艇を相互訪問させることになり、今回はロシア艦船が訪問する番だった。

この日、横須賀基地で行われた歓迎式典には、海上自衛隊の勝山拓護衛艦隊司令官ら二百人が参加。入港するロシアの駆逐艦には「祝・日露防衛交流」との日本語の垂れ幕が掲げられ、日本側が拍手で出迎えるという、実に和やかなムードで始まった。

森島はこの式典に、通訳として駆り出されていた。彼は上官の前でロシア語を流暢に操りながら、友好ムードに陶酔していたに違いない。何しろ幹部候補生学校に在籍していたころは、ロシアに関する資料をかき集め、寝言でロシア語の歌を歌っていたという証言があるほど、心底ロシアという国に惚れ込んでいたのだ。

「森島さん、久しぶりですね。覚えていますか？」

通訳の仕事が一段落したところで、ロシア海軍の制服を身につけた、見覚えのある男から声をかけられた。八ヵ月前、シンポジウムの会場で名刺交換をしたボガチョンコフだった。相変わらず人の良さそうな笑顔を見せるボガチョンコフと握手を交わすと、軍人とは思えぬ柔らかい掌だった。森島はその場で再会を約束して別れた。

この式典での二人の様子は、神奈川県警田浦警察署警備課所属の捜査員によって撮影されていた。資料収集を命ぜられた捜査員は、ロシア側の参加者に片っ端からカメラを向けて、機械的にシャッターボタンを押していただけだったのだが、ツーショットを見事に捉えたスチールは、のちに初期接触の証拠となった。

ボガチョンコフからの連絡は、式典の十日後だった。

「通訳をしてくれたお礼に皆さんを食事に招待しますよ」

防衛大学校の研究室に直接電話があったのだ。このときすでに、「アクヴァリウム」からボガチョンコフへ工作指令が出ていたに違いない。

リクルート

二週間後の九月三十日、指定された待ち合わせ場所は、六本木交差点の『アマンド』前だった。

市ヶ谷駐屯地への移転が決まっている防衛庁は、ここから百メートル離れた、檜町地区にある。四十年前に拠点を構えて以来、防衛庁職員にとって、馴染みの町ではあるはずの六本木だが、肌合いの異なる夜の住人たちが蠢《うごめ》く時間帯となると、疎外感すら味わうようになる。

森島は待ち合わせの大勢の若者たちに、飲み込まれそうになりながら、落ち着きなく周囲をきょろきょろと見渡していた。約束の時間を十分経過しても、誰も姿を現わさない。

「やはり誘いに乗っちゃあいけなかったのかもしれない……」

急に不安に襲われた森島は、『アマンド』を離れて、近くの書店に入った。五分ほど書棚の間を歩き回り、雑誌をいくつか手にとって、文字に目を走らせながら、気持ちを落ち着かせた。

左腕の時計を確認し、

「もう一度、戻って、誰もいなかったら帰ろう」

と心に決めた。

『アマンド』に向かう森島は、背後から野太い声で、呼び止められた。

「こんばんは、森島さん」

ボガチョンコフが笑顔で立っていた。

「さあ、行きましょう」

ボガチョンコフは、森島の挨拶すら待たずに、すたすたと歩き始めた。

「他の人たちがまだ……」

森島の問いかけを無視して、ボガチョンコフは早足で進んだ。繁華街を百メートルほど歩き、路地に折れると、『福鮨』に到着した。

店内奥には、大きなカウンターがあり、手前にテーブルが並ぶ。ボガチョンコフは馴れた様子で、予約されたテーブルに向かうと、自らはカウンターに背を向ける形で、森島を向かい側に座らせた。

場所柄、英語のメニューやバーラウンジも備わっている。店内のいくつかのテーブルには、ビジネスマンと外国人のグループが座っていた。

森島の位置からは、他の客は見えず、カウンターの奥で鮨を握る職人たちの様子を観察することができる。逆に、ボガチョンコフからは、出入り口と他のテーブルを見渡すことができ、すべての動きに気を配ることが可能だった。今後、二人が会食するときには、これが定位置となった。

森島は同じ質問を繰り返した。

「他の人たちは、まだ来ないのですか？」

ボガチョンコフは確かに電話で、「通訳をしてくれたお礼に、皆さん、、、を招待する」と言っていたはずだ。しかし、他の通訳官が来る様子はない。

「そうですよ。私たちだけです」

ボガチョンコフは平然と答えた。それどころか、「それがどうした」と言わんばかりに、不思議そうな顔を作って見せた。彼が招いていたのは森島だけだったのだ。

森島は自分の勘違いだったのか、と気を取り直した。自衛官として「情報畑」を歩み、陸自の調査学校でカウンターエスピオナージ（防諜）の訓練を受けた森島ではあったが、にこやかな笑顔をふりまく海軍武官を前に、沸き起こる警戒心を打ち消した。

こうした森島の無防備ぶりには、北方領土問題の解決に向けた明るい兆《きざ》しが見えるという、当時の時代背景があったのではないだろうか。

一九九七年十一月に、クラスノヤルスクで行われた日露首脳会談では、橋本龍太郎総理とエリツィン大統領が、遊覧船に乗り込んでノーネクタイで話し合った。かつてない友好ムードが醸し出されたこの会談で、両首脳は二〇〇〇年までの平和条約締結に全力を尽くすことで合意した。

静岡県伊東市川奈で一九九八年四月に行われた会談でも、エリツィン大統領が川奈ホテルで行われていた結婚披露宴に参加して、新郎新婦にプレゼントを渡すサプライズを演出した。両首脳は「ボリス」「リュウ」と親しげに呼び合い、伊東市沖での「釣り対決」まで披露した。

同年十一月にモスクワで行われた小渕恵三総理とエリツィン大統領との会談では、ロシア側は日本が求める北方領土の国境線画定を先送りにする姿勢を示したものの、領土問題解決という希望の灯は消えていなかった。

日露外交だけでなく、防衛交流も大きく進展し、友好の歴史を一歩一歩着実に積み重ねていた。一九九九年八月十六日には、野呂田芳成防衛庁長官がモスクワを訪問し、イーゴリ・セルゲーエフ国防相と防衛首脳会談を行った。この中で日本側はロシア側に対して、北朝鮮の弾道ミサイル発射阻止に向けた協力を要請、セルゲーエフ国防相は「北朝鮮側に今後も働きかけていく」と前向きな姿勢を示した。

この会談の中では、「日本国防衛庁とロシア連邦国防省との間の対話及び交流発展のための基盤構築に関する覚書」がはじめて締結された。この覚書に基づき、海上自衛隊とロシア海軍は捜索・救難のための共同訓練を太平洋側海域で行うことになった。これは前年七月にウラジオストク東方の日本海ではじめて行われたのに続く、二回目の共同訓練だった。

森島とボガチョンコフが『福鮨』で会食したのは、房総半島沖で共同訓練が実施されてから、わずか十日後のことだった。まさに海上自衛隊全体が「軍事衝突時代の真の終焉」と「新時代の幕開け」への歓迎ムードで盛り上がっていた時期だったのだ。

乾杯した二人は当初、互いの仕事については触れず、家族構成、出身地、経歴、趣味の話に終始した。森島は息子の闘病生活について明かした。ボガチョンコフは大いに同情の言葉を並べ、優しげな表情を作った。

森島は、若くして「大佐」になったこのロシア人に父親のような包容力すら感じるようになっていた。互いの素性を理解したうえで、森島のほうから仕事の話を切り出した。

「ところで、カピタンは何を研究テーママしているのですか？」

「カピタン」とは、ロシア陸軍では大尉、海軍では大佐を指す。森島に「カピタン」と呼ばれたボガチョンコフは、堅苦しさを打ち消すように、

「カピタンなんて呼ぶのは止めてくださいよ。ビクトルと呼んでください」

と、手を振った。

「アジア太平洋地域の多国間協調について研究しています。森島さんはどうですか？」

「私はソ連海軍の戦略について研究しています。でも、資料収集に手間取っていて、困っております」

防衛大学校総合安全保障研究科の二年目の中盤に差し掛かった森島にとって、最大の課題は修士論文だ。大学院生活は時間的拘束こそ緩やかであるが、裏を返せば、学生個人の自発的努力に負うところが大きく、決して楽なものではない。

研究科の二年目に入ると、修士論文の中間報告を行ったうえで、教官や他の学生を

交えてディスカッションをする。文献調査や掘り下げ方が足りなければ、その場で厳しい指摘を受けることになるため、自費でアメリカ、イギリスの公文書館に行って資料収集する学生も出てくる。最終的に修士号を取得できるのは、大学評価・学位授与機構による厳格なる修士論文審査をパスしてからだ。

「旧ソ連海軍の戦略研究」を卒論のテーマにしていた森島は、旧ソ連海軍に関する一次資料にアクセスする必要があるうえ、ハイレベルなロシア語文の読解力が求められていた。

「それは大変ですね。どういう援助が欲しいですか？」

ボガチョンコフは、ややぎこちない日本語で問うと、森島の眼をじっと見つめた。

「海軍の戦略について、ロシア国内で評価されている論文があれば、大変助かります」

森島の言いぶりは、懇願するかのようだった。

「そうですか。それでは森島さんも、私の役に立つ論文があったら下さい。私もあなたの役立ちそうなものを見つけたら渡しますよ」

ボガチョンコフは、「商談成立」とばかりに、大げさに声を出して笑った。うしろ暗いところのない、上機嫌な笑い声だった。

この海軍武官と親しくなって信頼を勝ち得ることができれば、修士論文執筆に必要な参考文献を提供してもらえるかもしれない。定期的に会食する関係を維持すれば、ロシア語にも磨きがかかるだろう。さらに在ロシア日本大使館防衛駐在官の夢がかなえば、間違いなく心強い人脈にもなるはずだ。そんな浅薄《せんぱく》な打算が、森島の心の中で渦巻いていた。

鮨を食べ終えた二人は店内のバーラウンジに席を移すと、ロシア流の友情の確認とばかりにウオッカを酌《く》み交わした。

途中、ボガチョンコフは、鞄からなにやら取り出すと、

「プレゼントです」

と言って、森島に渡した。

ロシア海軍の写真集と、海軍で発行している雑誌だった。

頭を下げて礼を言う森島を、ボガチョンコフは満足げに見つめていた。GRUの機関員は、リクルート（協力者獲得工作）するだけの価値が、森島にあるのかどうかを、冷徹に値踏みし、この二時間の会食で、「価値あり」との結論を下していたに違いない。

ボガチョンコフが会計を終えたところで、二人は連絡先を交換した。伊勢原の居宅

には加入電話を引いていなかったため、森島は東山宿舎の自宅と携帯電話の番号を伝えた。

ボガチョンコフは、自宅の電話番号を書いた紙を渡しながら、

「電話をするときには、『パーペル』と名乗ってください」

と言った。そして大使館には絶対に電話をしないよう、念を押した。

「パーペル？」

森島は理由を聞こうとしたが、ニックネームだろうと思い直して、言葉を飲み込んだ。この呼び名が、エージェントに与えられる「コードネーム」とは、知る由《よし》もなかった。

要求

その後、森島の携帯電話には、ボガチョンコフからの電話が頻繁にかかってくるようになった。最初の電話は、六本木での会食から一週間後だった。

「ボガチョンコフです。頼まれていたものが用意できました」

留守番電話に残されていたメッセージに、森島は胸をときめかせた。

十日後の午後七時、渋谷駅のハチ公前でボガチョンコフと落ち合った。森島がここ

を待ち合わせ場所に選んだのは、伊勢原から最も早く駆けつけられる繁華街だったからだ。伊勢原駅から小田急線に乗り、下北沢で京王井の頭線に乗り換えれば、一時間で渋谷に到着する。森島は数分でも多く、航太の病室で過ごしたかった。さらに自分で会食をセットすることで、ボガチョンコフが取り寄せてくれた論文の礼をし、前回の寿司店での、借りを返したかったのだ。

森島はボガチョンコフをつれて、センター街にあるビアレストラン『ニュートーキョー・ミュンヘン渋谷店』に入った。

席に着くと、ボガチョンコフは鞄の中から本を取り出し、

「これ、頼まれていたものです」

と言って、テーブルの上に置いた。

『国家の海洋力』というタイトルのロシア語の本を見て、心の中で「あっ」とつぶやいた。この本はロシアで市販されているもので、森島もすでに入手済みだ。

「モスクワから特別に取り寄せました。苦労しました」

得意げに言うボガチョンコフに、森島は「助かります」と落胆を押し殺して頭を下げた。

「私はこんなものを持ってきました。お役に立つかどうか分かりませんが、必要なも

のがあったら言ってください」

森島は三種類のコピーを示した。防衛大学校の定期公刊物である『防衛学研究』のバックナンバーリスト、教授らの論文集『防衛大学校紀要』の表紙、防衛大学校図書館の新書リストだった。

コピー自体は、なんら秘密が書かれたものではなかった。しかし、ボガチョンコフが手を伸ばし、紙の束が森島のもとを離れていく、その時、足元の地面が「ぐらっ」と崩れたような錯覚に陥った。動悸が激しくなるとともに、目眩を覚えた。

食事が終わり、森島が伝票を手にとってレジに向かうと、ボガチョンコフはそれを制止した。

「私が払います」

伝票を取り上げようとするボガチョンコフに、

「この前は、おいしいものをご馳走になったので、今回は私が持ちますよ」

と、森島は財布を取り出して出して見せて、抵抗した。

「結構ですよ。私が払いますから」

ボガチョンコフは強引だった。

結局、森島が折れ、ボガチョンコフが代金を支払った。借りを返そうという森島の目論見は失敗に終わった。

十月下旬、再びボガチョンコフから携帯電話に連絡があった。前回、森島が渡したリストの中から、欲しい論文を指定してきたのだ。

ボガチョンコフがリクエストしたのは、『将来の防衛構想』『オートパイロット（自動操縦装置）技術』『台湾海峡有事に関する米国防長官の報告書』という三つの論文だった。

「論文が揃ったら食事をしましょう」

と誘われ、再びハチ公前広場で待ち合わせることになった。

三回目の会食場所は、渋谷区道玄坂のビル七階にあるレストラン『スエヒロ』だった。このときから、ボガチョンコフは威圧的な態度を見せるようになる。

「アメリカの戦略に関する論文はなかったですか？」

「探しましたが、ありませんでした」

「他に探せるところがあるでしょう？」

ボガチョンコフは研究熱心なあまり、熱くなっているように見えなくもなかった。

森島が「ありません」と答えると、ボガチョンコフは溜息をついた。

「そうですか、わかりました。森島さんに頼まれていたものは、モスクワに連絡して、取り寄せているところです」

まるで、命令を聞くまで、お預けをくわされている気分だった。

「今度から電話連絡はやめましょう」

別れ際、森島もボガチョンコフから突き放すように言われた。彼は理由を明らかにしなかったし、森島も奇妙な提案の真意を問わなかった。実はこれは、ロシアの情報機関員の基本的な流儀のひとつだ。彼らはエージェントとの待ち合わせの日時場所を決めるとき、盗聴の恐れがある電話は使わず、口頭で約束する。しかし森島は、こうした知識をまったく持ち合わせていなかった。

二人はこの場で、十一月下旬の会食を約束した。

「今度は約束のものを渡すことができると思いますよ」

餌をぶら下げているようではあったが、ボガチョンコフの言葉は、森島の心を捕らえて離さなかった。ひとり息子の難病、迫りくる修士論文の締め切りという、目の前にある現実に追われていた森島には、このロシア海軍武官が、唯一の救いに思えてならなかった。

死の影

我が子に死期が迫っていることを知らされたとき、父親はどんな行動をとるだろう。最後まで諦めず、最善の医療を模索するだろうか。ひたすら神に祈りを捧げるのだろうか。自暴自棄になって父親の尊厳を自ら放棄してしまう者もいるに違いない。精神を正常に保つことすらできず、最愛の我が子とともに、命を絶つことすら考えるかもしれない。

過酷な現実を、第三者によって突きつけられた瞬間、我が身を切り裂かれるような激しい悲しみに心を締め付けられ、絶望の淵に沈むことは間違いない。

だが森島は、息子に死の影がひたひたと忍び寄っていることを告知されたとき、最高の笑顔と最大の幸福を与えるという、実に人間らしい選択をした。

折り紙専門誌の二〇〇〇年三月号に、小さな記事が掲載されている。「難病と闘う折り紙大好き少年を激励」という見出しが取り上げているのは、森島一家だった。四歳から折り紙を始めた航太は、何枚もの折り紙を組み合わせたユニット折り紙では、専門家を唸らせる腕前を持ち、病院のロビーで個展を開いたこともある天才折り紙少年だった。

航太は著名な折り紙作家二人に憧れていた。生命力あふれる鳥や魚、六角箱や正二十面体など、独創的なユニット作品を生み出す彼らに、航太は「会って話がしたい」と、両親に前々から懇願していた。

折り紙専門誌の記事には、「メイク・ア・ウィッシュ・オブ・ジャパン」というボランティア団体の要請で、一九九九年十一月末と十二月はじめに、二人の折り紙作家が相次いで病室を訪れたことが書かれている。

アメリカ・アリゾナ州に本部を置く「メイク・ア・ウィッシュ」は、難病と闘う三歳から十八歳の子供の夢を叶える活動をする団体だ。ボランティアチームは、両親の申し込みを受けて、難病の子供本人との直接面談、希望を聴いたうえで、心に残る夢を実現する。

森島夫妻は「航太の夢をひとつでも実現してやりたい」という一心で、「メイク・ア・ウィッシュ」に連絡したのだ。

記事に添えられた写真の中心では、たくさんの縫いぐるみが飾られたベッドの上で、航太がユニット作品を手に取っている。緊張しているのか、ややすまし顔だ。その航太の傍らで、森島夫妻が腰を屈めるようにしてのぞき込んでいる。二人の顔ははっきりとは見えぬが、この世で一番愛おしい我が子を見つめながら、笑顔で何かを語りかけていることだけはわかる。

小さな記事は「病気に負けずに、これからも大好きな折り紙を続けてください」という言葉で結ばれていた。しかし、森島は丁度このころ、医師から残酷な宣告を受けていたのだ。

「今のうちなら外出できる体力が残っています。息子さんの好きなところに連れていってあげてください」

主治医がある日、森島を呼び出してこう言った。

航太の死期が迫っている。ついに恐れていた時が来たのだ。心臓を握りつぶされたような圧迫感が胸に迫り、息苦しくなった。担当医の言葉を何度も反芻《はんすう》しながら、このあと自分が何をすべきか……、森島は混乱しかけた頭で必死に考えた。

航太がこの世に生を受けて以来、やりたいことはすべてやっただろうか。思い残すことがあるのではないか。腹一杯好きなものを食べさせ、思い切り笑わせてやりたい。大自然の空気を小さな胸いっぱいに吸わせてやりたい。

航太が病魔に冒されて以来、旅行らしい旅行はほとんど行っていなかった。最新設備の整った病室で死を待つより、家族三人で幸福を感じて、病の苦しみから少しでも解放してやりたい。

眠れぬ夜を過ごした森島は明け方になって、

「少しぐらい命が縮まってもかまわない。思い出をつくってやろう」

父親として、そう腹を決めた。


一九九九年十二月二十日夕刻。一家三人は、JR上野駅からブルートレインに乗った。三人を乗せた列車は北へ向かった。贅沢な個室寝台に乗って、航太ははしゃいでいた。どう見ても死期が迫っている子供とは思えない天真爛漫な笑顔だった。

航太は白血病によって、免疫力が落ちている。当初の予定では、十二日に出発する予定だったが、直前に高熱を出したため、すべてをキャンセルした。

上野駅までの道のりも、森島は細心の注意を払った。東海大学病院から伊勢原の高速バス停までタクシーで行き、東京駅でバスを降りると、再びタクシーに乗って上野駅へ向かった。電車の人ごみを避けるためだった。一家が個室寝台を利用するという贅沢をしたのも、こうした事情があったのだ。

「ブルートレインに乗って北海道に行って、ラーメンを食べたい！」

これが両親に対する航太の願いだった。

ブルートレインは青函《せいかん》トンネルをくぐって、函館、長万部《おしゃまんべ》、洞爺《とうや》と美しい雪景色の中を疾走し、翌朝五時ごろに終点の札幌駅に到着した。

親子は航太の希望を叶えるため、『味の時計台』に行き、味噌ラーメンを食べた。一九七〇年創業のこのラーメン店は市内に多くの支店を持ち、札幌ラーメンの代名詞的存在だ。航太は期待どおりの味に、精一杯の笑顔を見せた。

航太を病院から外に連れ出して、心から楽しませてやったのは、二ヵ月ぶり、秋祭り以来のことだった。伊勢原では毎年十月、「伊勢原観光道灌祭り」が開催され、駅周辺の歩行者天国では、この地で謀殺された武将・太田道灌に扮した俳優が馬に乗って練り歩く。森島一家はこの秋祭りで、ゴーゴーファイブショーを見学し、金魚すくいや、スーパーボールすくいをして遊んだ。一家はこの日も、航太の好きなラーメンを食べて、病院に戻ったのだった。森島はこのときの航太の笑顔をもう一度見たかった。

札幌をのんびりと散策した後、三人は特急電車で、一時間半ほど離れた登別《のぼりべつ》に向かった。太平洋岸にあるＪＲ登別駅からバスに乗り、オロフレ峠を八キロほど登ると、山間に登別温泉郷が細長く続いている。巨大カルデラ地帯の大自然の絶景に位置するこの温泉は、十一種類もの源泉が湧き出ていることから、「温泉のデパート」と呼ばれ、日露戦争時には傷病兵の保養地とされたという。

森島一家は最大の泉源・地獄谷を一望する旅館に宿泊し、部屋から噴煙が吹き昇る様を眺めた。翌日は、温泉街からロープウェイに乗ってクマ山を登り、『のぼりべつクマ牧場』で巨大なヒグマを見物した。山頂から望む倶多楽《くったら》湖の眺望はすばらしく、百八十頭のヒグマたちが見物客に餌をねだる姿は実に愛らしかった。森島も聡子も、もちろん航太も、一日中笑いが絶えなかった。

「もしかしたら病気が快方に向かっているのではないか」

航太の無邪気な笑顔を見ているうちに、森島はこんな錯覚をした。

森島は毎週土曜日に早起きし、午前五時から伊勢原駅北口の清掃をすることにしていた。験《げん》を担ぐ意図があったわけではないが、奉仕活動を人知れず続けたことが、奇跡を生み出したとさえ思った。それほど航太の笑顔は、生命の輝きに満ちたものだったのだ。

しかし、この二泊三日の北海道旅行は、森島一家にとって最後の楽しい思い出となった。

逡巡

「病室から泣き声が聞こえてきます。やはり航太くんが亡くなったようです」

二〇〇〇年三月三日、午前六時。東海大学医学部付属病院。駐車場の作戦車両内で

待機していた神奈川県警外事課の羽生警部補の携帯電話に連絡が入った。目の前の小児科病棟に潜入している行確員からの報告だった。彼の声も震えていた。

「そうか……」

羽生は絶句した。次の言葉が見当たらなかった。

「もういい。そこから離れろ。戻ってこい」

羽生はダッシュボードに携帯電話を放り投げて、運転席の椅子を倒して車の天井を眺めた。昨日まで酸素ボンベを付けたまま、必死に院内学級に通っていた九歳の子供がたった今、息を引きとったのだ。それも父を狙うスパイハンターに包囲されるという尋常ならざる状況下で、何も知らぬまま、あまりにも短い生涯を閉じたのだ。羽生の眼から涙が堰《せき》を切ったようにあふれた。

午後四時、目を赤く泣き腫らした森島と聡子が、病院の玄関を出てきた。胸には毛布にくるまれた航太の亡骸がしっかり抱きかかえられていた。

神奈川県警外事課の捜査員たちには、冷たくなっている航太の体を、森島夫妻が最後の最後まで温めようとしているかのように見えた。胸を抉《えぐ》られる光景に息苦しくなった。

森島は航太の亡骸とともに、病院のワゴン車に乗り、聡子が自家用車を運転してあとを追った。森島一家は医師と看護師に見送られて東海大学病院を離れ、世田谷区池尻の東山宿舎に向けてゆっくりと走った。

後部座席で航太の亡骸を必死に抱きしめている、痛ましい森島の姿を想像すると、羽生の胸は張り裂けそうになった。

「いったい俺たちはなぜこの一家の秘匿追尾を続けているのだろうか」

ハンドルを握る羽生は、東名高速道路の上り線を走行中、途中の出口から降りてしまおうという衝動に駆られ、何度もウインカーレバーに手をかけた。

「失尾したと報告すればいい。こんな日にボガと接触するわけはない。自宅に戻るに決まっているではないか」

しかし「失尾した」と桜田門に報告すれば、屈辱的な反応が返ってくるに違いない。胸襟を開いて語ろうとしない色つき眼鏡の係長、冷淡無情で、気位の高い特命キャップは、鼻で嗤《わら》ってこう言うだろう。

「神奈川の皆さんは本物のスパイなんて追いかけたことなかったのでしょう。明日から通常業務にお戻りください」

外事捜査員のプライドが、萎えそうになった闘志をなんとか奮い立たせ、羽生はぎりぎりのところで職務放棄を思い留まった。神奈川県警外事課の追尾班はやるせない気持ちで、森島一家の車のテールランプを追い続けたのだった。

神奈川県警警備部外事課は、警視庁の外事部門と比べればはるかに小さな組織だ。所属する捜査員はわずか百人。警視庁が外事一課、二課合わせて二百二十人の捜査員を抱えていたので半分以下の所帯である。

先に述べたように、神奈川県警外事課のトップには、歴代入庁七、八年目のキャリア官僚が座ることになっている。このため実質的に課内を取り仕切るのはノンキャリアの課長代理だ。情報担当課長代理・長嶺晃警視（仮名）は刑事部刑事総務課から前年九月に異動してきたばかりで、総務・警務などあらゆる部門を経験しながら出世してきた男だ。外事警察の経験は浅いが「切れ者にして慎重」と評される。

神奈川県警外事課でロシアの情報収集を担当する第一係は十二人、中国担当の二係は十人、北朝鮮担当の三係は二十人程度だ。これに不法滞在外国人捜査など一般外事事件班と課報事件解明班を抱える五係が加わる。そしてこれら四つの係はそれぞれ「課長補佐」という肩書の警部が指揮する。

神奈川県内にはロシア情報機関員の拠点は存在しないため、一係視察班は固定視察ポイントを持たない。しかし不定期に二ヵ所の重要施設の視察を行うことがある。鎌倉市の鶴岡八幡宮大鳥居近くにあるロシア大使館の別荘と、逗子市の超高級住宅街・披露山《ひろやま》庭園住宅の一角にある在日ロシア連邦通商代表部の保養所だ。

駐日大使ら大使館幹部以外で、ここを訪問するのは、SVR（ロシア対外諜報庁）、GRU（ロシア連邦軍参謀本部情報総局）の東京駐在部の中でも一部の幹部だけだ。

鎌倉を訪れた情報機関員たちは、密談するために、相模湾を望む材木座海岸にやってくる。ロシア人の大男二人が延々と波打ち際を往復しながら会話をするのだ。海沿いを走る国道一三四号線の路肩に突然車を止め、わざわざ降りて機関員同士が立ち話をすることもある。

奇妙な行動だが、ロシアの情報機関員は、防諜機関が別荘内の会話を傍受したり、車検時には車内に盗聴器を仕掛けるのが常識だと考えている。海岸や国道上なら、打ち寄せる波の音やトラックの騒音で、声が掻き消される。鎌倉市内の意外なポイントがスパイたちの作戦会議室と化しているわけだ。

神奈川県警はロシア機関員の視察の経験を積んではいるが、警視庁のウラ作業班と比較すれば、経験値に歴然とした差があった。吉田率いる特命の追尾テクニックを見て、神奈川県警の捜査員は目を見張った。激しく混雑する中、森島の背後数メートルの位置にぴたりと密着する大胆さ。人波を縫うように、すいすいと歩きながら、完全に死角になる位置を確保する繊細さ。さらに対象との距離を変幻自在に調整する絶妙なタイミングは、芸術のように映った。偶然、森島と視線が交錯することがあっても、爽やかな笑顔すら浮かべ、慌てて顔を背けるようなことはせずに、人の流れに乗って脱尾していく。吉田が配下のスパイハンターに叩き込んだ独特の追尾手法は、遥か後方を入れ替わりながら追う教科書的な秘匿追尾とは一線を画しており、実に華麗なものだった。

実力の差をまざまざと見せつけられた羽生警部補らは、どこまでも余所余所《よそよそ》しい警視庁のスパイハンターに気を遣いながら、任務を継続してきた。

実は羽生には航太とそう変わらぬ年齢の娘がいる。週末は娘の声を聞きながら、花壇の隅に大きな体を丸め、趣味の園芸に没頭するのが至福の時だ。不言実行、努力家タイプの羽生は、粘り強さが持ち味と評価されているが、柔和温順な性格で、警視庁の職人たちのように、酷薄なまでに秘匿追尾を続行しようという激しさは持ち合わせていない。

亡くなった子供を抱きしめて病院から出てきた森島夫婦の姿を見てしまったことで、羽生は湧き起こる人間的感情を隠して、非情になることができなかった。それは羽生だけではない。秘匿追尾に投入されていた女性捜査員はこの日一日、目に涙をためている有り様だった。

「警視庁のやり方にはついていけません。こんなときに森島を追尾しても意味がない。警視庁の連中にあの姿を見せてやるべきでした」

デスクに戻ると、羽生は神奈川県警外事課第一係担当課長補佐の船橋光男警部（仮名）に向かって思わず感情をぶつけた。

二日間の休戦

このとき、警視庁と神奈川県警の合同追尾チームは、森島が住む東山宿舎から徒歩圏内の警視庁第三機動隊本部内に極秘別室を構え、船橋は神奈川県警側の捜査指揮官として早朝から深夜まで詰めていた。

航太が亡くなった日の午後七時、神奈川県警の船橋課長補佐は、警視庁側の同階級にあたる矢島第四係長に、部下から上がってきた視察の結果を報告した。船橋補佐は悩みに悩んだ表情を浮かべ、最後に一言付け加えた。

「矢島さんよ。現場からは、こんな不幸な人間を犯罪者にしなきゃいけないのかという声も出始めている。実はうちにも子供を亡くした奴がいるんだ。警視庁は明日以降どこまでやるんだよ？」

船橋は、東北人らしからぬ、滑らかなべらんめえ調で矢島に詰め寄った。船橋にとって矢島は古くからの盟友であり、ライバルであったが、羽生たちの思いを伝えるのはある種の決断を要するものだった。船橋の言葉に嘘はない。実際に、船橋の同僚は航太と同じ年頃の息子を白血病で亡くしていたのだった。

犯罪に走ろうとする自国民を目の前にして、証拠をつかむまで追尾し続けるのがスパイ捜査の本質なのだろうか。犯罪の未然防止よりも、摘発を優先することが、警察官の仕事といえるのか。これはカウンターエスピオナージを使命とするスパイハンターが、必ずと言っていいほど克服しなければならない感情だった。

船橋課長補佐は高校卒業後、自動車修理工などを経験したあと、神奈川県警巡査を拝命した、叩き上げ中の叩き上げだ。高卒のノンキャリアとしては、大幅に遅れてスタートした警察官人生は難しい局面にあった。

前年十二月に「覚醒剤使用揉み消し事件」に連座し、本部長訓戒の処分を受けたのだ。覚醒剤使用が発覚した外事課三係所属の警部補をホテルに軟禁し、監視を続けた張本人、まさしく、もみ消しの実行行為に加担したとされたのだった。県警首脳部の指示に従った末の屈辱的な処分は、船橋の警視昇任を大幅に遅延させることは明らかだった。

しかし、自らを「職人」と称するこのノンキャリ警部には、出世の遅れなど、もはや関係がなかった。警視に昇任するよりも、最後に事件で一花咲かせたかったのだ。

警察庁外事課主催の機関員認定会議などで、何度も意見を闘わせたことがある船橋と矢島は肝胆相照《かんたんそうしょう》の仲となり、「いつか事件を一緒にやりましょう」と誓い合っていた。矢島から船橋に「相談があるから会ってほしい」という電話連絡があったのは三ヵ月前のことだった。

応援要請を受けた船橋はその場で「ぜひやらせてくれ」と即答した。矢島は「あくまでも合同捜査ですが、端緒をつかんだ警視庁がイニシアチブをとります」と念を押したが、船橋は条件を飲んだ。スパイ事件捜査に関わることはロシア機関員を追い続けた職人・船橋にとって、またとないチャンスだった。

森島の主な行動範囲は、伊勢原市の借家と横須賀市の防衛大学校だったため、県警外事課に圧倒的な「地の利」がある。土地勘があることは、スパイハンティングにおいては大きなアドバンテージとなる。

船橋の配下には、警部補と巡査部長の三人で構成される視察班が三つあった。彼はまず九人全員を森島の秘匿追尾に投入した。その後、中国情報班や諜報事件解明班などから応援を得て、徐々に体勢を強化しながら、神奈川県警側の捜査を取り仕切った。

この事件への執着が強かったからこそ、船橋は矢島に向けた自らの発言が、甘いものであることを自覚していた。気性の激しい船橋が逆の立場にいたら、椅子を蹴って立ち上がり、矢島につかみかかっていたことは想像に難くない。だが、船橋は戻ってきた部下たちの顔を見て、ひとこと言わずにはいられなかったのだ。

矢島という男は、ぐいぐいと剛腕でチームを引っ張っていくタイプの指揮官だ。弁舌に優れているわけではないが、たとえ上司や部下から彼の手法に異議を唱える者が出ても、相手の意見の弱点を徹底的に突いて論破し、反対を封殺しながら、思いのままに捜査を推し進めてゆく。最終ゴールに向けて、鬼神のように捜査に没頭する代わりに、同僚にも怠慢や消極姿勢を許すことはない。だが、今回ばかりは黙って船橋の話を聞き、一切反論しなかった。

翌四日には航太の通夜、五日には告別式が予定されていた。沈黙寡言なる指揮官は一瞬、逡巡したかのような難しい顔をしたが、立ち上がって特命のメンバー全員を集めた。そして何かを吹っ切るかのように大きな声を出した。

「通夜と葬式は見なくていい。ボガが現れるかもしれないが構わん。現場には近づくな。いいか、これは命令だ！」

普段は捜査方針を巡って嚙みついてくる「ウラ」のスパイハンターたちも、押し黙ったままだった。

矢島にとっては、現場の士気を落とさぬための苦渋の決断だった。「敵」にとってはエージェント候補者の不幸など、籠絡するための「材料」にすぎない。一気にこれを利用して攻勢をかけてくるに決まっている。しかし悲嘆のどん底で悶え苦しんでいる森島の姿を部下たちに見せるのは、得策ではないという判断が、矢島の心中にあったに違いない。スパイハンティングに個人の感情が介入するのは禁物なのだ。「同情」は任務遂行を妨害する最悪の要因だ。

捜査開始から逮捕までのおよそ一年間で森島の背後から行確員の姿が消えたのは、通夜と告別式の二日間だけだった。

落涙

しかし矢島が想定した最悪のシナリオは的中した。「敵」はこのタイミングを逃さず、ここぞとばかりに攻勢をかけてきたのだ。

ボガチョンコフから森島に電話があったのは、午後六時のことだった。航太の遺体とともに東山宿舎に戻り、葬儀社との打ち合わせを終えた直後のことだった。

悲しみに打ちひしがれている森島に、ボガチョンコフは面会の約束を取り付けようとしたのである。

「今度はいつ会えますか？」

「きょう、息子が亡くなりました。ですから当分会うことができません」

森島はやや苛立《いらだ》った口調で言った。

受話器の向こうが静寂に包まれた。そして鼻をすすり上げる音が聞こえてきた。

「……残念なことです」

ボガチョンコフは泣いているようだった。

「明日、どうしても渡したいものがあります。時間を作ってもらえませんか？」

「申し訳ありません。無理です」

「一瞬でいいですから」

ボガチョンコフは食い下がってきたが、森島は電話を切った。

翌三月四日の朝、再び電話が鳴った。

「何とか会えませんか？　息子さんのために渡したいものがあります」

ボガチョンコフは執拗だった。

森島は片時も、航太の遺体のそばを離れたくなかった。

「午後六時半から目黒の羅漢会館で通夜を行います。そこに私がおりますので……」

「外国人が行ったら変でしょう」

通夜の会場に来るようにと何度も言ったが、ボガチョンコフは公衆の面前で顔を合わせることを拒絶した。


ボガチョンコフは沈痛な表情で、世田谷公園の入り口に立っていた。航太の遺体がある東山宿舎から数十メートルなのに、午後一時の園内は、春先の生命力に満ちていた。温かい日差しのもとで、木々の新芽が膨らみ始め、遊具ではしゃぐ小さな子供たちの声で溢れていた。

スーツ姿の海軍大佐は、森島を見つけると、弱弱しい微笑を浮かべた。

「歩きながら話しましょう」

世田谷公園入り口の向かい側は、陸上自衛隊三宿《みしゅく》駐屯地がある。ここは陸軍駒沢練兵場跡地で、敷地内には自衛隊中央病院などが併設されている。三週間後に行われる桜祭りでは、見事な桜並木が一般公開されることになる。

鍛錬を積んだロシア情報機関員は、駐屯地前に立ち止まって言葉を交わすことを避けたかったのかもしれない。二人は公園内をゆっくりと歩いた。

「息子が昨日亡くなりました。前の日まで、酸素ボンベをしながら、一生懸命院内学級に通っていました。闘って、闘って……それでも死んでしまいました」

森島はいまにも泣き出さんばかりに、声を震わせた。

「本当に残念なことです。エレーナと一緒にロシア正教の儀式で祈ってもらいます」

ボガチョンコフの眼にも涙が浮かんでいた。そして、持っていた小さな封筒を、森島の胸の前に差し出して、

「これは息子さんの葬式に役立ててください」

と、手をとって握らせた。

「会えないなんて言って申し訳ありませんでした。息子はほんとうに一生懸命生きてきました。私の、父親としての切ない気持ちを分って欲しかったんです」

心地よい春風の中、森島の嗚咽《おえつ》が響いた。

第三章　冷酷なるスパイの犠牲者

因縁の辣腕機関員

この時期、外事第一課第四係のスパイハンターたちは、神奈川県警外事課の捜査員と一緒になって悲嘆に暮れている状況ではなかったはずだ。いや、ほとんどの者が激しい憤りに支配されていたといってもいいだろう。

それはＳＶＲ（ロシア対外諜報庁）の大物スパイの追尾をめぐる、あまりにも不条理な出来事だった。

追尾対象はＳＶＲ東京駐在部長ボリス・Ｖ・スミルノフ。表向きは在日ロシア大使館参事官という肩書で日本に駐在しているが、実際は「対日アクティブメジャーズ（政治積極工作）のプロフェッショナル」とまで称されるＳＶＲの幹部のひとりだ。

治安機関関係者の情報を総合すると、スミルノフは、一九四六年十一月十九日スヴェルドロフスク州生まれ、父は共産党の要職にあったという。

ロシア連邦中央部、ウラル地方のスヴェルドロフスク州はボリス・エリツィン元大統領の出身地として知られている。州都はエカテリンブルクで、人口は約四百五十万人。第二次大戦中はドイツの侵攻から守るためロシア西部から多くの工場がこの地に移されたといわれ、現在もロシアの鉄鋼業を支える地である。

情報機関員としてのスミルノフの経歴を紐解《ひもと》くと、ＫＧＢ（ソ連国家保安委員会）時代の対日工作では若くして業績を残してきた機関員であることがわかる。

モスクワ大学東洋学科を卒業後、ＫＧＢに入ったスミルノフは、ノーボスチ通信モスクワ本社ラジオ局日本課に配属されている。

ＫＧＢに入って機関員として活動を始めるとコードネームを与えられる。スミルノフのコードネームは「ＢＡＳＯＶ《バソフ》」だったという。

スミルノフは来日する前、モスクワで早くも「アギス」というコードネームの日本人エージェントを獲得、運営していたとされている。この「アギス」とは日本の報道機関の特派員だったとみられている。

スミルノフは諜報対象国となる日本について徹底的に学び、一九七二年から一九七七年までノーボスチ通信東京特派員に偽装して日本に入国、ＫＧＢ東京駐在部に在籍した。

『ノーボスチ』『イタル・タス』などロシアの報道機関の特派員というカバーを情報機関員が使うのは珍しいことではない。ＳＶＲはソビエト連邦崩壊後、機関員をジャーナリストに偽装させることを中断した時期もあったが、一九九五年ごろには再開したという。

ロシアの報道機関が、特派員ポストをＳＶＲに提供する背景には、クレムリンの恫《どう》喝《かつ》と報道機関各社の資金難があったといわれている。特派員のカバーで活動する機関員は、エスピオナージ（諜報）だけでなく、ジャーナリスト活動も行わなくてはならない。

そもそも情報機関員と特派員の仕事には共通項が多い。駐在国で人脈を広げ、ソースから隠蔽《いんぺい》された情報を獲得し、レポートを作成する。根底にあるのが国家への忠誠心か、ジャーナリズムか、という違いがあるだけだ。

正真正銘の記者よりも優れた記事を書き、芸術的な写真を撮影するSVR機関員も存在するという。報道機関にとってみれば、SVRの潤沢な予算で特派員を国外に駐在させることができるわけだから、両者の利益は一致しているのである。

スミルノフの日本での工作活動が明らかになったのは、彼がジャーナリストとしての任務を終えて帰国したあとのことだ。

一九七九年十月、東京に駐在していたひとりのKGB機関員が、アメリカに亡命するという事件があった。KGBにおいては、まさに万死に値する行動に踏み切ったのはKGB少佐スタニスラフ・レフチェンコ、当時三十八歳。一九七五年二月から雑誌『ノーボエ・ブレーミャ（新時代）』の東京特派員に偽装して対日工作を展開していた、KGB東京駐在部の一員であった。このレフチェンコがある日突然、東京赤坂の山王《さんのう》ホテルでのレセプションの場で、アメリカ海軍将校に亡命を申し出たのである。

彼が東京で行った対日工作の内容は三年後、一九八二年十二月の米国議会下院情報特別委員会の報告書などで明らかになる。

レフチェンコは、KGB東京駐在部の「ラインPR」のアクティブメジャーズ班に所属し、多くの日本人エージェント（情報提供者）を運営していたというのだ。彼はCIA（アメリカ中央情報局）などの調べに対して、日本人エージェントとの間で、すれ違いざまに資料を受け渡す「フラッシュ・コンタクト」や、電柱や郵便ポストなどに暗号のテープを貼る「マーキング」を連絡手段にしていたことも明らかにした。

実はこの「レフチェンコ証言」にボリス・スミルノフの名前が登場する。それによると、スミルノフはレフチェンコの前任者として、政治家や新聞社幹部ら十一人のエージェントを運営して、対日工作にあたっていたというのだ。

レフチェンコが証言した内容はこれだけではない。警察庁にはCIAやFBI（アメリカ連邦捜査局）から「レフチェンコ裏証言」ともいうべき非公式報告があったのだ。

中でも日本の警察が注目したのは「周恩来の遺書捏造《ねつぞう》工作」である。これはKGBが日中離間を図るために周恩来の遺書を捏造したうえで、日本の新聞記者に記事を書かせたという工作である。レフチェンコによる工作だと日本国内で報じられたのだが、米国側からの通報によれば、「カント」と呼ばれた大手新聞社編集局幹部をエージェントとして運営し、周恩来の捏造遺書を持ち込んで記事にさせたのは、当時KGB東京駐在部の少佐だったスミルノフだという。

捏造された周恩来の遺書が記事になったのは一九七六年一月二十三日の朝刊だ。レフチェンコ証言が事実だとすると、スミルノフは日本入国から四年、二十九歳の若さで、KGBの「ディスインフォメーション（故意に流す偽情報）工作」の最大の成功といわれる作戦を成し遂げたことになる。

一九七七年に帰国したスミルノフは、一九八四年から在フィリピン・ソ連大使館参事官として三年間駐在している。つまり三十八歳の若さでKGBマニラ駐在部長、もしくは副駐在部長に抜擢されたと見られている。スミルノフの日本での工作は、KGB第一総局内できわめて高い評価を得ていたのは間違いない。

その後は、SVR本部のアジア局長を務めるなどアジアの専門家として出世し、階級は将官クラスとも伝えられる。

追尾中止命令

このスミルノフが一九九八年九月十一日、在日ロシア連邦大使館参事官として、二度目の東京赴任を果たした。外交官のカバーだが、彼の本来の任務はSVR東京レジデント、つまり「駐在部長」だった。

スミルノフの入国後、直ちに始動したのは「ウラ」ではなく、外事一課四係の「オモテ」だった。公然視察を任務とするオモテの作業は、時には挑発的な作戦にも発展する。

代表的な手法が「強制追尾」だ。秘密裏にエージェントと諜報接触しようとするSVR機関員の車などを、背後にぴったりと張り付いて強制的に追尾する手法である。機関員に精神的圧迫を加えて自由を奪い、「こいつはスパイだ。接触すると危険な目にあうぞ」と接触相手にアピールするのが目的だ。

しかも、オモテ班員の車両追尾技術は警視庁でも随一である。かつて極左やオウム真理教、北朝鮮関連の捜査では、公安部内の他課の要請を受けて、外事一課のオモテ班が応援に駆り出されたこともある。

オモテは追尾対象車が路地に入ろうと、赤信号を突破しようと、徹底的に二台の作戦車両で背後にぴたりと張り付く。ハンドブレーキ操作で前輪へ荷重移動し、後輪を滑らせてUターンする技術や対向車線に飛び出して一般車両をパスする際の咄嗟《とっさ》の判断力を、オモテのスパイハンターは持っている。車両追尾班が、追尾を「切られる」ようなことがあっても、白バイ隊員出身のスパイハンターが、オートバイで追撃する。

このオモテ班が、スミルノフの入国と同時に強制追尾を開始した。大使館前で張り込んで、スミルノフの「79」で始まる外ナンバー車が出てくるたびに、大げさに作戦車両を急発進させ、追尾をしたのだ。

通常、SVR機関員はエージェントとの接触日時、場所を、カウンターインテリジェンスを担当する支局の「ラインKR」に事前に知らせなければならない。

大型支局の場合、駐在機関員は七つの部門に配置されている。政治情報を担当する「ラインPR」、経済情報担当の「ラインER」、身分を偽って日本国内で活動しているイリーガル工作員のハンドリングを担当する「ラインN」、技術作戦を担当する「ラインOT」、通信傍受を担当する「ラインRP」、科学技術情報を担当する「ラインX」、駐在国の情報機関に対するカウンターインテリジェンスを担当する「ラインKR」である。

狸穴の巨大アンテナの下では、この「ラインKR」の要員がオモテの無線を傍受して、行確員（行動確認要員）の有無を確認しているのだ。行確員の交信らしき無線を傍受すれば、「ラインKR」は、直ちに携帯電話やポケットベルで、追尾者の存在を機関員に知らせることになっている。しかしオモテはそんな小細工には構わないとばかりに、徹底的にスミルノフを追い回した。

来日から一年五ヵ月が過ぎた二〇〇〇年二月末、狡猾なシルバーフォックスが、ついに逆襲に出た。

在日ロシア大使館を出てきたスミルノフの背後数メートルに、オモテがぴたりとついて強制追尾すると、スミルノフは霞が関に向かい、正面玄関から外務省に入った。オモテ班員は追尾を継続、ひとりのオモテ班員が入り口の警備員に、警察手帳を見せて建物内に入り、スミルノフが乗ったエレベーターに無理やり乗り込んだ。

ウラが神奈川県警との大規模なジョイントオペレーションを組んで、森島とボガチヨンコフの秘匿追尾を行っている中で、オモテ班員もスミルノフの強制追尾に鼻息が荒くなっていたに違いない。

エレベーターの密室に入った瞬間、それまで押し黙っていた長身痩軀《そうく》のロシア人がオモテ班員を見おろすように睨み付けた。

「なぜここまでついてくるのだ！　いい加減にしてほしい」

「何が問題なんだい？　俺は外務省に用があるんだ。偶然だ！」

挑発するオモテ班員に、スミルノフは顔を真っ赤にして激高し、凄まじい応酬となった。

「強制追尾」の対象と衝突することはよくある。ここまではオモテのスパイハンターにとって珍しい出来事ではなかった。

しかしこの後、前代未聞の出来事が起きた。オモテに「視察中止命令」が下されたのである。

「ビキョク（警察庁警備局）の命令だ。スミルノフへの視察は中止だ」

オモテ班員は、第四係長の矢島からこう伝えられたのだ。

実はこのスミルノフの強制追尾は、外務省から警察庁へ「一年間の期限付きで行動を見てほしい」との内々の要請があって開始されたものだったという。あとで詳述するが、外務省にとっても警察庁の反対を押し切ってスミルノフに外交査証を発給してしまった手前、政治的な判断で異例の要望をせざるをえなかったものと見られる。

しかし、警察庁警備局がこの「一年期限」を逆手にとる形で、「外務省が許可した監視期間を過ぎている。今後は続ける必要はなし」と、警視庁公安部に伝えてきたのだ。

池袋や新宿に巣喰う外国人マフィア達の縄張り争いから、霞が関、永田町の権力者たちの合従連衡《がっしょうれんこう》にまで通じる矢島係長は、オモテ班員にこう解説した。

「例の政治家からの圧力だ。ビキョクチョウ（警察庁警備局長）を恫喝して、スミルノフへの視察を直ちに取りやめるよう迫ったらしい」

オモテ班員はすぐにピンと来た。その国会議員の名も、そしてスミルノフと国会議員を仲介している人物のことも。

「電話の主は鈴木宗男だった。しかし警備局長ともあろう者が政治家に恫喝されてソトイチの視察活動をやめさせるなんて常識では考えられなかった。四係の反発は凄まじかった」

と、当時を知る関係者は憤りを隠さない。

当時の警察庁警備局長は、一九六九年入庁組の中でも、「長官コース」に乗った警察キャリアだった。彼は警備公安畑でキャリアを重ね、駐米日本大使館一等書記官としてワシントンDCに赴任している。このポストはFBIやCIAなどの捜査情報機関との情報交換や調整業務を担当するため、国際インテリジェンスに通暁《つうぎょう》していなければならない。帰国後は、警視庁警備一課長、警備部長などを務め、一九九三年八月からは細川護熙《もりひろ》、羽田孜《つとむ》、村山富市の三代にわたって総理大臣秘書官を務めた。まさに永田町の裏表を知り尽くした、「警備公安警察のドン」と評される実力者だ。

しかし、現場のスパイハンターにとっては、警備局長の経歴や力量などまったく関係なかった。

「こんなことは前代未聞だ。警備局長を視察対象にすべきだ」

過激な四係のスパイハンターたちの中には、「ビキョクチョウの追尾にウラを投入すべきだ」と主張する者も出てくる始末だった。

しかし外事一課は、神奈川県警からの応援も得て、森島の秘匿追尾体制が拡充されたばかり。この時点で、警察庁警備局を敵に回せば、立件に支障をきたすのは間違いない。ウラに警備局長の秘匿追尾をさせるなど、到底できることではなかった。

知的な恫喝

警備局長というのは警備公安警察のトップだ。

特定の政治団体、極左、労働団体、カルトなど宗教教団、国際テロ組織、朝鮮総連や在京大使館を拠点に活動する各国の情報機関員などの情報収集を行っているのが警視庁公安部と、道府県警察の警備部である。これらを予算面、情報面で束ねているのが警察庁警備局だ。通称「ビキョク（備局）」と呼ばれるこの組織には現在、警備企画課、公安課、警備課があり、外事情報部が統轄する形で外事課と国際テロリズム対策課（当時、外事情報部はなく、外事課に国際テロ対策室があった）がある。

まさに全国の「公共の安全」という目的実現のために、ありとあらゆる極秘情報が集約されている組織が警察庁警備局だ。この全国に網の目のように張り巡らされた情報網、ヒエラルキーのトップに君臨し、あらゆる秘密を握っているのが警備局長なのだ。

いくら霞が関では強面《こわもて》でならした政治家でも、警備局長を怒鳴りつけて、正規の視察活動を中止させるとは、途方もなく勇気がある行動である。しかし、警備公安警察のトップに君臨する男は、一国会議員の恫喝に屈する形で、スミルノフへの視察中止命令を下してしまったのである。

その背景について、当時の警備局関係者はこう解説する。

「鈴木宗男氏からの電話の一件はすべて記録に残されていた。局長は確かに電話で怒鳴られた。霞が関の役人皆がやられている政治家の恫喝だ。局長は『お話はお伺いしました。警視庁のほうに聞いてみます』と応えた。これは政治家に対する決まり文句みたいなものだ。外事課長が警視庁に問い合わせると、伝統的な酷い手法で尾行しているという話だった。局長は『そんな手法は古い』と判断して、『馬鹿なやり方はやめろ』と伝えた」

取材で得られた情報を総合すると、警備局長は「スミルノフ、鈴木宗男の言い分にも理がある」と考えたようだ。

しかしこうした判断すら、スパイハンターたちは一笑に付す。確かに強制追尾は挑発的な手法だ。だが、すべてはエージェントとの接触を突き止めるための「知的な恫喝」であるのだと、当時のオモテ班員は語る。

「強制追尾を開始すると、機関員は振り切ろうとしてありとあらゆるテクニックを使う。車線を左から一番右の車線へ一気に変更したり、黄色信号の交差点に突っ込んだり。中には高速道路を時速三十キロでのろのろ走る牛歩戦術を使う者もいる。しかし、こうした動きは自らが情報機関員で、これからエージェントに接触しようとしていることを証明している。強制追尾に苛立ってエージェントとの接触を断念する機関員もいる。頃合いを見計らって強制追尾を終了すると、多くの機関員は安心してエージェントとの待ち合わせ場所に直行する。しかし、機関員の行動パターンは、過去の記録によって読まれている。ほとんどが高速道路や幹線道路で『ウラ』に捕捉され、エージェントとの接触をつかまれることになる」

つまり、表裏一体となって追尾して敵を欺くのである。この手法はイギリスのカウンターインテリジェンス機関である「イギリス保安部（通称ＭＩ５）」が編み出したといわれる伝統的な手法でもある。

警備局長は「古くて馬鹿な手法」と切り捨てたが、冷戦時代のKGB機関員はオモテの強制追尾を脅威として受け止めていたことが記録に残されている。

タス通信東京特派員の肩書で、日本国内で諜報活動を行い、一九八五年七月、在日中国人に中国大使館内の会議を録音するよう強要したなどとして警視庁に摘発された元KGB機関員のコンスタンチン・プレオブラジェンスキーは、KGB退職後に回顧録を出している。

その中でプレオブラジェンスキーは、強制追尾と直接尋問を日本警察が編み出した優れた方法で、すばらしい成果を挙げていると絶賛、こう述べている。

「見せつけ監視（強制追尾・筆者註）の主要拠点となっているのは、ソ連大使館前である。大使館の門から車が出てくるやいなや、グレーの大型車が尾行を開始する。決まったナンバーで、ソ連のスパイならだれでも夢にまでうなされる番号だ」

プレオブラジェンスキーによると、強制追尾は機関員の早期帰国を促すという波及効果があるという。KGB時代には、機関員は監視車両が、いつ、どういうコースで追尾してきたかを報告しなければならず、追尾される頻度の高い機関員は、任期より早く帰国させられたというのだ。

オモテの強制追尾はアメリカに亡命したKGB機関員レフチェンコも日本滞在中経験していたようだ。のちに出版された回想録の中で彼はこう語っている。

「ソビエト大使館を担当する警視庁外事課の一員で、やや背の低い丸顔の男は、私のことが嫌いでならなかったらしい。（中略）ある日、私がソビエト大使館から宇田川町の自宅に車で帰宅すると、この警察官はずうずうしくも私のアパートのドアの真ん前までついて来て、中に入ってきそうなそぶりまで見せた。事態は緊迫して、あわや殴り合いになるかと思われた」

まさに彼らもスミルノフと同じ経験をしていたのである。ただし公安警察のトップに圧力をかけ、この強制追尾をやめさせることができる特別な友人がいなかったのだ。

「強制追尾をやめればいいのだろう？　しかし、ウラは中止を命令されていない。そこまでして追尾をやめさせたいのには理由があるはずだ。ウラをスミルノフと警備局長の秘匿追尾に投入すべきだ」

現場の抵抗はあまりにも無力だった。警備局長の命令どおり、オモテは公然視察を中止することになった。ウラは当然、ボガチョンコフと森島の動向から眼を離せない状況にあった。スパイハンターたちは腹の底から立ち上る炎を消し去ることができず、歯ぎしりするばかりだった。

籠絡の手口

男は背中を丸め、赤褐色の煉瓦タイルにできた長い影を踏みしめていた。銀座の裏通りらしい落ち着いたこのコリドー街に急増している真新しいチェーン居酒屋も、爽やかな夕刻の春風に誘われた人々で賑わっていた。

男の姿は無惨だった。その目元と頰の翳は、これでもかと襲いかかってくる受け容れようのない苛酷な運命を物語っていた。影となって追跡する男たちは、幽鬼のような彼の様子を観察しているうちに、表情がめまぐるしく移り変わるのに気づき、鳥肌が立った。

航太がこの世を去ってからおよそ一ヵ月後の四月一日、森島は魂を抜き取られてしまったかのように、焦点の定まらぬ眼を足下の煉瓦タイルに向け、目的地に向かっていた。

「お父さんとお母さんの子供に生まれて本当に良かったよ」

死期が迫っていることを知らぬはずの航太の言葉を、森島は回想していたのかもしれない。涙腺が突然緩んで、涙がとめどなく溢れているように見える。次の瞬間には、看病に疲れた両親を気遣うやさしい笑顔、北海道旅行で無邪気にはしゃぐ姿を思い出しながら、表情が緩んでいるようにも映った。二つの感情が交互に訪れ、森島の脳裏から航太の姿が消えることはなかったのだろう。

行確員から見ると、眼を充血させて嗚咽すら漏らしていた男が、次の瞬間には、歯を食いしばるように笑いを押し隠そうとしている。その姿は、むしろ哀愁さえ誘った。スパイハンターたちは、森島の感情が愛別離苦を乗り越えることができぬまま、制御不能になっていると確信した。

このコリドー街沿い、東京高速道路の高架下には居酒屋『土風炉銀座コリドー街店』がある。ひとり飲んで食べても五千円程度の大衆店ではあるが、黒壁二階建ての古い日本家屋風の設《しつら》えに五百人を収容できる。高級寿司店のような大きなカウンターも備えた、贅沢な造りである。

森島が店員に案内されて半個室状になったテーブル席に行くと、待ちかまえていたボガチョンコフが立ち上がって出迎えた。

森島は目の前に座る海軍武官に向けて、笑顔をこしらえる精神的な余裕はまったくなかった。

実はこの日で、ボガチョンコフと二人で会うのは九回目を数えていた。航太が亡くなったあと、ボガチョンコフの行動は素早かった。

航太が亡くなった、その日から電話攻勢は始まった。通夜当日、ボガチョンコフから東山宿舎近くの公園に呼び出され、丁重なる慰めの言葉をかけられたのは、前述の通りだ。

続いて、航太の告別式の三日後にも、自宅の電話が何度も鳴った。森島と聡子が受話器を取らずに放っておくと、再びかかってきた。森島が電話に出ると、ボガチョンコフの声だった。

「息子さんのことでどうしても渡したいものがある」

森島は「まだ息子のそばを離れたくない」と抵抗したが、ボガチョンコフは「渋谷のハチ公前で待っています。すぐそばですよね」と言って電話を切った。

三月十日、ハチ公前で落ち合った二人が喫茶店に入ると、ボガチョンコフは透明のプラスチックケースに入れた十字架をテーブルの上に置いて、流暢な日本語でこう言った。

「息子さんの墓に供《そな》えてください。私はあなたに援助したい」

ボガチョンコフは資金提供を申し出てきたのだ。

「ありがとうございます、大佐。でも墓にかかる費用はいりません」

森島はあわてたように手を振って、ボガチョンコフの申し出を断った。ボガチョンコフは大きな銀縁眼鏡の奥の、やや下がった眼尻にうっすらと涙を浮かべ、黙って森島の顔を見つめていた。

森島は彼の気遣いに感動したが、話題をそらすように、修士論文の提出期限が迫っていて多忙であることを伝えた。そして「参考文献をロシアから取り寄せてもらえないか」と頼んだ。

森島が修士論文のテーマに、「旧ソ連海軍の戦略研究」を選んでいたことは先に述べたが、中でも研究の対象を「セルゲイ・ゴルシコフとソ連海軍」に絞っていた。

セルゲイ・ゴルシコフとは一九八五年に引退するまで、二十九年間もソ連海軍総司令官を務め、海軍の再建、外洋型近代海軍としての戦略作りに貢献した人物だ。最高階級である「元帥」まで昇りつめ、「ソ連海軍の父」とまで呼ばれた伝説の人物の戦術を分析して、修士論文に仕立て上げようと、森島は考えていたのである。だが、その締め切りは三月二十一日、わずか十一日後に迫っていた。

ゴルシコフはボガチョンコフにとっても「神様」のような存在であったはずである。しかし、ボガチョンコフは大した関心を示さなかった。

「次は十六日にしましょう。正午にハチ公前で。そのときまでに用意しておきます」

一時間ほど会話したあとの別れ際、ボガチョンコフは次の約束を取り付けるのを忘れなかった。

三月十六日、二人は約束通りハチ公前で落ち合った。ボガチョンコフがあらかじめ予約を入れていた道玄坂にあるしゃぶしゃぶ屋『うち田』で昼食をとることになった。

このとき森島の論文の提出期限は五日後に迫っていた。このままでは、未完成のまま提出せざるを得ず、再提出は間違いない。

「大佐、お願いしていたものは……」と、森島が資料を求めると、ボガチョンコフはさも申し訳なさそうに、「大事な資料なので、今モスクワに照会して取り寄せる手続きをしています」と返した。

そしてこう付け加えた。

「本当にすみません。次回はかならずお渡しできます。ところで私もお願いしたいものがあるのです。秘密のものでなくても構いませんから、教範みたいなものがほしいのです。それから、防衛研究所の研究者のリストのようなものはありませんか。なんとかなりますよね。忘れないでくださいね」

ボガチョンコフは交換条件として、森島に文書のレベルアップを求めたのだ。

「アクヴァリウム」から指令を受けた機関員は、ゆっくりと、そして着実にターゲットを籠絡し始めていた。

総理の病

話を銀座の居酒屋『土風炉』での会合に戻そう。

二人は江戸屋敷を再現したような複雑な構造の店内で、テーブルを挟んで向かい合っていた。大型の居酒屋だが、テーブルの間隔は広く、ついたてがあるので、お互いの声は明瞭に聞き取れた。

日本の幹部自衛官とロシアの海軍大佐の会話のテーマは「政治家の資質」であった。ロシアでは、辞任を表明したエリツィンの後任を決める大統領選挙が行われ、KGB出身のウラジーミル・プーチンが次期大統領に選出されたばかりだった。

プーチンはまだ、素顔も実力も未知数で、まさに謎に包まれた人物であった。ただ、一九九九年八月に首相に就任したあとはチェチェン武装勢力に対する猛攻で「強いリーダー」というイメージが定着していたのは間違いない。

プーチンは大統領就任後の公約として、急進的な経済改革による市場経済の建て直しを宣言、新体制にＫＧＢ出身者を登用することを表明するなど、その指導者ぶりに国際社会は注目していた。

「日本の政治家には、ロシアの政治家のようなリーダーシップを発揮する人がいないのですか？　なぜそういう政治家が日本には出てこないのでしょうか」

ボガチョンコフの質問は実に率直だ。これに森島は熱弁で応える。

「日本の政治家でリーダーシップを発揮する人は、当面出てこないと思います。ロシアやアメリカのように政治指導者がカリスマやパーソナリティーを発揮するのは、日本社会においては難しいと私は思うのです。何よりも日本の政治においては、意思決定過程が実に複雑であることが、大きな原因であると思います」

森島が力を込めるたび、ボガチョンコフは難しい顔で頷く。ロシアのスパイは聞き上手でもあった。

このとき、森島の足下に置かれた紙袋の中には、ボガチョンコフにリクエストされた『防衛研究の組織図・職員配置表』『対空戦・対水上戦のスタディガイド』が入っていた。

しかし、森島は書類を持ってきたことを切り出さなかった。約束はしていたものの、できれば渡したくはない、と躊躇していたのだ。するとボガチョンコフは何かを察したかのように店員を呼び止めた。

「個室に行きたいのですが……」

「大変申し訳ございません。あいにく一杯なのですよ」

外国人に流暢な日本語で声をかけられた店員は、やや戸惑った様子でぺこりと頭を下げた。

店員が去ったあと、二人の間に数秒の沈黙が訪れた。森島がボガチョンコフの顔を見ると視線が合った。ボガチョンコフは森島の次の動作を促すように、大らかな微笑みを浮かべながらゆっくりと頷いた。

森島は催眠術でもかけられたかのように、緊張から解放され、紙袋に手を伸ばしてテーブルの上に載せた。

「頼まれていたものを持ってきました。この書類には秘密が書かれています。コピーしてあるものはそのまま差し上げますが、スタディガイドは原本なので返してください。コピーしても良いですけど、読み終わったらシュレッダーにかけてください」

森島は一瞬、頬のあたりに何者かの突き刺さるような視線を感じて、あたりを見回すように目を泳がせた。

「誰にも内緒にしてくださいよ」

この念押しは、森島なりの稚拙《ちせつ》な駆け引きでもあった。

秘匿性を仄《ほの》めかせば、今日こそは修士論文の参考文献を差し出してくるだろう。自分が求めているものは、公の出版物であって、ロシア海軍の内部文書の提供を依頼しているわけではない。きっとボガチョンコフが足下においているあの黒いビジネスバッグに入っているに違いない。

ボガチョンコフは森島が差し出した袋に、さっと手を伸ばして折畳むと、さも当たり前のように、黒いビジネスバッグのふたを開けて仕舞い込んだ。

「ありがとうございます。研究の役に立ちます」

ボガチョンコフは頭をちょっと下げた。しかし、森島が切望していたものが出てくる気配はなく、バッグはボガチョンコフの足下に戻ってしまった。

森島の論文の提出期限はとうに過ぎていた。一回は提出したものの、案の定「添削できないほど文献調査が不十分である」と、教授から突き返された。このままでは修士号を取得することは不可能だ。そうなると今後の自衛官生活を「落第組」という屈辱的なレッテルとともに生きていかねばならない。

追い詰められた森島は「目の前にいるこのロシア海軍大佐が準備しているという文献さえあれば、なんとかなるはずだ」と、根拠もなく依存するようになっていた。

ボガチョンコフは、バッグをのぞき込むような森島の視線を感じたのだろう。

「あなたに差し上げるものはモスクワに確認中です」

と、にっこりと微笑んだ。またボガチョンコフは手ぶらで来ていたのだ。

森島は愕然とした。職場から大事な文書を持ち出して渡したのに……。

「大佐、今度はお願いしますね。もう論文の期限を過ぎてしまったんです」

森島はすがるように頭を下げた。

「俺は駆け引きされているんじゃないだろうか。子供が死んだばかりの人間を電話一本で呼び出しておいて、この男は何を考えているのだろうか」

言葉には出さなかったが、森島の心は瞬間的に揺れ動いた。経験したことのない激烈な感情が胸に込み上げてきた。

ボガチョンコフは森島の表情の微妙な変化を見逃さなかった。

「ところで森島さん、ちょっと気づいたことがあるのです……」

ボガチョンコフは眉間にしわを寄せて、テーブルの上に身を乗り出した。

「この前の横須賀の卒業式ですが……」

二週間ほど前に行われた防衛大学校の卒業式の話を持ち出した。そして思わぬことを口にしたのである。

「小渕総理は観閲式のとき座っていましたね。パレードで総理大臣が座っているのは、異例のことです。何か病気をしているはずですよ」

急に表情を引き締め、声を低くしたボガチョンコフの発言が、森島は妙に気になった。

「この男は何か知っているのだろうか？」

翌日、森島はテレビで「小渕恵三総理が脳梗塞で重体」というニュースを見て言葉を失った。

大佐の言うとおりじゃないか……。

三月十九日に行われた防衛大学校の卒業式で、小渕総理は「有事法制は避けて通れない問題で、平時においてこそ備えておくべきものであると深く認識している」などと有事法制の立法化に積極的な考えを示し、この発言は新聞紙上に報じられていた。しかし「観閲式のときに総理が座っていたこと」を報じたメディアはない。

小渕総理が倒れたあと、テレビ局が前日の総理会見の映像を精査して、記者の質問から言葉を発するまでに、約十秒間の沈黙があったことを「脳梗塞の兆候」として報じたが、健康状態の異変を事前に察知してはいなかった。

あの発言はボガチョンコフの洞察力によるものだったのか。それとも「アクヴァリウム（GRU本部）」は、何らかの情報を得ていたのか。森島は得体の知れぬ恐怖に背筋が寒くなるのを感じた。

ホットライン

その後、森島はボガチョンコフから、ますます頻繁に呼び出されるようになった。いよいよボガチョンコフが、情報機関員としての本性を剝き出しにしてきたのである。

二〇〇〇年四月二十六日、再び銀座コリドー街の居酒屋『土風炉銀座コリドー街店』前で午後七時に待ち合わせた。このときは予約していなかったため、テーブルが空いておらず、銀座六丁目の割烹料理屋に入った。

およそ一ヵ月後の五月二十三日も、同じく銀座の『土風炉』前で待ち合わせた。森島は前回、割烹料理屋での接触で、ボガチョンコフから「タクティクス（戦術）に関する教範がほしい」とリクエストされたため、鞄の中に『対潜戦戦術スタディガイド』『戦術概説（改訂第三版）』を入れてきていた。

『スタディガイド』に関しては「部内限り」という表示はなかったが、『戦術概説』は「秘」指定されている文書だった。

「秘」とは「機密」「極秘」に次ぐ秘密保全を求められている文書である。「機密」とは、最高度の秘密保全が必要で、漏洩すると国家の安全や利益に重大な損害を与える恐れのあるものである。「極秘」とは、同じ趣旨で「機密」に次ぐ保全が必要なもの。これらに続く「秘」とは、関係職員以外に知らせてはならないものを指す。

『戦術概説』とは、海上自衛隊第一術科学校の学生教育用資料で、護衛艦の射撃、水雷、船務など、各部門を統轄する中級幹部自衛官が習得しなければならない戦術や護衛艦の装備機器の性能などが記載されている。海上自衛隊の活動指針、さらには具体的な作戦における戦術も書かれており、各部隊の機能、装備、作戦、遂行能力もこの文書を分析すれば、明らかになってしまう代物だった。

森島が『戦術概説』を手に入れたのは、第一術科学校幹部中級艦艇用兵課程に在籍していた五年前のことだった。

実はその前年まで『戦術概説』は、第一術科学校から課程修了後の自衛官のために部隊に送達されていた。しかし幹部学生が秘密文書を無断で持ち出して紛失してしまう事故が発生したため、部隊へ送達するシステムは廃止された。つまり課程修了後、『戦術概説』を保持することは不可能になっていたのである。

だが、当時の学生長らは、「部隊勤務になってからも必要である」として、コピーの入手を計画する。彼らが内部でコピーの入手ルートを探していたところ、秘密保全訓令を無視する形で、教室内の保管器に入っていた『戦術概説』を不正にコピーして持っている学生がいた。そのコピーを学生長らは再コピーして、森島ら幹部中級艦艇用兵課程に在籍する学生全員に配布してしまったのだ。

同期の幹部自衛官たちの秘密保全意識の欠如のおかげで、森島は意図せずに、学生の間で出回っていた『戦術概説』の不正コピーを入手したのである。

森島はこれからロシア軍人に渡そうとしているものが、「秘文書」であることを認識していた。こみ上げてくる不安を抑えることができなかった。

神は森島に熟考する猶予《ゆうよ》をあたえてくれた。待ち合わせ時間を十分過ぎても、二十分過ぎてもボガチョンコフは姿を現さなかった。

森島は港区三田にあるボガチョンコフの自宅に電話をかけた。妻・エレーナが出て、「仕事に行っています」と、夫の不在を告げた。

「待ち合わせ場所にいらっしゃらないようなので私は帰ります」

エレーナにこう伝えた森島は、逃げるようにコリドー街を立ち去った。

森島は逮捕後の取り調べの中で、この日の出来事について、「逆にほっとした」と供述している。

森島は三日後の五月二十六日午後七時に、同じ銀座『土風炉』でボガチョンコフと再会した。この日は散々迷った末、『戦術概説』を自宅に置いてきた。代わりに、『特別研究成果報告書』という研究レポートをボガチョンコフに渡し、四月一日に貸していた『対空戦・対水上戦のスタディガイド』を返してもらった。

「先日、会えなかったのはミスコミュニケーションによるお互いの勘違いだった」ということで一致した。

ボガチョンコフは食事を終えて店を出ると、近くにある電話ボックスに森島を連れて行った。

「あなたは最近、携帯電話をあまり使わないから、不便です。これから連絡するときは、伝言ダイヤルを使いましょう。使い方は知っていますか？」

伝言ダイヤルは仲間同士で暗証番号を決めておけば、センターに録音したメッセージを携帯電話や公衆電話から聴くことができる。しかし森島はこれを利用した経験はなかった。

ボガチョンコフは使用方法を森島に丁寧に実演してみせ、

「私の暗証番号は6、5、4、3、2、1です。あなたの誕生日は？」

と、森島に尋ねた。

「誕生日は八月二日です」

「じゃあ、逆にしましょう。あなたの番号は0、2、0、8です。いいですね」

「ロシアから来た人なのにずいぶん手馴れた感じだな」

森島は口にはしなかったものの、不思議に思った。

この時点で、森島のボガチョンコフとの面会は、十一回を数えていた。これまでは別れ際に次回の会食の約束することが多かった。ボガチョンコフは自宅の電話番号は教えてくれたが、携帯電話の番号を森島に明かそうとしなかった。かけてくる時も、自宅の電話を使っているようだった。

ロシアの情報機関員は、エージェントとのコミュニケーションに携帯電話を使わない。ホテルに宿泊しても部屋の電話には一切手をつけない。これは世界各国の防諜機関が盗聴することや、通話履歴を携帯電話事業者に照会することを警戒しているからだ。

そのため会食の設定は、基本的に顔を突き合わせた状態で約束を取り付ける。約束当日に急用が入った場合に備えて、予備日も設定する。万が一、緊急連絡が必要なときは公衆電話を使う。関係が深まれば、口頭で設定した約束日時と実際の日時をずらすこともある。エージェントとの間で合意が成立すれば、約束した日時に五日と三時間をプラスした日が、次回接触日ということにもなる。さらにエージェントの訓練が進めば、電柱にビニルテープなどで目印を貼る「マーキング」によって接触場所、日時を設定するようになる。

ボガチョンコフが提案した「伝言ダイヤル」は過去に例のない新たな手法だった。確かに伝言ダイヤルなら事前の申し込みも不要で、匿名性は高い。

二人はこのようにして、秘密のホットラインを確立した。前回、約束の場所に現れなかったのも、このホットライン確立に誘導するための、実に念入りな段取りのひとつだったに違いなかった。

実はこの直前、森島はもうひとつ不安材料が増えていた。借金苦で日々の生活にも困窮していた父親が、五月はじめに突然、急性心不全で倒れ、危篤状態になったのだ。

森島は父親の住む京都に一週間帰省して父親を看病し、身も心も疲れ果てた。ひとり息子を失って二ヵ月後に、今度は実の父親が危篤になるという不幸に見舞われた男に、ボガチョンコフはまるで飢えたシベリア狼のように喰らいつき、そのすべてを奪い去ろうとしていた。

米国との比較

世界中の捜査・情報機関がその国独自の証拠収集技術を開発しているが、もっともアナログな「秘匿追尾」に関しては、警視庁公安部外事第一課第四係の「ウラ作業班」の緻密さは世界でもトップクラスだ。

彼らが技術を磨いた背景には、日本のカウンターエスピオナージ（防諜）の現場に、諸外国のような権限を与えられていないことがある。

たとえばアメリカの場合、一九七八年にＦＩＳＡ（Foreign Intelligence Surveillance Act・外国諜報監視法）が制定されており、アメリカ国内に拠点を置く外国人や市民が、外国のテロリストやエージェントであると信じるに足る相当の理由があるとＦＩＳＡ裁判所が判断し、許可すれば、防諜機関は通信傍受などの電子的監視や捜索が可能だ。

旧ソ連、ロシアに機密情報を流し続けた史上最悪のスパイとして知られる、ＣＩＡのオルドリッチ・エイムズとＦＢＩのロバート・ハンセンの捜査でも、ＦＢＩのスパイハンターは、ＦＩＳＡ裁判所の許可を得たうえで、彼らの職場、自宅、自家用車に盗聴器や監視カメラ、発信器を仕掛け、極秘捜索を行った。こうした手法で収集された証拠は刑事訴追において大きな役割を果たした。

またアメリカの防諜担当捜査員は「インフォーマント」と呼ぶ情報協力者に、高額の金銭報酬を支払ったうえで、アンダーカバーオペレーション（囮《おとり》捜査）を展開することも可能である。

米司法省では二〇〇一年一月に「インフォーマントの使用についてのガイドライン」を改定している。それまで各捜査官の信頼関係にゆだねられていたインフォーマントとの関係を、登録制にしたのである。

ガイドラインによると各捜査官は、インフォーマントに関する報告書と推薦状を、所属長に提出する。所属長の承認を得ると、インフォーマントの写真、人定事項、前科前歴などが「CI（Confidential Informant・秘密情報協力者）登録ファイル」に記載される。

この登録手続きが終了すると、インフォーマントに対する指導が行われる。口頭での指導項目は以下の六つだ。

1　あなたは真実の情報を提供しなければならない。

2　あなたの協力と供述は自発的なものだ。

3　連邦政府は人定事項を公表しないよう努力するが、法的などやむをえない事情があっても公表されないことや、証人として召喚されないことを約束・保証できない。

4　あなたの捜査協力に対して、便宜的取り扱いの配慮がなされるかは、連邦検察官・裁判官の裁量に属するものだ。連邦捜査機関は約束できない。

5　あなた自身の言動に対する捜査、逮捕、訴追について免責、保護を約束できない。

6　あなたは犯罪行為への関与を正当化されていない。訴追もありうる。

さらに「連邦政府の職員を名乗ってはいけない」「報酬を受け取った場合は納税義務がある」といった内容を書面で検討することも義務付けられている。インフォーマントはこれらの指導を受けると署名を求められる。

この面倒な手続きをクリアすれば、高額の金銭報酬の支払いが可能となる。その金額は以下のように規定されている。

一回の支払いが二千五百ドル以上二万五千ドル以下の場合には、連邦捜査機関の現場責任者の決裁で足りるが、一回の支払いが二万五千ドルを超える場合、一年の支払い総額が十万ドルを超える場合、期間の長短を問わず総額二十万ドルを超える場合には本部の決裁が必要となる。上限は一年間で十五万ドル、期間の長短を問わず三十万ドルとなっている。

連邦捜査機関とインフォーマントの間には、いかにもアメリカ的で、ドライな契約と規定が存在するわけだ。しかし、高額で契約したインフォーマントを「対象」に接近させる囮捜査は、カウンターエスピオナージの現場の捜査員にとって強力な武器となっている。

失尾の屈辱

日本でも協力者に金を支払って運用するシステムは存在するが、アメリカほど巨額な予算はないし、スパイ事件捜査での囮捜査は許されていない。そのためカウンターエスピオナージを遂行するにあたっては、「秘匿追尾による視察活動」が占めるウエイトは大きくなる。だからこそ、ウラのスパイハンターたちは追尾技術に磨きをかけ、徒歩、地下鉄、自転車を乗り継ぐことが多い「都市部の雑踏」においては、極めて高度な職人芸を見せる。

彼らは「大規模にやるとヅかれる（気づかれる）」と、大量動員しての秘匿追尾を嫌う。実は大人数での秘匿追尾をめぐっては、過去にこんな失敗があった。

それは一九九六年二月に起きた。当時、オウム真理教の手配者を追っていた公安部公安一課は、平田信とともに逃亡している斎藤明美を探し出すため、彼女の関係者宅に網を張っていた。

ある日、埼玉県内にある友人宅に斎藤が姿を現した。友人に預けていた五十万円を受け取りに来たのだ。

公安捜査員が友人宅を完全秘匿で包囲した。友人は現金を用意していなかったため、斎藤はこの家に宿泊、翌日、友人の勤務先近くまで金を受け取りに行くことになった。

斎藤は逃亡資金を受け取ったあと、平田の潜伏場所に行く可能性が高い。公安一課は五十人もの捜査員を投入して、秘匿追尾を開始した。サラリーマンやカップル、学生などさまざまな日常に偽装した群衆が、斎藤を取り囲んだまま移動を開始したのである。

斉藤は西武池袋線に乗り、池袋で下車すると、ファストフード店に入った。このとき、店の前を往復しながら中の様子を窺っていた行確員の一人が、斎藤と視線を合わせてしまったのだ。

斉藤は何事もなかったように、友人と待ち合わせていた都営三田線白山《はくさん》駅に到着した。改札口の外で、預けていた五十万円を受け取った斉藤は、電車に乗るために改札の中に入った。しかし、くるりとUターンして再び外に出てきた。

斉藤は泣きながら友人のもとに駆け寄ると、こう言ったという。

「私に尾行が付いている！」

彼女の行動は友人と別れた瞬間から激変した。ドアが閉まる間際に突然、降車したかと思うと、発車直前の反対側ホームの列車に飛び乗った。斎藤は激しい点検を繰り返しながら、より混雑する新宿方面に向かった。

行確員のうちひとりでも強引に追尾を続行すれば、斎藤に尾行者の存在を確認されることになる。彼女が地下鉄を乗り換えての点検を繰り返すたびに、極左の追尾で鍛え抜かれていたはずの公安一課の精鋭たちが、ひとり、またひとりと脱尾していった。

新宿駅に到着したとき、捜査員は四人に減っていた。地下鉄丸ノ内線新宿三丁目駅に向かう地下道から地上に出た瞬間、斉藤は新宿通りを全力疾走した。最後の一人が、背後に食らい付こうとしたが、結局振り切られてしまった。公安一課の秘匿追尾のプロ五十人が、素人の女性信者相手に屈辱の「失尾」を喫したのだ。

この直後、警察庁から全国の道府県警本部に、主要ターミナル駅での「見当たり作業」の指示が出たが、手遅れだった。平田信逮捕のチャンスを「失尾」によって逃してしまったのだ。

翌年、公安部は斎藤明美を犯人隠避や有印私文書偽造などの容疑で指名手配したが、二〇〇〇年十一月に時効が成立した。斎藤と平田は一時、仙台市内のアパートで生活していたことは判明したが、その後の足取りはわかっていない。

「ウラ」の秘術

これに対して、「ウラ」のスパイハンターの秘匿追尾は少数精鋭主義といえる。通常、五人から八人でひとりの「対象」を追尾する。当然、相手の点検作業の技術が優れていれば、次々と応援部隊が投入され、電車のひとつの車両のすべての乗客が、行確員という状況に発展することもある。しかし特殊訓練されたＳＶＲやＧＲＵの機関員は、周辺に立つ人間の心臓の鼓動や体温まで読み取るほどに、神経を研ぎ澄ましている。人数が増えれば彼らは「空気」を読み取り、行確員の存在を察知してしまうのだ。

その点検の技術はオウムの女性信者の比ではない。デパートの入り口ガラスに背後を映し出す。鏡を取り出して髪を整えながら背後を確認する。さらには点検用に選定した住宅街に行確員を誘い込み、行き止まりの路地に入って突然反転するのも、機関員の常套手段である。これをやられると行確員は素知らぬ顔で機関員と擦れ違い、路地の奥にある民家にでも飛び込んで訪問者を装うしかない。逆に行確員が警戒して路地に入ってこないことを察知するや、民家の庭に入り込んで、通り抜けてしまった機関員も存在する。鍛えられた機関員は、行確員に対して周到な「トラップ」を仕掛けてくるのだ。

「ウラ」の行確チームは、車、オートバイ、自転車、徒歩など、対象の移動速度に合わせてあらゆる形で追尾する。これをワンボックス型ワゴン車が支援するのが特徴だ。ワゴン車の荷室には「自転車」や「衣類」「眼鏡」「帽子」「バッグ」などが大量に積み込まれている。すべて変装用の小道具だ。自分の子供や飼い犬まで「小道具」として連れてきた者もいる。

対象が自家用車やタクシーに乗った場合には、車両班が交互に入れ替わりながら追尾。機関員がルームミラーを頻繁に確認し始めると、背後で追尾していた車は対象車両の前に出ることによって、「脱尾」する。そのため対象車両の車内にいる機関員のシルエット、特にルームミラーを見上げるわずかな首の動きすら見落としてはならない。

対象が徒歩で移動する場合には、「ウラ」のスパイハンターたちは驚異的なテクニックを見せる。いわゆる「尾行」といえば、対象の背後を歩き、振り返られた瞬間に身を隠すものと思うかもしれないが、これは犯罪者を追う所轄の新人刑事の手法だ。スパイハンターの「秘匿追尾」はレベルが違うのだ。

元KGB東京駐在部の機関員で、一九七九年にアメリカに亡命したスタニスラフ・レフチェンコは回想録にこう書いている。

「一九七八年冬のある晩のあの出来事は、思い出すと今でも冷汗が出てくる。(中略)若い男が私の前を歩いているのに気づいた。当てもなく歩いているといった風情である。そのうち、私にはわかった。彼は監視の仕方のうちでも最もむずかしい方法を採っていたのだ。監視すべき人間を尾行せずに、その前を歩くやり方である」

KGBが訓練して送り込んだスパイ、レフチェンコが恐怖を感じたという「前を歩く監視」とはどんな手法なのだろうか。

スパイハンターの敵は「点検作業」が習慣となっている情報機関員である。GRU機関員は、「GRU特殊軍事外交アカデミー」でスパイとしての特殊訓練を受けて来日する。対象国のカウンターエスピオナージ機関の追尾を「切る」のは基本中の基本のテクニックだ。錬度の高い機関員は後頭部にも「眼」があるといって良い。

このため「ウラ」の行確チームは、追尾対象を囲む陣形に配置される。この手法はもともとFBIが車両で追尾するために開発したとされるもので、バージニア州クアンティコにある「FBIアカデミー」では新人特別捜査官が、何十回、何百回も叩き込まれるテクニックだ。

完全秘匿による徒歩追尾を命じられたスパイハンターたちは、対象の前方に「先行要員」を配置して、同方向に歩かせる。この先行要員はまったく振り向くことなく、対象の行動パターンや呼吸や足音、摩擦音で進行方向を予測しながら前方を歩き続けなくてはならない。レフチェンコが見たのは、この先行要員である。

さらに、ワンブロックはなれたエリアに「遊撃要員」を配置し、対象を同方向に歩かせる。これで対象が突然振り返っても、背後には誰もいないという状況を作り出すことになる。

実は、対象の行動をつぶさに見る「ウオッチャー」がさまざまな場所に配置され、全行確員に無線で、対象の動向を微細にわたってレポートし、陣形の変更などの指示を出す。そして次々と「ウオッチャー」を入れ替える。とにかく全行確員のうち、対象を視界に入れておくのは、ひとりだけというのが鉄則だ。複数の視線が集中すると情報機関員は、背後に誰の姿が見えなくとも直感的に警戒心を働かせるようになり、「点検」を激しく行うようになってしまうからだ。「ウラ」の追尾は情報機関員に「空気の緊張」すら、読みとらせないのである。

このため無線交信は生命線だ。彼らは一般の警察官とは違う特殊な無線機を使用している。行確員は耳の奥に超小型ワイヤレスイヤフォンを埋め込み、ピンマイクをワイシャツの第二ボタン裏側に貼り付け、手元に受信機を隠して無線交信する。

特殊訓練を受けた情報機関員とて人間である。何度も背後を確認しているうちに誰もいなくなると安心して点検を省略するようになる。しかし周辺を取り囲んでいる学生、サラリーマン、主婦は、伝統の職人芸を叩き込まれたスパイハンターなのである。

実はこの追尾手法も、三十パターン近くある手法のひとつにすぎない。およそ三十年前、コズロフ事件で元陸将補を逮捕した際には、五十メートル進むたびに行確員を脱尾させて、次々と「循環」させる最高難易度の追尾手法が使われたという。

スパイハンターは対象の点検技術に応じて絶えず陣形を変えながら、浮遊する虫籠で対象を包み込んだまま、目的地まで送り届けるのである。

法要

五月三十日午後、森島は地下鉄日比谷線広尾駅の改札口に立っていた。外苑西通りの横断歩道を渡ったところで立ち話をしているカップルが交互に、改札口周辺の動きを確認していることに気づく者はなかった。

この日、森島は自分が入信している宗教団体の東京本部に、ボガチョンコフを連れていくことになっていた。熱心な誘いにボガチョンコフが興味を示し始めたのだ。

ボガチョンコフが待ち合わせ場所に遅れて到着すると、森島は彼を連れて、有栖川公園と反対方向に歩き、聖心女子大学に隣接している大きな洋館に入っていった。

「いやあ……今日の法要は心が洗われましたよ」

広尾駅近くのコーヒーショップでボガチョンコフは感服したかのような、しかつめらしい表情を作って言った。

「ビクトルさんも入信することを勧めますよ」

森島は嬉しそうに答えた。同じ法要に参加したことで、より親密になったような気がして、これまでのように形式ばった、「大佐」ではなく、ファーストネームで「ビクトルさん」と呼んだ。

「ぜひそうしたいですね。エレーナにも確認しておきますよ」

ボガチョンコフは、次回はぜひ妻も連れてくると約束した。森島はロシアの海軍大佐と家族ぐるみの付き合いができることが嬉しかった。

「ところで森島さん。どこか良いレストランを知りませんか？」

「渋谷に『オスロ』というレストランがあります。夜景がきれいな店です。そこなら行ったことがありますよ」

森島が数少ない選択肢の中から提案すると、ボガチョンコフは、

「それでは次回はその店に行きましょうか」

と言って、会計伝票を持って立ち上がった。

隣のテーブルに座っている若い男のショルダーバッグのフラップの隙間から、超小型高指向性ガンマイクの先端がのぞいていた。

警報

二〇〇〇年六月三十日午後七時。鶯色のシャツを着込んだ森島が、渋谷駅東口、明治通りと国道二四六号線（青山通り）の交差点にある書店前の駐輪場に自転車を停めた。

森島は自転車に鍵をかけ、駐輪スペースから離れると、大型歩道橋を見上げた。この書店前ほど息が詰まる場所は都内でも珍しい。

眼前に巨大で複雑な構造の歩道橋が迫り、その上を首都高速三号渋谷線が通る。東

に眼を移せば警視庁本部を小型にしたような渋谷警察署のビル、西側は東急東横線渋谷駅のホームだ。

空を見上げる森島の姿は、都会の汚濁した河川で酸欠寸前となった金魚のように頼りなく見えた。森島は意を決したように大歩道橋を足早に上り始めた。薄茶色のショルダーバッグを下げ、左手はポケットに突っ込んだまま、前かがみに雑踏を縫うように階段を駆け上がっていく。

歩道橋上で立ち話をしていた男女が、森島が歩を進めてくるのを視認すると、同じ方向にゆっくりと歩き始めた。同時に森島の後方を追いかける形で歩いてきたスーツ姿のサラリーマンが眼鏡を中指で持ち上げ、途中の階段を渋谷警察方面に下りていった。

四月以降、午後の追尾の起点は、森島の新しい勤務地である東京目黒区の「防衛研究所」になっていた。修士論文の審査をパスしないまま、防衛大学校総合安全保障研究科を修了したあと、森島は防衛研究所第一研究部第二研究室に配置され、国際法の研究を担当することになったのだ。

防衛研究所とは防衛庁の一機関で、安全保障や幹部自衛官の教育、戦史に関する調査研究を行う機関だ。森島が所属する第一研究部はテーマ別研究、第二研究部は地域情勢分析をおこなう。

特命を中心とする「ウラ」の七人の行確員は、雑踏に紛れながら森島の背後を自転車やバイクで追尾していた。渋谷駅東口大歩道橋は、夕刻になると通行量が急増する国道二四六号線と明治通りを跨《また》ぎ、首都高速三号渋谷線の直下に位置する。高速道路の継ぎ目をリズミカルに刻むタイヤノイズと、国道の地鳴りのような轟音、それに直近に位置する東横線ホームの発車メロディは、スパイハンターたちの集中力を削ぎ、ワイヤレスイヤフォンに入ってくる吉田警部補の指令も掻き消されてしまう。

ショルダーバッグを肩から斜めにかけた野口光弘巡査部長（仮名）は早くこの場から脱したかった。白いポロシャツを着ていると学生にすら見える野口は三十二歳。所轄の警備課で黙々と任務をこなす生真面目さを上司に買われ、四係ウラに配属された。肩にかけた黒いビジネスタイプのショルダーバッグは、ビデオカメラによる秘撮（秘匿撮影）用に自分の手で改造したものだ。小型ＣＣＤカメラに取り付けた「ピンホールレンズ」が、バッグ底部に近い場所に開けられた直径五ミリの穴からのぞいている。対象に異常行動があれば録画ボタンをいつでも押せるよう細工も施された特殊なバッグだ。

数ヵ月前、野口はこのレンズ位置を固定するために、バッグの底に固めのスポンジを敷いて、「上げ底」にし、カメラの両側をやはりスポンジで挟み、横方向にぶれぬよう固定した。さらに開いた液晶モニターがバッグの外部に出るように、バッグの左側を縦に十センチほど切った。こうすれば液晶モニターを見ながら画角調整が可能だ。ちょうど録画ボタンの位置に穴をあけ、指を突っ込んで操作することができるようにもなっている。

野口は限られた資金で秘撮や、録音の特殊機材を製作することに関しては秀でた才能を持つ男である。毎晩、帰宅するとウイスキーのソーダ割りを片手に新たな機材開発に没頭する。使用する機材は毎週末、秋葉原を歩いてこつこつと購入したものである。

最新作は自費で製作した本型のカメラだ。大学受験の勉強に使ったコンパクト英和辞書の内側をくりぬいて、端面にあけた穴からのぞくピンホールカメラで、接触の様子を撮影しようというものだ。映像はトランスミッターで送信され、三十メートル程度なら送信可能である。しかしこの英和辞書をテーブルの上に置いても不自然とならないシチュエーションに巡り合うことがないため、実用には至っていない。

森島はゆっくりと歩く野口巡査部長を追い抜き、約五メートル前方を俯《うつむ》いたまま早足で歩いている。森島の前を歩いているのは、仕事帰りに食事に向かう男女を演じるスパイハンターだ。

そのとき、イヤフォンを通じてクリック音が連続三回聞こえた。後方から陣形を俯《ふ》瞰《かん》している吉田からの「警報」だった。

「フラッシュに注意！　左手だ！」

かろうじて吉田の声が聞き取れた。

森島の前方階段を学生らしき集団がわいわい会話しながら上ってきている。野口は学生の中に外国人留学生らしき男がひとりいるのに気づいた。森島は瞬間的に集団に飲み込まれて、どの行確員からも死角になった。

「フラッシュ・コンタクト」は、通りすがりに手に持っている機密資料などを一瞬で手渡す、スパイ独特の受け渡し手法だ。実にローテクだが、受け取った機関員が姿を消してしまえば証拠は残らない。

学生の集団の中に、ボガチョンコフのサポート要員が紛れ込んでいる可能性もある。野口は留学生らしき外国人の左手と、ポケットに入った森島の左手に全神経を集中させた。

留学生は森島には目もくれず、英語で隣の女子学生に冗談を飛ばしながら歩き去った。

「大丈夫です。ふつうの学生ですよ」

大きなため息が鼻から漏れた。

森島はポケットに左手を入れたまま、東口大歩道橋を下って、青山通りを表参道方面に向かうと、再び金王坂《こんのうざか》下歩道橋を上り始めた。

金王坂下歩道橋は、そのまま『東邦生命ビル』（現在の『渋谷クロスタワー』）の三階に繋がる。地上三十二階、地下三階、一九七五年に建築された渋谷では古い高層ビルのひとつである。

野口は鈍色《にびいろ》の夜空にそびえ立つビルを見上げ、二年前、念願の外事一課に異動した際に、真っ先に読んだある本の内容を思い出した。週刊文春編集部が、アメリカに亡命した元KGB東京駐在部の機関員スタニスラフ・レフチェンコへのインタビューをまとめた古い本だ。その中で、レフチェンコは『東邦生命ビル』について語っていたのである。

彼はこう言っている。

「職業的に見れば、ここは非常に面白いところです。多くのエレベーターがあります。そのひとつに乗るとします。エレベーターに私と同時に乗った人間が誰もいなければ、そのまま、上の階に行きます。しかし、直接、目的の階までは行かず、念のため、エレベーターを乗り換えます。そこで、誰も後をつけてないことを再確認して、またエレベーターに乗るわけです。何度も、私は尾行者を見つけたことがありますから」

祖国を裏切った元KGBスパイが、エージェントとの接触に使ったビルが、およそ二十年たった現在、再び使われようとしている。

「点検には要注意だ」と野口が自分に言い聞かせた瞬間、ワイヤレスイヤフォンから「ブツッ、ブツッ、ブツッ」というプレストークボタンを連打する警報が聞こえた。

「ボガがいるよ。点検中だ。気をつけろ」

野口は「了解」とつぶやく代わりに、チノパンのポケットに入れた受信機のプレストークボタンをズボンの上から一回押した。

作戦車両で警戒中のウラのスパイハンターは、雑踏の中に潜むボガチョンコフの姿を発見していた。彼らは減速走行中の車両内で、形態符号化された情報機関員リストと、視界から切り取った群衆の画像を瞬時に照合し、対象を特定する技能を持っている。

行確員が構えた三百ミリ望遠レンズ付きの最新型デジタル一眼レフカメラは、歩道橋手前の雑居ビルの玄関ドアの陰に立つボガチョンコフの姿を見事に捉えていた。

ＧＲＵ機関員は、大都会の喧騒に紛れて、エージェントの背後を追尾する者がいないか、点検していたのである。

野口はボガチョンコフの姿を左目の視界の隅に捉えると、直ちに「脱尾」して、歩道橋の階段を通り過ぎた。

「今回は重要な諜報接触に違いない」

無線でその一部始終を聞いていたウラのスパイハンターたちは身震いがした。

スカイレストランで

三階のエレベーターホールで、上階行きのボタンを押して待っている森島の背後から、音もなく接近してくる小柄な男がいた。

「ああ森島さん、ちょうど良かったです」

紺色のブレザーを着たボガチョンコフが満面の笑みをたたえて立っていた。警戒心を抱かせない、人を包み込むような柔らかい表情だった。

レフチェンコが語ったとおり、ビル中心部では十二基のエレベーターが忙しく稼働している。向かって左側の六基は二十階以上の上層階の各階行き、右側の六つは低層階に停まる仕組みになっている。二十年前、レフチェンコは右側のエレベーターに最初に乗り、途中で上層階行きに乗り換えて、エージェントとの接触場所に向かったのであろう。

しかしボガチョンコフは、小細工は無用とばかりに、三十一階に直行するエレベーターへ森島とともに乗り込んだ。点検作業を完璧に終えたという、自信の現われであった。

最上階である三十一階には、美しい夜景で有名な『スカイレストラン　オスロ』というスカンジナビア料理店がある。重厚な造りの店内だが、店内中央にあるカウンターから、好みの料理を自分でとるビュッフェ形式の店だ。

森島とボガチョンコフが店員に案内されたのは、店内一番奥の壁際の席だった。夜景の見えるレストランだけに、窓側の席はすでに満席だった。ボガチョンコフは椅子に腰を下ろしながら、周辺に座る客ひとりひとりを確認するかのように、素早く視線を走らせた。

この店は「スカイレストラン」を名乗るだけあって眺望は抜群だ。二面が磨き込まれたガラス窓になっており、ディナータイムにはライトアップされた東京タワー、ランチタイムなら皇居の緑を眺めることができる。

客はビールやワインを飲みながら、夜景を楽しむ若いカップルが多い。そして大声で談笑するサラリーマンのグループ……。

森島はキノコのパスタに、白身魚のフライを食べながら、思い出したようにショルダーバッグの蓋を開け、ずっしりと重い大判の封筒を取り出した。

森島は官舎の自室で迷いに迷った末、あの秘文書を封筒に入れて持ってきていた。

「ちょっと重いですが大丈夫ですか。『対米通信』だけは大丈夫ですが、それ以外はかなり秘密が書かれていますので、かならず返してください。『戦術概説』も入っています」

封筒の中には森島が防衛研究所や自宅から持ち出してきた『戦術概説（改訂第三版）』『戦術開発の現状と将来』『対米通信』『将来の海上自衛隊通信のあり方（中間成果）』といった内部文書が詰め込まれていた。

「これは援助になります。研究に役立ちますよ」

ボガチョンコフは日本語で書かれた『戦術概説』を封筒から取り出し、ぺらぺらとめくりながら中身を確認している。

一緒に封筒に入れた『将来の海上自衛隊通信のあり方』も「秘文書」に指定されていることを森島は認識していた。

『将来の海上自衛隊通信のあり方』は将来の通信技術の開発を見据えて、海上自衛隊通信の理想像を中間報告の形で纏《まと》めたものである。特に作戦のための通信の整備構想も記載されているため、「指定前秘密（秘）」として取り扱われていた。「指定前秘密（秘）」とは、秘密保全訓令に基づいて、正式に「秘」に指定されてはいないが、将来「秘」に指定されることが検討されている文書である。これは森島が防衛大学校総合安全保障研究科に入校する前、海上幕僚監部調査部調査課に臨時在籍していたころ、先輩情報室員の二等海佐から借用してコピーしたものだった。

森島は多少リスクを冒しても、とにかく完璧な修士論文を完成させるための参考文献が喉から手が出るほどほしかったのだ。

森島はのちに取り調べに対して、

「論文の再提出期限が迫っていて、駆け引きを考える余裕を失っていた」

と供述している。

ボガチョンコフがどこまで日本語の文書を読解できていたのかは不明だが、二つの厚い冊子を手に、満足そうに頷いた。

「それで……お願いしていた資料は……」

森島は期待を込めて尋ねた。しかし返答は素っ気なかった。

「ごめんなさい。まだモスクワに確認中です。もう少し待ってください」

森島は「わかりました」と答えるのがやっとだった。不満を直接口に出さず、ボガチョンコフがまったく別の話を始めると、それに付き合った。日本人の抑制的で、曖《あい》昧《まい》な感情表現は、ロシア人には通用しない。いや日本人以外にはまったく通じないだろう。

この情報機関員はすべて見透かしているはずだが、そんな日本人の特異なカルチャーなどまったく無視していた。森島は完全なる支配下に置かれていたのだった。

秘匿録音

二人から六メートルほど離れた窓際の席に座っていた矢島は、ほかの客の話し声や皿の音が気になって仕方がなかった。テーブルを挟んで向かい合って座っている女性捜査員は、実に自然な振る舞いで食事を楽しんでいる。

「音は拾えているのか？　あの席の集団がうるさいな」

「大丈夫ですよ。テーブルのほうで拾ってますよ」

矢島たちはこの密会場所を事前に把握していた。広尾のコーヒーショップでの、森島とボガチョンコフの会話を、隣のテーブルに座った行確員が高指向性ガンマイクで拾っていたのだ。

ここからが「ウラ」の本領発揮だった。事前に『オスロ』の店長に交渉して、ボガチョンコフを案内する席を決めた。情報の漏洩を防ぐため、店側に「スパイ事件捜査」という真相を伝えることはない。「麻薬取引の現場を監視する」「暴力団捜査の一環」など、カバーストーリーは何だっていい。

スパイ事件捜査の視察活動は、証拠収集の場だ。会話内容や機密文書授受の瞬間を、秘撮や秘匿録音によって証拠化しなければ、立件に漕ぎ着けることはできない。通常は飲食店の責任者の了承が得られると、ナプキン入れ、植木鉢、ライトなどに、小型マイクやカメラを仕込み、周囲に客を偽装した行確員を配置する。行確員がウエイターの制服を身につけて、注文をとったり、料理を運んだりしながら、会話に聞き耳を立てることもある。

『オスロ』でも矢島たちは、天板に小さな穴をあけたテーブルに、超小型ピンマイクを仕込んだうえで、ほかの席と同じテーブルクロスで覆った。背後に観葉植物が来るように配置して、塗装した小型の高指向性ガンマイクを隠した。先行した客を全員窓際の席に案内して埋め尽くし、森島とボガチョンコフを座らせるテーブルの周囲には、予約プレートを置いた。

あらかじめ背後のテーブル席に陣取った四人組の行確員が、接待のサラリーマンに偽装して、ビールを注ぎあっている。森島たちの隣のテーブルに座って赤ワインを飲んでいるカップルも、若手のスパイハンターだ。不自然にならぬよう、微妙な間隔を空けてはいるが、彼らのテーブルは通常よりも対象の席と接近させていた。

行確員たちのテーブルの空いた椅子には、小型のデジタルビデオカメラと、細長い高指向性ガンマイクを内蔵したバッグが置かれていた。

このとき、テーブルに仕掛けられたピンマイクが、こんな会話を捉えていた。

「防衛研究所は一日に一回、長官に報告するのですか？」

「いえ、日々の報告はしていません。内局から依頼があったものだけですよ」

「長官が毎日報告を受けるのは、どの部署の情報ですか？」

「それは情報本部です」

「情報本部がどんな報告をしたのか、防衛研究所には来ないのですか？」

「それは秘密なので、いくら大佐でも教えることはできません。外部に出すことは不可能なのですよ」

「なんとかうまい方法はないですかねえ」

森島はのちの取り調べで、

「この頃からボガチョンコフの会話に変化が見られた。いつも笑顔だった彼が、ここぞという決め台詞《ぜりふ》を発するときには、私の目を瞬《まばた》きもせずに、じっと見るようになった」

と、ボガチョンコフの手法を明らかにしている。

情報本部の機密情報の提供を求めるボガチョンコフの眼は、ホオジロザメを思わせる、地獄の淵に吸い込まれるような、感情を読み取れない眼だった。外形的には何気ない世間話だったが、ロシアの機関員は幹部自衛官に対し、死活を賭けた勝負を挑んでいたのだ。

決着は簡単についた。森島は怯《おび》えたように、

「概要ならタイプすることはできるかもしれません」

と答えてしまった。

ちなみに、会話に登場する「情報本部」とは、一九九七年に内局と陸海空三幕の情報部門を統合する形で、統合幕僚会議議長のもとに創設された防衛省・自衛隊のインテリジェンス部門の中枢だ（現在は防衛大臣直轄組織）。二千人以上の要員を抱えることから「日本最大の情報機関」ともいわれる。

本部長、副本部長の下に情報官四人と情報保全官・情報評価官がそれぞれひとり、そして「総務部」「計画部」「分析部」「統合情報部」「画像・地理部」「電波部」とい

う六つの部が置かれている。

中でもＳＩＧＩＮＴ《シギント》（Signals Intelligence・電波情報）を担当する「電波部」の能力はきわめて高い。北海道東千歳、新潟県小舟渡、埼玉県大井、鳥取県美保、福岡県大刀洗《たちあらい》、鹿児島県喜界島の六ヵ所の通信所と北海道の稚内《わっかない》、根室、奥尻の三ヵ所の通信分遣班を持ち、ロシア、北朝鮮、中国を飛び交う通信電波や軍事信号の傍受を行う。最大の任務は北朝鮮のミサイル発射や核実験に関する情報を、電波分析などによってキャッチすることである。

そのトップに座る電波部長は、千三百人のスタッフによる傍受活動を取り仕切り、国家の安全保障に関わる情報を集約している。だが、この電波部長は自衛官のポストではない。前身となる陸上自衛隊幕僚監部調査部調査第二課調査別室（チョウベツ）時代から、警察庁の警備公安畑から選抜されたキャリアの指定席となっている。

「情報本部設立時にも、防衛庁によるインテリジェンス独占を警戒した元警察庁長官の後藤田（正晴・元副総理）さんが、『電波部長ポストはチョウベツと同じく警察にすべきだ』という条件を出した。後藤田の呪縛は解けないまま現在に至っている」

ある元情報本部長は腹立たしげに解説する。

このほかにも「画像・地理部」は商業衛星から購入した衛星画像の分析を担当、二

○○三年三月の情報収集衛星運用開始以降、内閣衛星情報センターと連携して、衛星写真解析をその任務としている。

つまり「情報本部」とは、アメリカのＤＩＡ（国防情報局）とＮＳＡ（国家安全保障局）、ＮＧＡ（国家地球空間情報局）という三情報機関の機能を併せ持つ機関なのだ。

森島はボガチョンコフに「情報本部が毎日長官に報告している」と解説しているが、元情報本部長によると、長官（現在は大臣）への報告は月曜朝のウイークリー・ブリーフィングしか存在しないという。

しかし「ＧＲＵ」とも同様の機能を持つこの「情報本部」について、ボガチョンコフが知らぬはずはないだろう。彼は会話の流れを巧みに誘導し、森島を足がかりにして、日本の国防情報機関の機密情報にまで手を伸ばそうとしていたのだ。

森島はこのあと、ボガチョンコフに対して次のように解説している。

「でも、情報本部はアメリカやロシアに比べれば、幼稚園みたいなものです」

「ほう、なぜです？」

「ロシアを知らない人がロシアの分析をしているのですよ。情報本部も人手不足で困っています」

情報本部の実力を過小評価することが、森島にできる精一杯の抵抗だった。情報本部の活動内容については、防衛庁、自衛隊内部でもデリケートなものである。

急に不安に襲われた森島は、ビュッフェコーナー近くのテーブルに座っているスーツ姿の年配の男たちが、海上自衛隊幹部の集団に見えてきた。

「しかし彼らは我々に関心はなさそうだ。テーブルも離れているし、会話内容を聞かれることもないだろう」

森島はなんとか思い直して、パスタの残りを平らげた。

デザートを食べながらボガチョンコフは、ロシア語の雑誌を鞄から取り出した。そして胸元を隠すようにこの雑誌を広げると、「茶封筒」をブレザーの内ポケットから取り出し、これを雑誌に挟んで森島に渡した。

矢島も周辺の席に配置された「耳」もこの無駄のない一瞬の動作を見逃した。しかし、ただ一人、目撃していた人物がいた。二つ離れた席で空いた皿を片付けようとしていた男性店員だった。制服の男性店員は自然な動作でお盆を持ったまま、矢島の席に来て、とんとんとテーブルを二度叩いて、去っていった。

「ボガが森島に茶封筒を渡しました。森島はバッグの中の分厚い本の間に挟みました」

トイレで矢島を待っていたのは、特命班の若手巡査部長だった。ウエイターとして

「投入」され、蝶ネクタイ姿でなれない業務についていたため、額に汗を浮かべていた。

矢島は外で森島追尾のために待機している吉田に指示を飛ばした。

「森島に茶封筒が渡された。中に入っている金額がいくらか確認しろ」

鞄の中に収まった封筒の中身をどうやって確認するというのか。にわかには信じがたい理不尽な指示だが、吉田は「了解」と冷静に返しただけだった。

MICE

「森島さんから頂いた資料で論文を書きました。本国で表彰され賞金が出ました」

ボガチョンコフは小さな声で言うと、茶封筒を挟んだ雑誌を差し出した。あなたのおかけだから賞金を折半しましょう、という趣旨のようだった。

「お互いの研究のために協力し合っているわけですから、リウォード（報酬）を頂くわけにはいきません」

森島はいったん断った。

「でも、私はあなたを心の友達として、あなたの生活を応援したいのです。新しい赤ちゃんをつくるために役立ててくださいよ」

ボガチョンコフは、私生活を包み隠さず打ち明けあい、悲しみを心から理解した「親友」として支援したいのだと強調した。

「わかりました、大佐。ありがとうございます」

手を伸ばす森島の声も低くなっていた。

ウエイターに偽装した巡査部長が見たとおり、森島は鞄の中のロシア語辞書の間に、茶封筒を挟んだ。妻のチェックを逃れるためだった。


吉田は二時間後に難問の解答を出してきた。

「封筒の中身はやはり現金でした。金額は十万円です」

矢島の携帯に電話があったのは、二時間後の午後十一時だった。

森島が渋谷駅東口の歩道橋下で、ショルダーバッグから茶封筒を取り出し、現金を数えるところを、野口巡査部長が確認していたのだ。

森島の斜め後ろ八メートルの死角に立った野口は、ファインダーを覗かないままに、バッグに内蔵された秘撮用CCDカメラの録画ボタンを押した。ピンホールレンズは、金を数えながら小刻みにリズムを取る、森島の頭の動きを見事に捉えていた。肩の筋肉の動きは十を数えて止まった。「ウラ」の厳しい訓練を積んだ若手スパイハンターは、「対象」のわずかな動きから、金額を割り出したのである。現金の受け渡しが確認できたのは、はじめてのことだった。

「これで間違いなくいける」

森島が完全にボガチョンコフの手の内に落ちたことが確認できた。そしてスパイ事件としての「筋の良さ」をベテランスパイハンターの矢島は確信した。

情報機関員がエージェントを獲得する際、「MICE」という言葉を念頭にターゲットの弱点を探るという。

「MICE」とは英語の頭字語で、「MONEY（金）」「IDEOLOGY（イデオロギー）」「COMPROMISE（屈従）」「EGO（自尊心）」である。このひとつひとつをターゲットに当てはめ、どのような弱点を突いて籠絡し、支配下に置くか、初期接触段階の会話から探り出す。相手の家庭環境、職場での不満、宗教や思想的背景、学歴へのコンプレックスや自信、財務状況など、すべてが情報機関員にとってはヒントとなる。いったん、ターゲットが「これだ」という弱点を曝《さら》け出すと、訓練された機関員は一気に攻勢をかける。

そういう意味では、森島の弱点は自らがロシア通であるという「E=自尊心」と、

「M＝金」だったのだろう。

彼はとりわけ金銭への執着心が強かったわけではない。航太の長期間の闘病生活に加えて、両親が交通事故を起こして借金を重ねた末、自己破産するという極めて特殊な事情もあったのだ。まさに火の車となった森島は、何とかして金を工面せねば、日々の生活にも事欠く状態となっていた。自由になる金など全くなかったと言ってもよいだろう。

森島は東山宿舎から恵比寿の防衛研究所までの通勤に自転車を使っていた。電車にも乗らず、携帯電話の使用を控え、酒も飲まない。とにかく金を使わぬように生活していることは明らかだった。

スパイハンターたちは行確しているうちに、森島が二日に一回しか昼食をとらないことに気づいた。昼食をとるときには、森島は自転車で防衛研究所を飛び出してきて、延々と自転車を走らせ、「ひとり一時間千円食べ放題」のビュッフェ形式の店に飛び込んだ。

山盛りの食べ物を皿に載せ、ひとりでテーブルに座って腹一杯になるまで掻きこむ、その侘《わび》しい姿は、一日おきに秘撮されていた。鞄の容量から考えても、一日おきに弁当を持ってきている様子もない。スパイハンターたちは、妻の金銭管理が厳しく、一日の昼食代が五百円と決められているため、二日に一度、空腹を満たしているのだと分析した。

逮捕後の本人の供述で明らかになったが、ボガチョンコフから最初に金銭の提供を受けたのは四回目の会食のときである。まだ航太が元気なころ、一九九九年十二月十日だった。

この日、二人は東急百貨店東横店九階にある寿司屋で食事をした後、道玄坂の東急プラザ二階の喫茶店でコーヒーを飲んだ。

ボガチョンコフは、ジャケットの内ポケットから、なにやら派手な封筒を取り出した。

「病気のお見舞いです。息子さんのために使ってください。妻からのプレゼントです。病院の先生や看護婦さんへのプレゼントに使ってください。薬を買うお金にも使ってください」

ボガチョンコフは、日本の慣習を中途半端に学んでいたのだろう。森島の目の前に差し出された派手な封筒は、金銀の水引がついた豪華な祝儀袋だった。

実はこの日、森島は寿司屋で、いくつかの論文のコピーを渡していた。森島は祝儀袋の受け取りを躊躇した。「情報の対価に金を受け取ってはまずい」と、自衛官としての理性が働いたのだ。

「大佐。これは息子の見舞金として受け取っていいんですか？」

森島は「渡した資料の対価」としては、受け取ることができないことを言外に匂わせた。

ボガチョンコフは包容力すら感じる微笑を浮かべ、頷いた。

「そうです。出したものを返してもらうのは、ロシアではできないことです」

森島はボガチョンコフと別れたあと、渋谷駅近くの自転車置き場の隅で、祝儀袋の中を開けて驚いた。中には十五万円も入っていたのである。森島は、妻に全額を没収されると思ったのか、反射的に一万円札五枚を袋から抜き取り、鞄の中の本の間に隠した。

「ビクトルさんという人から航太の見舞いを貰《もろ》うた」

帰宅して妻の聡子に、残った十万円を見せ、報告すると、

「なんか怖いのと違う？」

と、拒否反応を示した。

「怖いことないと思う……」

森島の反論は弱弱しかった。

「その人、おかしいんと違う？　絶対に返さないといかん！」

やがて、聡子は真剣に怒りだした。

聡子は「幹部自衛官たるもの、どんな名目にせよ現金を受け取ってはならない」と、説いたのである。彼女の主張は実に正論だったが、森島はヒステリックに小言を言われたと受け止めた。

重い気分で受話器を握り、ボガチョンコフの自宅に電話をかけた。

「大変申し訳ございません。頂いたお金ですが、エチケットに反するので、お返ししたいと思います」

受話器から、やれやれといった様子の、大きなため息が聞こえてきた。

「森島さん。ロシアのエチケットは、友が苦しんでいるときに助けることですよ」

こう言うと、プレゼントの主だという、妻・エレーナに電話を換わった。

森島は彼女に丁重に礼をいい、再び見舞金を返却する旨を伝えようとした。

「この度はお気遣いありがとうございました。お気持ちだけいただいて……」

言いかけたところで、エレーナは静かに語りかけた。

「これは私たちの心ですよ。心配しないで」

しまった。

澄んだ、優雅な声で諭されると、なんとか返却しようという、森島の決意は萎えてしまった。

二回目に金を受け取ったのは、航太が亡くなった翌日の三月四日、東山宿舎近くの世田谷公園で、だった。

お悔やみの言葉とともに封筒を差し出され、森島が戸惑っていると、ボガチョンコフはこう囁いた。

「息子さんの葬式に役立ててください」

つまり「香典」という名目で、金を寄越《よこ》したのだ。一回目の金を受け取ってしまったことで、森島の抵抗感はすっかり消え失せていた。

公園のベンチで中を覗くと、封筒の中には十三万円も入っていた。森島はこのときも、一万円札三枚を抜き取って、ズボンのポケットに突っ込んだ。

自宅に戻って聡子に報告すると、

「また貰うてきて！　香典なら一万円だけ貰うて、残りは香典返しのときに返さなあかんよ！」

と彼女は言った。

この日の現金授受は、矢島係長命令で視察が中断されていたので、スパイハンターたちは千載一遇の秘撮のチャンスを逃していた。

後日、森島は渋谷のしゃぶしゃぶ料理店でボガチョンコフと食事をしたとき、封筒に入れた十二万円を返そうとした。

「先日はありがとうございました。額が大きいので一万円だけ頂きます。大変申し訳ございませんが、残りは結構です」

するとボガチョンコフは、また大げさな溜息をついて、首を横に振った。

「息子への祈りのために使ってください」

無作法だ、といわんばかりの強い拒絶だった。

結局この日、返金を断念した森島は、帰宅途中に渋谷郵便局に立ち寄り、京都に住む両親宛に十二万円を送金している。森島は、自己破産手続きを進める両親に対して、満足な金銭的援助もできないことに負い目を感じ続けていた。

「長男なのに、なぜ俺は親を助けることすらできないのだ。家族を助けることもできないのか」

森島は自分自身を激しく責めるようにさえなっていた。

送金手続きを終えると、森島は公衆電話から実家の母親に電話してこう依頼している。

「金送ったから、その中の一部でいいから、聡子宛に送ってやってくれないか。航太のお墓のためと言ってくれればいいんや。そしたらオカンの顔も立つやろう」

森島がこんな回りくどいことをしたのには訳があった。航太の死後、聡子との夫婦関係が、きわめて悪化していたのだ。彼女の怒りは森島の両親にも向けられた。

「航太が死んだのに、あなたの両親は電話の一本もしてくれなかった」

こう罵《ののし》られたこともあった。

なんとか冷え切った妻との関係を元に戻したい。このままでは航太が悲しむ。そんな思いで両親に送った金だった。しかし、実家から聡子に香典が送られてくることはなかった。五月に父が倒れて帰省した際に、母親に確認すると、送った十二万円はすでに全額使われていた。

三回目に金を受け取ったのは四月二十六日、銀座の割烹料理屋だった。このときは行確員が店内に潜入できなかった。二人が突然店を変更したからだ。

この場で森島は、防衛研究所第二研究部で米・露地域を担当する研究者の氏名と詳しい研究内容を教えた。

この割烹料理屋を出るため立ち上がろうとしたとき、ボガチョンコフは「墓石に何か字を刻む費用にしてほしい」と言って、森島に茶封筒を渡している。

森島がその場で中身を確認すると、十万円入っていた。「墓石費用」という名目で渡された金を、森島は「ありがとうございます」と言って受け取り、そのまま鞄の中にしまい込んでしまった。

森島は一応、ボガチョンコフに、

「このお金の半分は大佐の先祖の供養のため。残った半分はチェチェンの犠牲者のために使いませんか」

と、提案はしたものの、金を返却することはなかった。

聡子に嫌悪感を示されて以降、森島はボガチョンコフから金を受け取っても、彼女に隠し通した。金は実家の両親に送金したり、宗教団体へのお布施に使ったりしていた。

こんな折、日本橋の商品先物取引会社の担当者から熱心に勧誘された。割烹料理屋で受け取った十万円は、防衛研究所の研究室のデスクのポーチの中に保管していたが、「なんとか増やしたい」という一心で、灯油やガソリンなどの先物取引に投資した。

このようにボガチョンコフは、一度に高額の現金を渡さず、十万円から十五万円という金を小刻みに渡していった。航太の死を利用して、「見舞金」「香典」「墓石費用」という名目をつけ抵抗感を徐々に消し去っていった。渋谷の『オスロ』では「新しい赤ちゃんをつくるための費用」などという強引な名目をつけたものの、それはまさしく「資料提供の対価」であった。

背乗り

第四係長・矢島警部と特命キャップ・吉田警部補の二人が中心になって摘発した大型スパイ事件に通称「黒羽事件」がある。

「ロシアのスパイである黒羽一郎という名の日本人が、日本国内でアメリカの軍事情報、日本の産業情報を収集する諜報活動をしていた。妻の動向を監視してほしい」

端緒は「天の声」だった。天の声とは、警察庁警備局から降ってくるソース不明の極秘情報で、安易に質問することすら憚《はばか》られるものである。誰もが海の向こうの同盟国が誇る「巨大情報機関」を頭に思い浮かべながら、「確度が高いもの」と判断する。そして沈黙したまま料理法の検討に入らねばならない。

その極秘情報によると、黒羽のハンドラーは在日ロシア大使館一等書記官V・P・

ウドヴィン五十七歳、外交官のカバーで活動するベテランのSVR機関員であった。

ウドヴィンの東京駐在はこれで三度目、外事一課四係にとっては、なかなか尻尾を出さぬ、札付きの機関員だった。一九六五年八月から一九七〇年十二月まで三等書記官として駐在した際には、スパイハンターたちが追尾している中で、深夜の郊外の住宅街を彷徨《さまよ》い歩くという不審行動が確認されていた。一九七七年四月から一九八一年十月までの二度目の駐在時にも、やはり人気のない神社仏閣を徘徊するという謎の行動が記録された。

一九九三年十月一日、そのウドヴィンが、一等書記官として三度目の東京の地を踏んだ。過去の不審行動の裏には、エージェントとの情報の受け渡しがあったに違いない。スパイハンターたちはこう睨んで、ウドヴィンを重点追尾対象としていたのだ。

スパイと名指しされた「黒羽一郎」の所在を調べると、東京練馬区の自己所有のマンションに妻・日出子（仮名）とともに暮らしていることが判明した。しかし黒羽は一九九五年二月に北京に出国して以来、日本には帰国した形跡がない。

吉田キャップ率いる特命は、幹線道路を挟んだ向かい側の古いマンションの一室を、視察拠点として借り上げ、妻・日出子が生活する部屋を二十四時間態勢で視察することにした。それと同時に「黒羽一郎」の基礎調査も開始した。

戸籍上、「黒羽一郎」は、一九三〇年四月六日、福島県西白川郡矢吹町生まれ。母親タカは、一郎が矢吹国民学校に入学する直前になって出生届を提出している。

父親はおらず、タカは地元の造り酒屋で、住み込みで働いていた。タカが与えられた仕事は、経営者夫妻の二人の子供の世話係だった。子供たちは不治の伝染病と恐れられていた結核を患っていた。タカは一郎とともに、離れに住み込んで二十四時間の介護をしていたのである。

黒羽母子は貧しかったと見られ、一郎は小学校を卒業するとすぐに、地元矢吹町の歯科医院で、歯科技工士として働き始める。まもなく郡山市内の歯科医院に転職、生活のためにこつこつと働いていたが、慢性中耳炎がもとで片耳の聴力を失ってしまう。

苦難の人生を送っていた一郎に小さな幸せが訪れる。一九五八年、二十八歳のときに地元で出会った中田照子（仮名）と恋愛し、小さなアパートで二人の生活を始めたのである。照子は両耳の聴力がなかった。当然のことながら二人の間の物理的な会話は存在しなかったが、周囲には実に幸せそうに見えた。

一九六〇年、苦労して一郎を育て上げた母親タカが亡くなった。その後、一郎は照子との生活空間の静寂に耐えられなくなった。このころ、職場の同僚たちは「家に帰りたくない」と一郎がつぶやくのを何度も耳にしている。

黒羽一郎が忽然と姿を消したのは、一九六五年六月十三日のことだ。朝起きた一郎は突然、スーツに着替え始め、照子に手話でこう伝えた。

「友達と山に行く」

当時三十五歳。そのまま二度と照子のもとに帰ってくることはなかった。

照子は一郎を必死で探し、警察に捜索願を出したが、「事件性なし」と判断されてしまった。周辺の人物は、生活に疲れて家出したと考えた。SVR機関員（当時はKGB）・ウドヴィンが、日本に三等書記官として赴任する二ヵ月前のことだ。

しかしその後、戸籍の記録だけが動いていたことは誰も知らなかった。失踪から四年後の一九六九年、黒羽一郎は新宿区高田馬場に分籍、新宿区戸塚町に住所を移転したのである。その六年後の一九七五年、黒羽は、東京新宿出身で六歳年下の大村日出子と結婚、中野区に分譲マンションを購入して転居している。さらに一九八五年には、練馬区にタイル張りの外壁を持つ瀟洒《しょうしゃ》なマンションの九階の部屋を購入、再び転居した。

特命は「黒羽一郎」の足跡を丹念に追っていった。すると黒羽が失踪翌年の一九六六年冬、東京赤坂に姿を現していたことがわかった。彼は赤坂の宝石会社に勤務、真珠のセールスマンとして活動を開始したのである。得意先は各国の大使館員で、英語、ロシア語、スペイン語と複数の言語を操るやり手セールスマンとして活躍した。

その後、黒羽一郎は奇妙な活動を開始する。海外に長期滞在していた危機管理会社の社長の留守宅の管理人となり、敷地内に無断でプレハブ小屋を建築、「黒羽製作所」なる看板を掲げて、パチンコ機械の製造を始めたのである。

社長が帰国したあとも、家賃を滞納したまま居座り続けた黒羽は、社長から立ち退き訴訟を起こされている。

スパイハンターたちは、黒羽を知る数少ない人物である危機管理会社社長から事情聴取した。社長はかつて関東軍情報部で対ソ連電波傍受を担当していたことが判明した。

また、中野のマンションの近所の住人は、特命の聞き込みに対して、「いつも海外旅行して、大型車を乗り回していた」と証言した。

ここまでの外形的な事実を見ると、黒羽は三十五歳まで歯科技工士として、贅沢もせずに、寡黙に働いていたが、恋人を捨てて突然上京、複数の語学を短期間に習得してセールスマンとして活躍、東京出身の妻《めと》を娶り、都内にマンションを購入できるまでになっていた。まさに過去を捨てた男の夢のような成功物語である。

しかし吉田たち特命のスパイハンターは、黒羽一郎が一九九二年六月二十九日に在オーストリア日本大使館で、パスポートの更新手続きをした際に提出した顔写真を見て、驚愕した。線が細く弱々しい印象のある福島時代の黒羽一郎とはまったくの別人、逞しい顎をした体格の良さそうな男だったのだ。整形手術をしても不可能なほど、骨格からしてまったく違う顔の別人だ。

このときはじめて矢島と吉田らの頭には「背乗り《はいの》」という手口が浮かんだ。「背乗り」とは、情報機関員やそのエージェントが、対象国の国籍を持つ人間に成り代わって、社会生活を営みながら、諜報活動をする手口だ。顔が似ている北朝鮮の工作員が日本人相手に使う手法とされていたが、まさかロシア人が日本で使うとは考えてもいなかったのだ。

イリーガル

「黒羽一郎は朝鮮系ロシア人の『イリーガル』である」

特命はこう結論づけた。

「イリーガル」とは、外国人の身分証を与えられて諜報活動を行う機関員のことである。この身分証は偽造ではなく、真正のもので、大抵は長期間行方不明になっている当該国籍の人物のものが使われるのだという。旧ソ連が得意としたこのイリーガルによる諜報活動は、SVR東京駐在部の「ラインN」によって支援される。ウドヴィンはやはりこの「ラインN」の機関員だったのだ。

黒羽一郎は特命の動きに先手を打った。一九九七年六月、ロシア・レニングラード州の在サンクトペテルブルク日本総領事館に姿を現し、パスポートを再更新したのだ。

このまま泳がせて黒羽の入国を待つべきか、それとも黒羽宅の捜索と日出子への事情聴取に踏み切って実態解明を進めるべきかで、意見が割れた。

しかし矢島たちは、

「四係はあくまでも事件班だ。膠着《こうちゃく》状態に陥ったときには、事件化によって情報をとるしかない」

と強く主張した。

ちょうどこのころ、望遠レンズを装着したビデオカメラを使って練馬のマンションの室内を監視していた吉田が、日出子の決定的な行動を撮影することに成功した。

イヤフォンを耳に入れた日出子が、コードのようなものを手に持って、室内に張り巡らせていたのである。だが、こんな天気の良い日に、主婦が洗濯物を室内干しにするわけがない。

日出子の耳に差し込まれた「イヤフォン」がひとつの結論を導き出した。

「日出子は本国からのA1放送による指令を受信しようとしている。彼女もエージェントとして訓練されているに違いない」

同じ時間帯にロシアからの「電波」が飛び交っていたことも確認された。しかも、SVR機関員ウドヴィンが、マンションの周りを車で行き来していることも分かった。黒羽夫妻のサポート役であるウドヴィンは、日出子を監視するものがいないか、点検していたのである。

警視庁公安部は、強制捜査を決断した。内偵開始から一年後、一九九七年七月四日、この日の日出子に特異動向はなかった。

スパイハンターたちはこの一年間、二十四時間態勢で完全秘匿による行確を行ったが、彼女は夫である黒羽一郎と一度も接触しなかった。外形的には夫と別れて暮らしているごくふつうの主婦の生活だ。ビデオカメラが記録した「あの行動」を除いては。

「警察です。ご主人の黒羽一郎さんの件で……」

旅券法違反容疑での捜索差押許可状をかざして踏み込んだスパイハンターは、日出子の激しい抵抗にあい、いったんは押し出されそうになったが、制止を振りきって室内に入り、簞笥《たんす》や机の引き出しに直行した。

家宅捜索では、「乱数表」「短波ラジオ」「換字表」などスパイ七つ道具と呼ばれるものが見つかった。黒羽はモールス信号による五桁の数字を短波ラジオで受信し、乱数表で翻訳してロシアの指示を解読していたのである。

さらに日出子の筆跡で数字を羅列したノートも発見された。やはり日出子自身も「エージェント」として訓練され、ロシアからの暗号指令を受けていたのだ。

日出子は夫から「開けるな」と命じられた簞笥の引き出しには手をつけていなかった。誰かが開けた場合にはわかるよう、すべての引き出しに糊で貼り付けた髪の毛による封印がなされていた。

矢島と吉田らが悩んだのは、疲れ果てた日出子の取り扱いだった。長時間にわたる調べに対して日出子は「夫がロシア人スパイだなんてまったく知らなかった」と頑強に否定した。

だが、中野区のマンションの近隣住民は日出子の不審な行動を目撃していた。

「奥さんは旦那さんが出かける前に降りてきて、あたりをきょろきょろと見回していた。まるで誰かが監視していないか確認しているかのようだった。奥さんが部屋に戻ると旦那さんが出かけていった」

日出子は夫の指示で「点検」もしていたのだ。

これだけではなかった。マンションの捜索で、「ある物」が発見されたとき、特命の全員が蒼白となった。

日出子が撮影したと見られる行確員の写真が大量に出てきたのだ。伝統の追尾技術に絶対的な自信を持っていた「ウラ」のスパイハンターが、ごくふつうの主婦によって、秘匿追尾中の姿を撮影されていたのである。彼女は追尾する行確員に気づくと、脇の下やハンドバッグの陰に小型カメラを隠して、後ろを振り向かぬまま、シャッターボタンを押していたのである。

SVR本部に写真を送信されていれば、その写真は登録される。日本に派遣されている機関員全員に写真を回覧されれば、ウラに在籍することは不可能だ。自身の間抜けな写真を前に歴戦のスパイハンターも、屈辱に顔を歪《ゆが》める以外なかった。

その後、特命は東京都内に住む複数の黒羽諜報団のエージェントを突き止め、事情聴取している。黒羽はエージェントとの情報受け渡しに、「デッド・ドロップ・コンタクト」を使っていたという。

デッド・ドロップのポイントは世田谷区の「世田谷八幡宮」と中野区の「哲学堂公

園」だった。世田谷八幡宮は一〇九一年、哲学堂公園は一九〇四年に作られたと伝えられている。由緒正しい歴史的な施設だからこそ、予期せぬ工事などによって手が加えられる可能性は極めて少ない。普段は訪れる人も少なく、周囲には複雑な路地が多い住宅街が広がっているのも特徴だ。

黒羽一郎に背乗りしたイリーガルは、マイクロフィルム化した政治・軍事に関する機密資料をジュースの空き缶に入れ、神社の石垣の上に置いたり、公園のベンチ下などに埋めたり、という入念な手法をとっていた。

過去、SVR機関員ウドヴィンが、神社仏閣で徘徊していたときにも、黒羽との間でデッド・ドロップが行われていたのだ。黒羽からの機密情報を「回収」するウドヴィンの行動を、当時のスパイハンターたちが見落としていたのだろう。

黒羽宅の捜索から二週間後、一九九七年七月十七日、外事一課は外務省を通じて在日ロシア大使館の一等書記官V・P・ウドヴィンに、事情聴取のための出頭を要請した。しかし外交特権を持つウドヴィンは、要請を無視して、すぐに帰国してしまった。

「背乗り」を解明した特命は、「黒羽一郎」に成り代わったイリーガル機関員を被疑者として、旅券法違反容疑などで逮捕状を取得した。そしてICPO（国際刑事警察機構）に対して国際情報照会手配を要請して、事件捜査を終結させた。

黒羽一郎に「背乗り」したイリーガルとウドヴィン、二人のロシア人は帰国して、本国の庇護のもと、のうのうと暮らしているのだろう。イリーガルをハンドリングするSVR東京駐在部の「ラインN」の機関員は、ウドヴィンが最後ともいわれている。しかし、もしかすると当のイリーガルは再入国して、別の日本人に「背乗り」し、エスピオナージ活動を開始しているかもしれない。

友人と山に行くと言って姿を消した本物の黒羽一郎が、この世に生存していることはないだろう。失踪から十七年後の一九八二年にソ連で死亡し、墓が存在するとの情報もある。

老いた妻・日出子は、「ウラ」の事実上の監視下に置かれたまま、夫の帰りを待ち続けている。夫への愛はいつかかならず妻をモスクワに向かわせることになるだろう。第四係は何年もの間、彼女の動向を監視しなければならない。

スパイハンターたちは事件を「成功」させて帰宅し、朝方ベッドにもぐり込むと、いつも突然の無力感に襲われる。

「いつもカウンターエスピオナージ事件で犠牲になるのは日本人だけだ。しかもロシアの情報機関員に欺かれ、エージェントとして取り込まれていく哀れな姿を何ヵ月も、何年も、監視し続け、証拠をつかめば、欺かれた日本人の刑事責任を問わねばならない。本当の『敵』である情報機関員は、ほぼ全員が『外交特権』を盾にしたまま帰国してしまうではないか」

こうした葛藤は、スパイハンターたちの宿命とはいえ、このやり方が現行の国内法に則《のっと》ってカウンターエスピオナージを遂行するための唯一の方法なのである。

だからスパイハンターたちは、捜査の打ち上げと称して、「勝利の美酒」に酔うことはない。家族や友人に「自慢話」をすることもない。捜査が終了しても、静かに日常の活動に戻るだけなのだ。

現在、連日追尾している男も同じである。暗闇でボガチョンコフから受け取った封筒の一万円札の枚数を懸命に数える森島の後ろ姿はあまりにも哀れだった。

「君が付き合っている男はロシアのスパイだ。もう会うのをやめなさい」

歩道橋の下で一万円札を捲《めく》る森島の肩を叩いてこう言えば、彼は血相を変えて同意し、すぐにでもボガチョンコフとの付き合いを打ち切ったであろう。

森島は汚い金で贅沢しようという男ではないだろう。息子の死というこの上ない悲しみの中で、綻《ほころ》びかけている心の糸を、ボガチョンコフが、一本一本念入りに解きほぐしているのだ。

野口が秘撮した映像を見て、「ウラ」の誰もがロシアの情報機関員の卑劣な手口に激しい怒りを覚えた。

第四章　この国の真実

最後の職人

九州沖縄サミットが開催されたのは、現金授受が確認されてから三週間後、二〇〇〇年七月二十一日のことだ。全国の警察から、のべ三万二千人の警察官が警備のために開催地に派遣されていた。

ちょうどこの時期に、警視庁公安部と神奈川県警警備部による合同捜査本部が、極秘裏に立ち上げられた。この捜査本部立ち上げで一気に倍以上、四十人体制となったのだ。

それまでの正規メンバーは、警視庁公安部外事第一課の矢島第四係長以下、ウラ作業班特命の計六人、神奈川県警警備部外事課の船橋第一係担当課長補佐と視察担当計十二人という少数精鋭による苛酷な捜査が行われていた。人数を絞って徹底的に情報管理したのは、もちろんロシア情報機関や自衛隊、マスコミへの情報漏洩を恐れてのことだった。

外事第一課第四係には暗黙の決まりがある。事件の手柄は端緒をつかんだ班のものとなる。ほかの班のスパイハンターは、自分にお呼びがかからなければ、事件捜査については「見ざる、聞かざる、言わざる」を徹底しなければならない。このため昔は各班で繰り広げられる激しい競争のあまり、つかみ合いの喧嘩など日常茶飯事だったという。

しかし着手が近づいてくると、大規模なオペレーションを展開するため、人手が必要となる。「ウラ」の事件捜査は隠密潜行が鉄則だからこそ、ぎりぎりまで体制拡大はしない。これまでの大規模な秘匿追尾には、ウラの中から特に口の堅い者が選抜され、事件の全容を知らされぬまま臨時に駆り出されていただけだった。

本部立ち上げによって、四係ウラ班のひとつ「TS」から、事件のプロフェッショナルと呼ばれる長老格の中坊博之キャップ（仮名）が捜査に加わった。矢島係長より年配の中坊は、立件に向けた証拠集めから供述調書作成においては卓越したセンスを持つ一騎当千のベテランスパイハンターだ。

中坊は取調室で被疑者と向かい合うと、黙って相手に喋らせる。どんなに荒唐無稽な言い逃れをしようと、腕を組んで辛抱強く延々と相手の言い分を聞くのだ。相手が一息ついたところで相手の眼を見据え、「ところで○○さん、あなたがおっしゃったこの点ですが……」と、徹底的に矛盾点を突いていきながら、オトす（自白させる）のだという。

中坊は何よりも、被疑者に何を喋らせれば検事を納得させることができるのかを知っている。構成要件に合致する供述調書を作成するために、取り調べ担当官に厳しい要求を突きつけることもあるが、事件捜査を外れれば、穏やかで繊細な配慮のできる好人物でもある。

「ウドヴィン・黒羽事件」でも中坊は黒羽の妻・日出子の事情聴取を担当、捜査の「詰め」において、きわめて重要な役割を果たした。この怜悧《れいり》なる参謀に絶大な信頼を寄せている矢島は、森島の秘匿追尾を開始して以来、立件に向けた展望について相談を重ねていた。

スパイハンターとして評価される捜査員には、二つのタイプがある。まずは大型スパイ事件の捜査で成功し、表舞台に立って活躍してきた男。もうひとつは、職人的に、黙々と任務を遂行し、目立たぬよう努めながら、公安捜査員の本分を貫いてきた男だ。

前者は雄弁で器用だが計算高く、組織ではなく、自らの任務達成を最優先にする個人主義者である。場合によっては事故防止のためのブレーキ役が必要だ。後者は口数も少なく本音を読み取れぬところがあるが、正義感は強く任務の完成度を求めて妥協は許さない。目指すところは「組織」の勝利である。彼らこそが警備公安警察を支えてきた古典的公安警察官で、中坊はまさにこのタイプのスパイハンターだった。

中坊のライバルにあたる、特命の吉田キャップも、きわめて能力の高いスパイハンターだ。情報を獲得し、分析する能力、追尾中の大胆な判断力、衰えぬ集中力と捜査への執念。スパイハンターに必要とされる条件をすべて兼ね備えている。だが、刑事事件捜査の観点から見れば「粗い」ともいわれる。構成要件を満たすための証拠の積み重ね、調書の「巻き方（作成）」に「穴」がある。これに対して、刑事経験がある中坊は、特捜検事のような緻密な作業で「穴」を埋め、事件を組み立てる役割を果たす。

吉田と中坊の違いは、カウンターエスピオナージ（防諜）の終着点を「逮捕」と見るか、「有罪判決」と見るかの違いでもある。

前者は「逮捕を報道陣に発表し、新聞紙面やテレビの電波にのせれば相手に打撃を与えることができる」と考えている。つまり、彼らにとって刑事手続きとは、敵を叩き潰し、情報を獲得するためのツールにすぎない。

それに対して後者は、「法執行機関であるからには有罪判決に持ち込むことを意識して捜査すべきだ」という信念を持っている。現在の法理念に忠実に、刑事罰によって社会的制裁を加えるのが最終目的なのである。

この違いは、立件に向けた検事との協議の際に顕著となる。起訴後の公判維持を重要視する検事は、「逮捕至上主義者」を蛇蝎《だかつ》のごとく嫌う。吉田は情報のプロならではの、優れた知略を駆使して、強制捜査に持ち込もうとするが、検事との間で摩擦が生じることもしばしばだ。

中坊警部補の加入と同時に、いよいよ検事との本格的な折衝が開始された。東京地方検察庁公安部では坂口順造検事を主任検事として、検事五人という近年の公安事件としては異例の体制を整えた。

坂口検事は、矢島たちから秘匿追尾によって得られた証拠について一通りの説明を聞き終えると、

「現場を押さえられれば九十九パーセント大丈夫だろう」

と前向きな反応を示した。

容疑は自衛隊法第五十九条第一項違反、「隊員は、職務上知ることのできた秘密を漏らしてはならない」と規定する「守秘義務違反」だ。罰則は第百十八条第一項第一号の「一年以下の懲役又は三万円以下の罰金」にすぎないが、スパイ事件の本質を捉えた罪である。

坂口検事は、金銭の供与も確認され、趣旨も明確であることから、

「サンズイ（贈収賄）も加えて画期的な事件にしましょう」

と強い意欲を示し、贈収賄での立件も検討し始めた。

もちろん贈賄はボガチョンコフ、収賄は森島という構図だ。東京地検の職務権限解明班は、秘密保全をめぐる防衛研究所研究員の職務権限の解釈について研究を重ね、法務省刑事局刑事課との間で折衝を開始した。

矢島たちは担当検事には、間違いなく恵まれていた。

キャリアとノンキャリ

森島とボガチョンコフの接触は、渋谷の『オスロ』以降、七月十四日に銀座の大衆居酒屋で十四回目が確認されていた。

このころのボガチョンコフの警戒ぶりは尋常ではなかった。待ち合わせ場所は、銀座の寿司店としては圧倒的にリーズナブルな『美登利寿司』前だった。しかし、ここからいつもの『土風炉』まで移動、さらに『ふなちゅう』と、銀座の大衆居酒屋を転々としたのである。こうなると行確チームが店内にマイクを仕掛けたり、店長と示し合わせて、秘撮（秘匿撮影）しやすい席に誘導したりすることは不可能だ。

しかし、次回の接触日時を、隣のテーブルに座った「耳」が辛うじて聞き取っていた。

「森島とボガの次のドスンは八月三日だ。この日に着手する」

ついにXデーが設定された。「ドスン」とは四係の古い特殊用語で、諜報接触のことを指し、英語で「コンタクト」と呼ぶ者もいる。

Xデーは当然、捜査本部内でもトップシークレットとなり、矢島、吉田ら一部の幹部が知るのみとなった。


世界の法執行機関の中でも、日本の警察はきわめて珍しいシステムを採用している。日本の官僚組織独自の「キャリアシステム」だ。

全国二十九万人の警察職員のうち、国家I種試験合格組のキャリア官僚は、わずか五百六十人。うち三百人が警察庁に勤務し、都道府県警察の主要ポストに百五十人が就いている。残りは他省庁や在外公館などへの出向組だ。しかし、この少人数のエリートグループだけが、警察組織の意思決定権を掌握しており、都道府県警察で採用された圧倒的多数のノンキャリアを支配している。

警視庁公安部のナンバー2である「参事官」を務めたキャリア官僚は、就任したとき、公安一課のベテラン係長にこう言われて驚いたことがある。

「参事官、いいですか。事件の見通しについて発言しちゃ駄目ですよ。もし発言したら、二、三日後にはあなたの言ったとおりの調書が上がってくることになりますよ」

このノンキャリアの年配係長が年下のキャリア参事官に伝えたかったのは、長年積み重ねてきた捜査の経緯も知らないままに、「こいつが犯人ではないのか」「こういう方向で捜査したらどうだ」などとキャリア幹部が発言すると、現場の部下たちはその意を過剰に汲み取り、彼が指差した人物を犯人に仕立て上げるための、捻じ曲がった調書を作成することもありうるという、恐るべき事実であった。

取調室で被疑者と対峙《たいじ》することも、ワゴン車内のペットボトルの中に小便をするという苛酷な視察も経験したことのない若いキャリア官僚が組織を支配し、ベテラン捜査員たちの生殺与奪の権を握り、捜査を指揮する。こうした異常な階級社会の中で、現場のノンキャリ捜査員たちは、いかなる手順、ルートで報告をあげて、強制捜査へのゴーサインを獲得するかということに頭を悩ませ、膨大なエネルギーを消費しなければならない。

現場の捜査員は「キャリア官僚のプライドが朝令暮改を許すことはない」ということを知っている。部下の目の前で判断を覆《くつがえ》す度胸を持った人間は数少ない。いったん、彼らに「ＮＯ」と首を横に振られてしまえば、何ヵ月、何年もの血を吐くような末端の努力は、国益のために熾烈《しれつ》な闘いを繰り広げているという自負とともに、簡単に消し飛ばされてしまうのだ。

渦巻く怨嗟《えんさ》

　着手予定二日前——八月一日、二人の捜査幹部が警視庁のすぐ隣にある旧『人事院ビル』の薄暗い玄関をくぐった。警視庁公安部外事第一課の奥谷貢課長と神奈川県警警備部外事課の中岡昇二課長（二人とも仮名）である。

　ノンキャリ叩き上げの奥谷は来月をもって定年退職する五十九歳、中岡は入庁八年目、三十一歳の若手キャリアで、銀行員を経験したあとに国家公務員I種試験に合格し、警察庁に入った珍しい経歴を持つ。温厚で民間企業経験者ならではのバランスはあるが、自らの部下の目の前では警視庁に対する強烈なライバル心を表明し、神奈川県警の存在を無視する動きを許さぬことで歴戦の捜査員たちをやきもきとさせる局面もあった。

　革靴との摩擦でつるつるに磨り減った階段を、白髪で小柄な叩き上げの公安捜査員は意気揚々と、すらりと背が高いキャリア官僚はやや緊張した面持ちで、最上階の五階に向かった。

　一九三三年に建築されたこの建物には、戦前は内務省が入居していた。戦後はGHQ（連合国軍最高司令官総司令部）の指示で『人事院ビル』と名付けられたが、戦前戦後を通じて国家権力の象徴ともいえるビルである。

爆撃にも耐えられるようにと、建物のいたるところに分厚いコンクリート壁や鋼鉄板が埋め込まれているといわれ、深夜、無人の廊下を歩くと、まるで戦前の治安警察の庁舎に迷い込んでしまったかのような錯覚にすら陥る。

親子ほど年齢の離れた二人の捜査幹部が向かったのは、五階の警察庁警備局外事課だった。「Foreign Affairs Division」と控えめに掲げられたプレートが、かろうじてこの課の役割を伝えてはいるが、在外公館での勤務経験のある若手官僚からは「緊張感のない直訳」とすこぶる評判が悪い。確かにここを訪れるＣＩＡ（アメリカ中央情報局）やＦＢＩ（アメリカ連邦捜査局）の東京支局員は、「海外に纏《まつ》わる庶務的な部署」くらいにしか思わないであろう。若手官僚の「Foreign Intelligence Division にすべきだ」という声は古い庁舎内に虚しく響いている。

明らかに剛性不足のドアを押し開けて大部屋に入ると、左側の奥が外事課長室だ。警察庁警備局外事課は、日本全国のカウンターエスピオナージ、戦略物資の不正輸出防止、不法入国事案などを担当する。ロシア、中国、北朝鮮の工作員の特異動向に関する情報を集約し、都道府県警察の事件捜査を統轄する司令塔で、当然、警視庁のカウンターエスピオナージ捜査を監督指揮する立場にある。

ちなみに、この当時は「国際テロ対策室」もこの外事課傘下にあった。アメリカの同時多発テロ後の二〇〇四年四月に警備局内に「外事情報部」が新設された際に、「国際テロリズム対策課」に格上げされて「外事課」から独立している。

外事課長の外岡秀夫（仮名）は一九七五年入庁の警察庁キャリアだ。二十年前には「警視庁公安部外事一課管理官」として在籍、奥谷にとっては、同じ釜の飯を食った同志だ。外事一課管理官は警備公安系キャリア主流派の登竜門ともいわれ、数少ないキャリアのポストの中で、カウンターエスピオナージの「現場」を経験できる唯一のポストだ。

外事一課管理官のあと、外岡は旧ソ連時代の在モスクワ日本大使館の一等書記官、警察庁警備局公安一課長、滋賀県警本部長などを歴任し、警備公安警察本流の警察キャリアの中でもトップエリートの道を歩んでいた。

公安一課長時代には、山梨県上九一色《かみくいしき》村（当時）でサリンの残留物が検出されたとのデータをもとに、警視庁公安部公安総務課に対してオウム真理教に対する早急なる調査を真っ先に指示した。公安捜査の指揮官としての、危機管理能力と先見の明、肝《きも》の据わった決断力で、オウム事件捜査の立て役者として高く評価されている人物だ。官僚然としたところがなく、既存の枠に囚われずに捜査を指揮するとして、現場の圧倒的支持を受けている。

しかし警視庁と神奈川県警、二人の捜査責任者の熱のこもった説明を聞き終えた外岡は、素っ気なく答えた。

「森島がボガチョンコフに渡した書類の立証ができていませんね。そんな危ない賭はできませんよ」

思わぬ言葉に、奥谷の顔が一瞬紅潮した。

自衛隊法違反の守秘義務違反を問うには当然、「秘文書」の受け渡しがないと立証できない。外岡より十歳も年長で現場叩き上げの奥谷はもちろん認識している。書類の受け渡しが確認できていても、中身は蓋を開けてみなければわかりようもない。短期間とはいえ、スパイハンターたちと同じ釜の飯を食ったことがある外岡なら、そんな事情は熟知しているはずだ。

「証拠上の問題なら、検察もゴーサインを出しています。現金授受も確認できています。あとは現場を押さえるしかないのですよ」

歴戦のスパイハンターは、外岡の眼をまっすぐに見据えて、あたかも諭すように言った。

奥谷にとって警察官人生最後の事件、ロシアスパイとの最後の闘いだ。スパイハンターの総指揮官として、「はいそうですか」と持ち帰るわけにはいかない。

しかし、外岡の返答は冷淡だった。

「これは今のタイミングでやらなくてもいい事件です。それを着手すると、警備局がゴリ押ししたということになる。しくじった場合には大変なことになるのですよ。警察を取り巻く状況はあなたもご存知でしょう」

外岡は聞く耳持たぬという様子だった。警視庁、神奈川県警の両課長は、外事警察の司令塔の頑《かたく》なな態度に、ただただ呆然とするだけであった。

問題は着手のタイミングだった。九月初旬にはプーチン大統領の来日を控えている。日露首脳会談での最大の焦点は、北方領土問題の行方だ。ＫＧＢ出身のプーチン大統領が、諜報活動に力を入れているという事実を、来日直前に世に明らかにすれば、日露間の友好関係を壊し、国家の悲願である北方領土返還をますます遠のかせることになる。

冷戦がとうの昔に終結した今、剝き出しの敵視政策はタイミングを誤れば外交戦略のブレーキとなり、国益を大きく毀損《きそん》することになるのだ。大局的な視野に立てば、外岡が警察官僚として強制捜査を止める道理はあった。対する現場からすれば、自国内でのスパイ活動をみすみす見逃せば、それこそ国益を害することである。まさに、両者が考える国益と国益が衝突したのである。

「ウラ」のスパイハンターたちの、警察庁への反発はかつてないものだった。十ヵ月にわたる少人数での行確は、苛酷以外の何物でもなかった。彼らは仕事帰りに焼鳥屋で一杯引っかけることもなく、家族とのんびりと休日を過ごすこともなく、文字通り寝食を忘れて、このスパイ事件を暴き出してきたのだ。

「ビキョク（警察庁警備局）が着手に反対している」

「事件がつぶされるぞ」

スパイハンターたちは、SVR（ロシア対外諜報庁）のスミルノフ東京駐在部長への強制追尾中止命令に続く、許しがたい不条理と受け止めた。課内にかつて経験したことがない怨嗟が渦巻いた。もはや国の基本的利益や国家主権をめぐる論争ではなく、剝き出しの感情論になってしまったのだ。

「ビキョクは追尾を中止させたうえ、今度はスパイ事件つぶしか！　机上の論理で事件にブレーキをかけるのか！　俺たちの存在意義はないのか！」

カウンターエスピオナージのためならすべてを捨てる。こう言い切っていた「ウラ」のスパイハンターたちにとって、人間性の破壊以外の何物でもなかった。日本警察の誇る精鋭部隊はまさに崩壊寸前となった。

幻の着手予定日

幻の着手予定日となってしまった八月三日は、気温が三十二度にもなる蒸し暑い日だった。午後七時半ごろ、ＪＲ浜松町駅北口近くの中華料理店『上海園林』で密談する森島とボガチョンコフを、吉田をはじめとする行確チームは、歯ぎしりする思いで眺めていた。

「これは秘密が書かれていますから、返してくださいね」

「援助になります」

彼らの目の前でボガチョンコフは森島から紙袋を受け取った。

ボガチョンコフは鞄から封筒を取り出し、

「お願いされていたものが来ました。これは秘密なので法に触れるものです。あなたを信用して貸します」

と言って森島に渡した。

森島が三月から頼み続けていた論文執筆のための参考文献を、ボガチョンコフはこのときになってようやく渡したのである。しかも、あたかも二人だけの秘密であるかのように装ったのだ。

ロシア語の参考文献は森島にとってもはや無用のものだった。彼は七月末に修士論文の書き直しを終え、再提出にこぎ着けていたからだ。ボガチョンコフは「論文資料」という餌をここまで森島の鼻の先にぶら下げ続けたのである。

のちに明らかになったことだが、森島が渡した紙袋の中身には『米国２０００年国防報告』『冷戦後における核保有国の核戦略について』など五点の文書が入っていた。

これに対してボガチョンコフがこの日、提供した文献はロシア国防省が発行していた月刊誌だった。しかも、ソ連解体後は神保町にあるソ連・ロシア関連書籍専門店『ナウカ』で入手可能なものだったのだ。森島は完全にもてあそばれていたのである。

吉田たち「行確チーム」は、この一部始終を秘撮し、会話を高指向性ガンマイクで傍受していた。まさに着手には絶好のタイミングだった。矢島は十ヵ月に及ぶ執念の「行確作業」が、音を立てて崩れていくのを感じた。

情報漏洩疑惑

世田谷区池尻にある防衛庁東山宿舎の目と鼻の先には、世田谷区立池尻小学校と深い緑を湛《たた》えた世田谷公園がある。朝と夕方には登下校する子供たちの元気な声が飛び交い、昼間はベビーカーに赤ん坊を乗せた幸せそうな主婦が公園に集う。多くは各省庁や関東財務局が管理する古い官舎村の住人である。子育ての環境としては都心では有数の場所だ。

森島夫妻は航太が亡くなったあとも、東山宿舎の三階に住んでいた。一階の駐輪スペースには、航太の水色の自転車がぴかぴかに磨き込まれた状態で置かれていた。その隣にはいつも、「森島丸」と泥よけに書かれた黒い自転車が寄り添うようにあった。毎日、小学校や公園から聞こえてくる子供たちの元気な声を聞いて、夫婦は果たして平常心で生活できたのであろうか。

時間がゆっくりと流れている早朝の東山宿舎に、異質な男が彷徨っているのを、スパイハンターたちは発見した。森島が住む建物の周辺をのそのそと徘徊する無精髭の男のネクタイはだらしなく緩んでいて、その風体は明らかに自衛官や防衛官僚のものではなかった。男はポストの中の郵便物の具合を確認すると、不似合いな黒塗りのハイヤーの後部座席に乗り込んで去っていった。

「矢島さん、記者の車が森島の官舎前に停まっています。情報が漏れているんじゃないですか。『直《じか》あたり』されたら終わりですよ」

吉田が怒りに震えた声で、矢島の携帯に電話をかけてきた。無精髭の男は大手新聞社の社会部記者だった。

極秘捜査が進行しているという情報を見事にキャッチしたとはいえ、黒塗りのハイヤーで対象の自宅近くまで乗り付けるこの男に、プロフェッショナルの取材マナーを期待することはまったくできそうもない。スパイハンターたちが、完全秘匿で行確作業をしている中で、森島本人に取材をかけられたら、それこそ事件はつぶれてしまう。

未成熟な日本のジャーナリズムは、「前打ち」と称して、強制捜査前に記事を書くことを競い合う。発表前に捜査情報を報じることが、記者の優劣の判断材料になるという、世界にも類を見ない、不思議な慣習があるのだ。この新聞記者が功を焦って、下手な「隠し撮り」や「直あたり」をした瞬間、「ウラ」が積み重ねてきた努力は水の泡と消えてしまう。

「誰かが意図的にリークしていますね」

吉田は矢島に探りを入れるように聞いた。

特命キャップとして外事一課に復帰する前、吉田は内閣情報調査室でマスコミ相手の情報収集に携わったことがある。新聞、テレビの政治部記者から、週刊誌の編集者、さらにはスキャンダルをネタにして金銭を要求するようなブラックジャーナリストまで人脈を広げ、「記者」と呼ばれる人種の習性を学んだ。記者相手の情報操作の難しさや恐ろしさは「両刃《もろは》の剣」であることを叩き込まれた。

古今東西どの捜査機関でも、捜査が上層部との意見対立などで頓挫すると、マスコミに情報が漏れることは多い。しかし、これは刑事部捜査二課の知能犯事件や、東京地検特捜部の汚職事件など、ターゲットの周辺関係者の参考人聴取を重ね、証拠を積み上げていく事件で使われる、いわば「奥の手」だ。記者に捜査の「筋」に関する記事を書かせて既成事実化し、世論をバックに着手にこぎ着けるという古典的な手法である。

狡猾《こうかつ》なベテラン捜査員なら、顔見知りの記者に断片情報のみを提供して、捜査幹部に取材をかけさせたうえで、「記者が動き始めたので、飛ばれる（逃げられる）のも時間の問題だ」などと、上層部に対して強制捜査を決断するよう迫ることもある。まさに上司に対する恫喝だ。

吉田はさまざまな推理を重ねた末、強引な矢島なら目的実現のために、こうした力業を使いかねないとの結論に達していた。だが、これが通じるのは、我が身に捜査の手がじわりじわりと迫っていることを、被疑者本人が周辺の参考人聴取などから察知している企業犯罪や政界汚職だけだ。それに対して、「ウラ」の捜査対象は、特殊訓練されたロシアの情報機関員である。機関員は我が身に危険が迫っていることを知れば、「諜報接触」を取りやめ、「狸穴」の奥深くに逃げ込んで、翌日には荷物を纏めてモスクワに帰国してしまうのだ。

吉田の発言には、いつも心臓を射貫かんばかりの的確さと、一筋縄ではいかない変化球が混在している。「誰かが意図的にリークしている」。そういった吉田の表情からは、目の前の上司のどんな反応も見逃すまいという、強い意志が伝わってきた。

感情を滅多に表にしない矢島だったが、黙ってはいられなかった。

「俺たちがやっているのは、地検特捜のサンズイ（贈収賄）じゃないんだ。スパイ事件でそれをやったらおしまいだろう！」

矢島はムッとしたように吉田に返した。

流刑の徒

博覧強記ぶりは常人を圧倒するものがある矢島は、捜査指揮官としては剛毅果断で、義侠心に富む九州男児である。柔剣道で強靭な肉体を作り上げてはいるが、体育会系のあけっぴろげの明るさはなく、どこか他人と打ち解けぬ古武士然とした無骨さと、哀調を帯びた佇《たたず》まいがある。

一方の吉田は風流韻事を好み、筆を握らせれば達筆、趣味で見事な墨絵を描き、仕事の合間を縫って戯曲まで書き上げてしまう孤高の芸術家肌である。

強引な力業で中央突破を図る勝負師の矢島と、機略を縦横に駆使し、水面下の根回しを得意とする策略家の吉田。勇猛なる知将と、駆け引きに長《た》けた寝業師。似て非なる彼らの気質は、仕事ぶりも対照的なものとしているが、二人は固く結ばれた師弟関係で、難解な諜報事件を次々と解明してきたはずだ。

だが、スパイハンターの世界では、絵に描いたような美しい師弟関係は永遠のものではないのかもしれない。ＴＳやＬＳ、特命のキャップとしてスパイハンターの一団を率いて部下を鍛え上げ、畏敬の対象だった人物が、人事や総務などの管理部門を経て、昇進して再び外事一課に戻ってきたとき、まるでハンティングを忘れてしまったサファリパークの虎のように、かつての野性を喪失していることがある。デスクに座るその姿は、部下たちの目には古畳のように色褪《あ》せて映る。常に「過去の四係の能力を上回り、進化を続けている」と信じて疑わぬ、現役のスパイハンターにとって、「伝説の男」など決して存在しない。先人たちは皆ライバルにすぎないという非情な慣習が存在するのだ。

しかし、矢島は「第四係長」である。四係長はスパイハンティングのプロ中のプロが座るポストであり、ロシア機関員が恐れるスパイハンターたちを動かす総指揮官だ。

その矢島に対して吉田は言い放った。

「記者がどういう動きをするか、監視カメラを設置することにします」

お互いに感情をぶつけ合うことすらない、冷たいやりとりだった。

吉田は森島夫婦宅の向かい側の建物の一角に、エアコンの室外機を偽装した二十四時間録画機能付きの監視カメラを設置した。

「ほかのブン屋（記者）たちも嗅ぎつけている可能性もある。東山宿舎周辺で不審な行動をとる人間をすべて洗い出せ」

しかし、この極秘事項すら漏れた。設置工事が終わった翌朝から、例の記者が監視カメラの死角を通るようになったのである。

「カメラの画角まで漏れているなんて……。やはり係長が漏らしているのか。それともサッチョウが事件つぶしに動いているのか……」

吉田は配下の捜査員に「係内の人間も信用するな」と伝えた。二人の辣腕《らつわん》スパイハンターの暗闘反目は、疑心暗鬼となって捜査本部全体に広がった。

若手の野口巡査部長は、畏怖の対象である第四係長と、公安部のエースと称される特命キャップの冷たいやりとりを目の当たりにして、これから起こりうる出来事に想像を巡らせた。

マスコミへの情報漏洩が発覚すると、公安部では徹底した犯人捜しが行われる。新聞のベタ記事であろうと、週刊誌、月刊誌の記事であろうと、公表されていない事実が記事に含まれていると、その箇所が抜き出され、それぞれの項目について知らされている捜査員の名前が羅列される。当然のことながら複数の項目に名前が登場する者は嫌疑をかけられることになる。漏洩源が数人に絞り込まれると、疑わしい捜査員への秘匿追尾が開始される。不倫などの異性問題でない限り、警務部人事一課の監察チームに調査を任せることはない。公安部は人事一課監察の精鋭とて、秘匿追尾に関しては素人集団と分類している。そのため情報漏洩事案の「対象」が絞られると、顔も見たことがない公安捜査員の一団が、実に緻密な秘匿追尾を開始するのだ。対象が末端の捜査員であろうと、捜査幹部であろうと関係ない。

事実、野口は先輩からある公安捜査員の悲惨な末路を聞かされたことがある。彼は若くして警部補にまでなったエリートだったが、雑誌編集者への情報漏洩を疑われた。すると、公安部は、彼とまったく接点のない公安捜査員を五人選抜し、夜本部を退庁するところから追尾を開始した。一週間後、彼は飲食店で編集者と接触した。店内でちょっとした猥談《わいだん》を交わし、代金を支払ってもらったうえ、最後はタクシーチケットを受け取る瞬間までカメラで撮影されてしまった。上司による取り調べで証拠を突きつけられた彼は、取調室に入って十分後には「関係」を認めざるをえなかったということだった。

その後、すべてを自白してしまった捜査員は所轄の交番勤務に異動になり、「人工衛星」のように各警察署の交番を十年以上たらい回しにされた挙げ句、退職した。

「捜査中に情報漏洩事案が発生したら部外者とは一切会うな。捜査チーム外の人間と話しては駄目だ。ここでは疑われたら終わりだ」

野口は、エリート公安捜査員の悲惨な末路を話してくれた先輩の言葉を思い出した。

これは刑事訴追の手続きではない。明確な証拠が存在しなくともグレーを限りなくクロに近づけるための「状況証拠」が揃えば、「本部勤務五年で所轄へ異動」という、いわゆる「五年ルール」の満期を待たずに、定期異動に乗せられて都心から遠く離れた所轄に追い出される。こうなると、「四部制」や「六部制」という当直を含むシフト勤務をこなしながら、職質検挙のノルマに追われ、署の検挙率向上のために身を削る毎日に逆戻りだ。

駐車場に悪ガキがたむろしている、隣の家で夫婦喧嘩している、といった一一〇番通報に忙殺され、簡易調書や報告書といったペーパーワークの山に溺れることになる。そんな所轄の日常がまた始まると思うと、野口はぞっとした。

この日の夜、野口は自宅がある集合住宅の裏手に自転車を停め、何者もいないことを見計らって、我が家に向かった。

翌早朝出勤する際、敷地の裏口から出ると、自転車で複雑な路地をぐるぐる回りながら、最寄り駅から三つ離れた駅に向かった。

朝駆けの記者が駅で待ち受けている可能性がある。見知らぬ記者に声をかけられている瞬間でも撮影されれば、スパイハンター人生は終わる。交友関係も断ち切り、家庭生活も犠牲にし、私利私欲を捨て去ってスパイを追い続けてきた野口は、なんとしてでも情報漏洩の嫌疑をかけられるような事態は避けたかった。

「目の前にぶら下がった獲物をほかの連中に奪い取られるわけにはいかない。俺は流刑の徒になるのは絶対に嫌だ」

じっとりと暑い早朝の国道を、野口は十キロ以上離れた駅に向けて、汗まみれになりながら必死に自転車を漕いだ。

冷たい微笑

二〇〇〇年九月三日、ロシアのプーチン大統領を乗せた特別機が成田空港に到着した。森喜朗総理は成田までプーチンを出迎えて、車に同乗して迎賓館まで案内するという異例の演出で歓迎してみせた。四日、五日には、森喜朗総理との間で合計三回の首脳会談が予定され、日本外交が薄氷を踏むような思いで進めてきた平和条約締結、そして北方領土問題の行方が最大の焦点だった。

ＫＧＢ時代に東ドイツ・ドレスデンに赴任した経験があるプーチンは、第一総局エリートとして出世することはなく、階級は「中佐」止まりであったが、一九九六年六月に大統領府入りしてからは、ＦＳＢ（連邦保安庁）長官、首相と目覚しい出世を遂げ、ついに大統領まで昇り詰めた。

その冷気さえ漂うような表情は、かつて西側諸国を憎悪し、諜報戦を繰り広げてきたＫＧＢ機関員そのものだ。イデオロギーは消滅しても、彼の中に根付いた精神構造や手法は、そう簡単に拭い去れるものではない。この若き大統領にとって、安全保障の根幹をなす諜報活動は、主権国家の存続のためには、当然のことであるに違いない。

そもそもロシア連邦は、国際インテリジェンスに対する向き合い方が、日本とはまったく違う。一九九六年一月に採択された「対外諜報に関する連邦法」は、ＳＶＲやＧＲＵの対外諜報活動の根拠となる法律で、堂々と国民に公開されている。

この法律の十三条には、「諜報活動において非公然の方法、手段を利用することができる」と定められている。機関員の身分に関する規定は十八条に書かれている。そこには「対外諜報機関の常勤職員の所属に関わる情報は、退職した職員のものも含めて国家機密である」「職員は、自らの職務遂行のため、対外諜報機関に所属していることを明らかにすることなく、連邦行政機関、企業、公共施設、組織において職に就くことができる」などと書かれている。つまりロシアの情報機関員は国家機密の壁に守られたまま、秘密裏に身分偽装してエスピオナージ（諜報）活動に従事することが可能になっているのである。

また十九条にはエージェントの保護に関する規定もあり、「秘密裏の協力に自発的に同意した成人との協力関係を有償、無償で確立できる」「対外諜報機関に協力する者（協力した者）に関する情報は国家機密で、秘密にしておくべき最長の許容期間を経過しても機密は解除されない」「協力者とその家族の安全確保のための措置をとること」とされている。エージェントは協力関係が終了しても徹底的に保護されるのだ。

ロシアだけではない。インテリジェンスという名の情報戦争は、国際社会の常識だ。アメリカのＣＩＡ、イスラエルのＩＳＩＳ（イスラエル秘密情報部・通称モサド）、イギリスのSIS（イギリス秘密情報部・通称MI6）、韓国の国家情報院も、諜報戦を勝ち抜くために日本国内で暗躍している。同盟国間でも、諜報活動は別物だ。

警視庁本部十三階の外事一課長室で、奥谷課長と矢島は、テレビに映し出された、氷のように冷たいプーチンの横顔を眺めていた。

「世界の常識からはずれているのは日本である。アメリカとの同盟関係に依存して、自国の安全保障を自らの責任として考えることを忘れた国が今の日本だ。情報を支配されることと、属国であることはイコールであると気づいていない。国家と国家の関係は、日本が考えているよりも遥かにドライなものであるという原点を忘れているのだ。『外交と称して机の上では握手をし、インテリジェンスでは、机の下で蹴り合う』というのが国際社会の常識であるはずだ」

スパイハンティングを取り仕切る二人の指揮官は、日本という特殊な国家で任務を遂行することに虚しささすら感じ始めていた。

もし警視庁外事一課が今、ボガチョンコフと森島を摘発したと発表しても、プーチンは冷たい微笑を浮かべて同行している秘書官に、こう耳打ちするだろう。

「駐在武官が軍事情報を集めるのは当たり前じゃないか。機密文書を受け取った？日本の防衛庁はインテリジェンスの勉強はしないのではないのか？　諜報機関が存在しない国家に、理解しろと言うのが無理なのだろうな」

そして在日ロシア大使館はこんなお決まりの公式コメントを発するのだ。

「武官の行為に問題はないと考えている。本人は任期満了により帰国した」

このコメントですべてが幕引きになるのだ。機関員が日本を立ち去る以外、何も起こらない。すべてが霧消するだけだ。奥谷と矢島はプーチンの冷え冷えとする目つきを見て、すべてが予想できた。

かつて、日本では軍によって、ヒューミント（人的諜報）中心のインテリジェンス活動が行われてきた。日露戦争では大本営が特務機関員をシベリアに派遣して諜報活動を行わせ、情報工作訓練学校である「中野学校」が数多くの優秀な特務機関員を生み出した。カウンターエスピオナージを担当する「憲兵隊」「特高」も敵国にとっての脅威となった。

しかし、GHQの占領政策の中で、これらの情報機関は解体され、日本は情報収集能力を奪われてしまった。一方で、非人間的な言論・思想弾圧を行った「憲兵」「特高」のネガティブなイメージだけはくっきりと残った。「スパイ」という言葉にしても、武士道の国である日本国民の心の中には、「陰湿なもの」として存在し続けた。

同時に、占領下で取り除かれた国家意識を日本人が取り戻すことは二度となかった。日本は非武装中立を掲げる国家となり、日本人は勝手に「戦後」という時代のカテゴリーを作ってしまった。そして「平和」と同義語にすらなってしまった「戦後」という時代のおかげで、国際社会のスタンダードから置き去りにされているのだ。

「俺たちの頭が『冷戦構造』なのではない。この国の指導者たちが『危機意識の欠落』を『平和』という言葉に無理やり置き換えているだけだ。インテリジェンスの欠如が国家としての判断能力を喪失させているのだ。プーチンが送り込んできた『あの男』のときもそうだ。かつてこの国に対する工作で成功を収めたKGBのスパイを、日本は何の疑問も持たずに再び受け入れてしまったではないか」

矢島たちが思い浮かべたのは、スパイハンターたちの追尾を政治圧力でつぶし、SVR東京駐在部長として、堂々とこの大都市を徘徊しているボリス・スミルノフのことだった。

「私は大使の指示で動いてはいない。プーチン大統領の指示で動いている」

こう公言して憚らないスミルノフに、日本政府の外交査証が発給された経緯も異例のものだった。

PNG

過去に日本国内で、「ジャーナリスト」に身分偽装して諜報活動を行った機関員がなぜ、外交査証の発給を受け、外交官として入国することが許可されたのだろうか。

ある外務省職員は当時のことをよく記憶している。

「スミルノフへの査証発給前、外務省領事移住部（現・領事局）外国人課の一部で激論があった」

ロシア政府が日本に外交官を赴任させる際には、在モスクワ日本大使館に外交査証を申請する。査証申請書類には、氏名、生年月日、勤務先、経歴、犯歴や入国予定日などが記載されており、ロシア外務省はこれに加えて、当該外交官を派遣する旨を日本外務省に通告する「ノートバーバル（口上書）」と呼ばれる書類を添付することになっている。これはウィーン条約に定められた手続きだ。

日本大使館は独自の判断で査証発給をすることはできない。外務省本省にお伺いを立てるため、書類を「査証経伺」という形で東京に送付しなければならない。これを受け取った領事移住部外国人課は、地域担当部局と協議する。そこで「問題なし」と判断されれば、外交査証が発給されることになる。こうして外交査証の発給を受けた外交官が、日本の領土に上陸すると、入国管理局は「デュアリングミッション（外交活動を行う期間内)」と書かれた、「期間制限なし」のスタンプを押すことになる。

「外国人課内部での激論」とは、スミルノフへの査証発給の是非をめぐるものだった。当時、スミルノフへの「査証経伺」の審査書類を受け取った外国人課の事務官は、半ば呆れ顔で語る。

「外国人課におりてきた最初から入国が前提だった。添付書類には『PNG(ペルソナノングラータ・好ましからざる人物)であっても日露友好のために受け入れる。これは官邸の意向でもある』という趣旨のことが書かれていたと記憶している」

当時の官邸のメンバーは、総理大臣が小渕恵三、官房長官が野中広務、そして政務の官房副長官に鈴木宗男と上杉光弘、事務副長官は古川貞二郎だった。

外国人課には四十人の職員がいた。外務省キャリアの課長、首席事務官の下に、「A班」と「B班」の二つの班があった。「A班」は資本主義国の査証審査担当。「B班」が担当したのが旧共産圏の国々である。

B班には十八人が所属、班長は公安調査庁から出向してきていた若手キャリアだった。この班長の下で実務を取り仕切ったのが、警視庁公安部外事一課と外事二課から派遣されていた三十代後半の警部補たちで、それぞれがロシア、中国を担当していた。彼らは警察庁からの出向中の外務事務官という身分ではあったが、カウンターインテリジェンスの視点で、「好ましい人物」か「好ましからざる人物」か、を判断することが任務だった。

警察庁出向組の彼らは、外務省がスミルノフに対し、さも当然のように外交査証を発給しようとする動きを見て、強い不満を表明した。

「これはおかしいのではないか。官邸が動いているのが理由なのか？　査証発給など論外である」

しかし、出向中の外務事務官という身分では「大きな力」に抗《あらが》うことはできなかった。欧亜局（現・欧州局）ロシア課と協議を重ねた上での、上司の判断は「査証政策の一環である」という一言だった。「外務省の査証政策」と言われれば、部外者はどんな大義があっても振りかざしようもないのだ。

情報機関員と見られる人物の査証が申請されると、外務省は各治安機関に照会書面を送付するのが慣例だ。当時の外国人課では申請書類のコピーを四部作成することになっていた。警察庁、公安調査庁、警視庁、千葉県警に送付し、「問題の有無」を照会するためだ。

外務省からの送付を受けると、警察と公安調査庁は、世界中の情報機関から提供された「機関通報リスト」と呼ばれるブラックリストと照合し、「好ましくない」「問題ない」といった意見を外務省側に回答することになっている。過去に世界のどこかで、PNG通告を受けた人物については、当然のことながら、「好ましくない」という回答となる。

申請書類のコピーを受け取った当時の治安機関側の担当者は、

「スミルノフの査証申請のときにはある書類が添付されていた」

と異例の扱いを明かす。

「添付書類」とは在ロシア日本大使館からの公信だった。この書類にはあることが記述されていたという。

「スミルノフはプリマコフの命を受けて、日本に赴任し、日本の情報機関と連絡を取りたいとしている」

公信に登場する「プリマコフ」とは、当時のロシアの外相で、KGB解体後の初代のSVR長官を務めたエフゲニー・プリマコフのことだ。アラビア語に堪能な中東専門家で、情報公開など民主的な姿勢によって、SVRのイメージ向上に一役買った人物でもある。

プリマコフはSVR長官を務めたあと、一九九六年に外相に就任、スミルノフが日本に入国した一九九八年九月、セルゲイ・キリエンコ首相解任後の首相に抜擢されている。

つまりスミルノフは、当時のSVR長官ヴァチェスラフ・トルブニコフではなく、外務大臣の命令で、あくまでも「外交官」として赴任してくることを強調し、諜報目的ではないことをアピールしたのだ。そして、SVRというロシアの巨大情報機関の首脳部のひとりとして、公然たる「情報外交」を申し出てきたのである。

ソ連が崩壊したあと、米露の情報機関同士ではある合意があった。SVRはワシントン駐在部のレジデント（駐在部長）の名前をアメリカ国務省に知らせ、反対にCIA側はモスクワ支局長の名を、ロシア外務省に通知することになったというのだ。双方が「公式代表」を置いて、イスラム過激派対策を中心に、「情報外交」を進展させることになったのだ。こうした国際テロリズムに対する各国情報機関の共闘の動きは、インテリジェンス先進国の間では常識になりつつある。

ロシアの情報機関には、イスラム過激派だけでなく、オウム真理教についても、情報が蓄積されており、日露間の「情報外交」はもっと早く開始されるべきだったといえるだろう。また、北朝鮮と関係が深いSVRならば、日本人拉致に関する情報も期待できる。

しかし、残念ながら、SVRのカウンターパートになりうる対外情報機関は、日本には存在しない。警察はあくまでも法執行機関であるし、内閣情報調査室は海外に展開する実動部隊を持たない。したがって、情報外交に不可欠な、「ギブ・アンド・テイク」が成立しないのだ。

情報外交が成立しない状況下で、ジャーナリストと身分を偽ってスパイ活動をした過去が明らかになっている機関員を受け入れてしまえば、日本は正真正銘の「スパイ天国」というレッテルを国際社会から貼られることになる。このため警察庁、公安調査庁ともに、「スミルノフへの査証発給は好ましくない」という、強い反対意見を外務省に返した。

「警察や公安調査庁が公式にロシア大使館参事官に接触しようとしたら、外務省は『外交の一元化をおかしている』と目くじらをたてるだろう。でも、スミルノフのときだけは違った。外務省ロシア課は最初から入国前提に起案していた。かつて偽装してスパイ活動を行った情報機関員と情報外交しましょうと歓迎したら、世界中の情報機関のもの笑いの種にされるだけだ。これは日本の面子《メンツ》の問題だった」

と公安調査庁の国際部門に在籍していた幹部も不快そうに言う。

査証政策の最終決定権は当然、外務省にある。「スミルノフはPNGであるべきだ」という警察、公安調査庁の意向はまったく無視されたのである。

見逃がされた決定的瞬間

外事一課の奥谷課長と矢島係長は、警察庁との間で虚虚実実の駆け引きを展開するための次なる一手を模索していた。八月三日に浜松町の中華料理レストラン『上海園林』での、またとない着手のタイミングを逃したあと、八月十六日にも森島とボガチョンコフの十六回目の接触が確認された。

この日の午後一時、ボガチョンコフは、地下鉄日比谷線広尾駅に、妻のエレーナを連れてやってきた。

「あなたの信ずる宗教をエレーナに見せてやってほしい」

妻を紹介された森島は、彼女を宗教儀式に連れて行くことになったのだ。お互いに最も大切なプライバシーを明かしあったことで、森島は心底満足しているように見えた。

ボガチョンコフは宗教団体の東京本部には行かず、森島とエレーナが儀式を終えるまで、サンドイッチチェーンの『サブウェイ広尾店』で待機していた。

森島がエレーナを連れて戻ってくると、ボガチョンコフは鞄の中から、紙の書類入れを差し出した。

「ありがとうございました。研究の役に立ちました」

書類入れの蓋の紐を解いて中をのぞくと、ボガチョンコフに貸してあった『戦術概説』など三冊の文書が入っていた。秘文書が手元に戻ってきたことで、心の中にあった重圧のようなものが少し軽減されたのだろう。森島はいつにも増して饒舌だった。ひとしきり宗教談義が盛り上がった。

そして三人が店を出るために腰を上げたとき、二つ離れたテーブルでサンドイッチに齧《かじ》り付いていた中年カップルの男の眼は、ボガチョンコフから森島へ、奇妙なものが渡されるのを見逃さなかった。

それはスーパーの安売り広告を小さく折りたたんだものだった。森島は軽く頭を下げると、その広告をすばやく折り曲げてズボンのポケットに入れた。

折りたたまれた広告の大きさは、まさしく日本銀行券のものであった。しかも瞬間的にではあるが、折り曲げられた際の折り目のカーブから、ある程度の厚みを確認することができた。

「間違いない。現金の交付だ」

「秘文書の返却」と「現金の手交」という決定的な行動が、スパイハンターの目の前で実行されたのである。この日もスパイハンターにとっては、絶好の着手のタイミングであった。

着手の好機を再び逃しても、二人のノンキャリ中間管理職は、難しい顔を作って思案し続けるだけだった。

「現場を見ようとしない、危機感を共有しない連中に、いったいどういう言語で語りかければよいのだろうか」

奥谷と矢島は、相も変わらず策を巡らせるばかりだった。

東京地検公安部の検事たちは「いつになったら着手するのだ」と苛立ちを募らせている節がある。しかし検察庁を動かすことも不可能だ。検事に事情を説明すれば、呆れたような顔とともに、

「警察が政治的に判断されたことですから……」

と、冷ややかな反応が返ってくるだけだ。

検察はこの手の「警察の論理」に辟易《へきえき》としているはずだ。これがスパイ事件ではなく、特別捜査部が専門とする汚職や財政経済事件であれば、「警察から事件を取り上げてしまえ」という発想すら湧くはずだ。

捜査幹部が思索するその姿は、因循姑息な役人体質以外の何ものでもなく、このまま捜査をうやむやにしかねないものに映った。吉田ら現場のスパイハンターたちの苛立ちは頂点に達し、「行動によって事態の打開をはかるべし」という反逆的な企てす

ら広がっていた。

「事件をこのままつぶすのですか？　なぜ行動を起こさないのですか？」

「サッチョウの連中の言うことを聞いては、事件はできないでしょう」

捜査本部の士気は地に落ちていた。捜査指揮官に威儀を正し、畏敬の念を示すことは、もはやなかった。直情径行型で、上に噛みつくことも辞さないスパイハンターたちの辛辣な言葉は、二人の胸に突き刺さった。

急転

プーチン大統領来日二日目に、事態は急転した。九月四日の正午過ぎ。奥谷外事一課長が顔をやや紅潮させて大部屋に飛び込んできて、矢島と吉田を課長室に呼び寄せた。

「次のドスンがXデーだ。警察庁の御前会議で、長官が了承した。なんとしてでも次の日時、場所を割り出そうじゃないか！」

万策尽きて腐りかけていた矢島は、驚きを隠せなかった。

この日、赤坂の迎賓館では午前九時半から、森総理とプーチン大統領による日露首脳会談が行われていた。一回目のこの会談は、平和条約締結問題を中心に、一時間半にわたって話し合われており、外交上きわめて重要な日にあたる。午後も二回目の首脳会談、夜には森総理夫妻主催の歓迎夕食会が予定されていた。

「警備局長は納得したのですか？」

「うち（警視庁）の（公安）部長が説得してくれたという話だ。部長は『サッチョウが何を言おうと関係ないからやれ』と言ってくれている」

警視庁公安部長は、「将来の長官」と目されている能吏で、公安警察を知り尽くした名指揮官だった。さらに、これに呼応するかのように、刑事畑のエースと呼ばれる警察庁次長も、「サンズイ（贈収賄）でもいけるんじゃないのか」と着手に前向きな発言をしたという。

実は八月三日の着手がつぶれてから一ヵ月、警察庁警備局の体制は大きく入れ替わっていた。着手に強く反対していた外岡外事課長は同月二十四日、警備局を離れて情報通信局情報通信企画課長に異動になっていた。職場放棄一歩手前の状態にあったスパイハンターたちは、急転直下の展開に歓喜した。

一体何故、強制捜査へのゴーサインが出たのか。警察組織内の力学を考慮すれば、外事課長の人事異動程度で、事態が大きく動くなどあり得ない。

この時点で、まさに進行中だった日露首脳会談は、「二〇〇〇年までの条約締結に全力を尽くす」とした、一九九七年のクラスノヤルスク合意が実現するかどうか、つまり年内に平和条約を締結して、領土問題解決への道筋が開けるかが、ひとつの焦点であった。

午前中の一回目の会談では、森総理が「ウルップ島と択捉島との間に、日露間の国境を画定することを核として、双方にとってぎりぎり受け入れ可能な方法を見いだしたい」と主張した。これに対してプーチン大統領は、「日本の考え方は勇気ある熟慮されたものであるが、ロシア側の考え方とは完全には一致していない」と述べている。つまりプーチンは、日本側の提案は受け入れられないと、原則論を貫き、一歩も譲らぬ姿勢を示したのだ。

会談は翌五日もおこなわれたが、結局これまでの交渉の成果と、交渉継続を確認するにとどまった。クラスノヤルスク合意の実現は不可能になった。こうした日露首脳会談の情勢が、警察庁、いや日本政府の意思決定に、少なからず影響を与えたことは考えられる。

この日の夕刻、森島を行確中の吉田から、大部屋の矢島のもとに連絡が入った。

「次回のドスンは、七日です。公衆電話でボガにメッセージを残しているのを聞き取りました。手帳の七日の欄にメモしているのも確認できました」

防衛研究所近くにあるコンビニエンスストア前の公衆電話で、森島の背後に立った吉田は「耳」となり、まったく察知されることなく、一言一句を聞き取るという離れ業をやってのけた。

「よくやった」

これもウラの特殊技術のひとつだ。ウラのスパイハンターは、対象が電話で通話していれば、その内容を聞き取り、対象がメモを取っていれば、数メートル後方から筆跡を記憶して、書かれた内容を解読できるよう訓練されている。

最後の捜査会議が開かれた九月六日夜。外事第一課がある警視庁本部十三階には、総勢四十人が集結した。警視庁からは奥谷課長以下二十人、神奈川県警からも中岡課長以下二十人。全員が「来るべき時が来た」という満足感と緊張に支配され、熱気に包まれていた。

矢島の指示で、森島のさまざまな行動がシミュレーションされ、捜査員の配置が決められた。誰が現場を押さえて「バンカケ（職務質問）」し、誰がボガチョンコフに「任意同行」を求めるか、そして誰が森島祐一を取り調べるのか。すべては慣例どおり、警視庁と神奈川県警の間で均等に割り振られた。

会議では鳥肌が立つような報告もあった。長崎県下を視察中の防衛庁首脳に対して、防衛庁詰めの新聞記者が「警視庁が自衛隊員の機密漏洩を調べていることを知っているか？」と、質問をしたというのだ。

完全秘匿で進められているはずの内偵情報は、明らかに拡散し始めていた。もはや一刻の猶予も許されない。極秘オペレーションの準備が徹夜で進められた。

第五章　三百四十四日目の結末

黒コートの男

その男は、地下鉄駅のホームを端まで歩き、電車の最後尾にあたる地点に立った。二本、三本と列車が入ってくるが、男は柱の陰に立って本を読んでいる。乗車する様子はない。

四本目の列車がホームに来て、また発車メロディが流れた。そして電車のドアが閉まるそのとき、男は黒いコートを翻《ひるがえ》して最後尾車両に飛び乗った。

鍛え抜かれた情報機関員が、右前足に体重移動した瞬間を、野口は視界の端に入れていた。それよりもわずかに早く、野口は最後尾から二両目の車両に乗り込んだ。ほかの行確員はこの時点で切れた。残されたのは野口ひとりだった。

列車が郊外の駅に停車したとき、機関員はゆっくりと降車した。野口は隣の車両から動きを確認し、半歩先に降りていた。改札口に向かう階段は列車の先頭付近だった。つまり野口は出口に向かう機関員の前を、歩く形となった。

これは駅で降車した客全員を自らの視界内に置く高度な「点検」だったのだ。後ろを振り向けば「行確員」であることを察知される。野口は機関員を先行させるために歩を緩めたが、相手はさらに遅いスピードでゆっくりと音もなく歩いている。

獲物に忍び寄る猫科の猛獣のように音もなく歩き、背中に圧力をかけてくる。いつ首筋に牙を突き立ててくるかも予測することすらできない。常に追う立場であるはずの自分が、追尾されている。それは得体の知れない恐怖だった。

そのまま背後を振り向かず、逃げるようにホーム先頭の階段を上り、改札をくぐって地上に出ると、近くの雑居ビルに飛び込んで外階段の踊り場に身を隠した。しかし機関員が地上に出てくることはなかった。ドアが閉まる直前に同じ電車に飛び乗って、エージェントとの接触場所に向かったのだ。屈辱的な失尾だった。

屈辱に顔を歪めたところで夢は覚める。首筋にべっとりと汗をかき、口の中がカラカラに乾いている。心臓が激しく鼓動し、全身の筋肉が強張っている。

第四係ウラ班のスパイハンターに抜擢されたばかりの頃、野口が味わった屈辱は、悪夢となって教訓を叩きつけ、得体の知れない恐怖のどん底に突き落として、苦しめ続ける。

スパイとの頭脳戦を前に、誰もが自分の任務をシミュレーションし、ほとんど睡眠をとらぬ間にXデー当日の朝を迎えた。

九月七日の朝、森島は暖かい病室のベッドで目覚めた。東山宿舎から徒歩で一、二分の距離にある「自衛隊中央病院」。森島が激しい腹痛を訴えて、ここに駆け込んだのは、四日の夜のこと。その場で、医師から「腸炎」と診断され、緊急入院することになったのだ。

自衛隊中央病院の建物は老朽化しており、外壁は酸性雨などで風化してはいるが、周囲を緑に囲まれ、車の往来も激しくないせいか、心穏やかに過ごせる病室を備えている。

防衛研究所で希望の部署に異動できたことも、森島に多少の満足感を与えていたのかもしれない。ボガチョンコフと接触を重ねるにつれて、ますますロシアへ傾倒していった森島は、防衛研究所の第一研究部から、旧ソ連地域などの調査研究を行う第二研究部第二研究室への異動を希望していたのだが、その希望が八月一日付の人事で実現したのだ。

森島はまだ、防衛駐在官としてモスクワへ赴任することを夢見ていた。第二研究部へ異動してからは、「ロシアの海洋戦略」を研究対象としていたこともあり、ボガチョンコフとの関係は、切っても切れないものとなっていた。

「今日は大佐と会う約束が入っている。果たして退院できるだろうか。できれば約束は破りたくない」

昨夜、病院の公衆電話から伝言ダイヤルのメッセージを聞くと、

「会えないのでしたら、それで結構です」

という、ボガチョンコフのメッセージが入っていた。

森島の「入院中です」という伝言に、ボガチョンコフはやや苛立っているようだった。航太が死んだときに見せた、包み込むような優しさは完全に消え失せていた。

だが森島は、ロシア海軍大佐が時折垣間見せる厳しさは、自衛隊の上官や、防衛大学校の教官のように、信頼関係や愛情を背景にするものであると、錯覚していた。

同時に、ボガチョンコフが会話の中で披露してみせるロシア情勢分析は、何よりも森島自身の研究に欠かせないものになっていた。関係が切れると、研究に大きな支障をきたす。森島は「嫌われてはならない」と、奇妙な焦りを感じた。

午前七時半、森島は重い体をベッドから起こすと、病院内の公衆電話で「伝言ダイヤル」のメッセージを聞いた。

「本日、午後七時に浜松町駅北口で待っています」

再びボガチョンコフの声が入っていた。

ひとりで退院手続きを済ませ、午前十時に、防衛庁東山宿舎三階にある自宅に戻った。待ちかまえていた妻の聡子が、玄関から部屋に入るなり、

「またあの人から電話あったよ」

と不機嫌そうに告げた。ボガチョンコフは自宅にも確認の電話をかけてきたのだ。

「今日会えるのかどうか教えてほしいって！　十一時になったら、もう一度電話するって言ってたよ！　あの人怪しいから関係切ったほうが、ええんと違うか？」

聡子の言葉に森島は「またか」とうんざりした。

「関係絶つわけにはいかん。ロシアの研究してるだけや。何も怪しいことしてへん。そう思うんやったら、一緒に来たらええやんか」

森島は妻の勘の良さに苛立ちながら、言葉を荒らげた。

「私がいたら当たり障りのない対応をするのと違う？」

聡子は夫とボガチョンコフの関係を強く疑っていた。森島は聞こえないふりをして自室に向かい、机上の冊子をかき集めるようにして、鞄に詰めた。

「私、後ろをついていくよ」

追いすがる聡子を振り払うようにして、森島は官舎を飛び出した。

航太の闘病中から、夫婦喧嘩は激しさを増していた。宗教の会合に参加するたびに、聡子に追及された。

「また、行ったんでしょう！」

と、執拗に問いただされた森島が、

「違う！　なら、鞄の中を見てみぃ！」

と叫んで、鞄の中身を床にぶちまけたこともあった。

これを呆然と見ていた航太が、

「見とうない！」

と、叫んで二人に背を向けた。

森島と聡子は我に返り、散乱した書類を拾い集めた。

しかし、その後も、喧嘩はエスカレートした。

森島が電気スタンドを机に叩きつけ、蛍光灯が割れて飛び散ったこともあった。

航太がわっと泣き出した。

興奮した森島は、割れた蛍光灯の破片を、左手首に突き立てた。流れる血に驚いて、一一九番通報する騒ぎになった。航太がこの世を去る七ヵ月前のことだった。

救急車のサイレン、散乱するガラス片、滴る血液、そして子供の泣き叫ぶ声。死期が迫った航太に、愚かな姿をさらしてしまった。両親が繰り広げる凄まじい喧嘩を、何度も目にしながらも、航太は「お父さんとお母さんの子供に生まれて本当によかった」と、言い残して死んでいったのだ。

森島はこの出来事を思い出すと、胸が締め付けられる思いがした。しかし、乾ききった心は立ち止まって、考えることを許さなかった。

「もう後戻りはできない」

彼は何よりも大きな間違いを犯していた。「冷え切ってしまった」と、諦めていた夫婦の関係は決して壊れてはいなかったのだ。本当に壊れていれば聡子はここまで真剣に夫の行動を止めようとはしなかっただろう。妻は直感的に、夫の身に迫る危機を予感していたのかもしれない。

しかし、森島はすでに大物情報機関員の精神的支配下にいた。

「自分の苦悩を、悲しみを、信仰を、そして夢を理解してくれるのはボガチョンコフ大佐しかいない」

森島は体を張って自分を止めようとした聡子の姿を頭から振り払いながら、自転車を漕いだ。

黄色いシャツの追尾者

インテリジェンス不在の我が国で、唯一発達したのがカウンターエスピオナージ＝

防諜活動である。冷戦終結後は平和ボケした警察当局の一部からも「ロシア、中国のスパイ捜査体制は縮小すべきではないか」との声が挙がる始末だったが、対共産圏の最前線に位置するという地政学的要因から辛《かろ》うじて消滅を免れた。しかし首都・東京で、対ロシアカウンターエスピオナージを任務とする外事一課所属の捜査員は、わずか百十人しかいない。

スパイハンターたちは少数精鋭で要員育成を続け、牙を研ぎ続けてきた。リヒャルト・ゾルゲ国際諜報団を暴き出した警視庁特別高等警察部外事課の先人たちの伝統を脈々と引き継ぎ、その技術に絶え間なく磨きをかけてきた。スパイハンティングの精鋭部隊である「外事第一課第四係ウラ作業班」の真骨頂は、まさに「Xデー」に発揮される。

森島はJR恵比寿駅の構内を歩いていた。西口ロータリーから五分ほど歩けば、防衛研究所がある。朝、自宅を飛び出した森島はまず研究室に向かった。鞄の中には、たった今、研究室でコピーしてきた大量のペーパーが詰め込まれていて、ずっしりと重くなっていた。

ビール工場跡地に完成した複合商業ビル『恵比寿ガーデンプレイス』のおかげで、

恵比寿駅は一躍人気エリアの中心地に変貌した。埼京線も新宿から延伸され、駅ビルの『アトレ恵比寿』が建設されたこともあって、若者を中心とする人の往来は夕刻になると特に激しかった。

この日は、昼ごろから雨が降ったりやんだりを繰り返し、蒸し暑い一日だった。ハンカチで汗を拭いながら、競歩のような早足で歩いた森島は、駅ビルの書店に立ち寄った。時計は午後六時を回ったところ、待ち合わせまでには一時間ほどある。

森島は駅前にある第一勧業銀行恵比寿支店（当時）で、十万円を口座に入金した。この十万円は八月十六日に『サブウェイ広尾店』で、ボガチョンコフから受け取った金だった。

森島はこの口座の存在を聡子には明らかにしておらず、貰った金の一部を預金していたのだ。両親への援助や宗教団体のお布施のための秘密口座だった。この時点で森島がボガチョンコフから受け取った金は、総額五十八万円にのぼっていた。

銀行での預金手続きが終わると、森島はボガチョンコフとの待ち合わせ場所の浜松町に向かうため、恵比寿駅の山手線ホームに駆け上がった。階段を上りきった、そのとき、ホームの人波の向こうに、黄色いシャツの男が見え隠れしているのに気づいた。

「あの男は確か……………」

四十歳前後で年齢とは不釣り合いな黄色のシャツ。短い髪に日本刀のようなぎらりと冷たい光を放つ切れ長の目。決して視線が合ったわけではないが、この男のエネルギーを湛えた両眼の力に引きつけられた。そして必死に記憶を掘り起こした。

「場所は渋谷だ。あのスカンジナビア料理店『オスロ』で、入り口カウンター前の椅子で店員の案内を待って座っていたとき……。エレベーターホールから、こっちを見ていたあの男じゃないのか。いや、もう一回ある。あれはコンビニエンスストア前の公衆電話。そう、恵比寿の防衛研究所近くの……。俺が電話をしているとき、近くで煙草を吸いながら立っていたあの男だ。間違いない。そういえば、先月三日にも恵比寿駅から浜松町駅まで、そばにいたような気もしてきた……。妻がやとった探偵だろうか……それとも……」

妻の必死の抵抗が頭の中にあったからだろうか。森島はこれまでになく、動物的な勘が研ぎ澄まされ、次々と記憶が蘇ってきた。

「ボガチョンコフとは二人で会うなよ。公安にマークされるぞ。彼らはロシアの武官を見張っているからな」

シンポジウムの会場で、ボガチョンコフを紹介してくれた坂本二佐の言葉が、森島の脳裏をよぎった。そして、十年前に海上自衛隊第二術科学校の幹部専門情報課程で学んだ尾行を確認する「チェック行動」を思い出した。スパイハンターの隠語で言うところの「点検」だ。

「念のためにやっておこう。嫌な予感がする」

森島は黄色いシャツの男から視線を逸らし、歩を早めた。恵比寿駅ホームに山手線内回りのステンレスの車体が滑り込んできた。

点検

行確チームはこのとき、八人を投入して列車対応の秘匿追尾態勢をとっていた。黄色いシャツを着用した吉田はウオッチャーとして、森島と同じ車両に乗り込んだ。だが、森島が急に落ち着きがなくなり、車両内の八方にきょろきょろと視線を巡らせている。何かに気づいたのは明白だった。

列車での秘匿追尾では、ウオッチャーが、「対象」の直近に位置して、会話内容、警戒行動などを視界の隅で確認しながら視察することになる。ウオッチャー以外の行確員はほかの車両に乗り込み、基本的に対象を見ることはない。

対象が降車しようとした瞬間、ウオッチャーは無線のプレストークボタンを押して、咳払いをしたり、ハンドサインを送ったり、あらかじめ決められた合図でほかの行確員に降車を促す。ウオッチャー自身は降車しないで電車内に残って脱尾、次の駅で降りるのだ。

まさに草木皆兵、闇夜に怯える草食動物のように神経過敏になっている対象は、自分のいる車両のみを警戒しているので、こうすることによって追尾者でないことを強調する。しかし降車した対象の周辺には、ほかの車両から降りた、残りの七人の行確員がいて、うちひとりがウオッチャーとなるのだ。脱尾したウオッチャーは、電車と並行して走行しているワゴン車内で変装して、最後尾につくことになる。

ウオッチャーとなった者は、対象の呼吸、足音、衣類の摩擦音、筋肉の緊張で対象の動きを読みとって、ほかの車両にいる行確員に指示を出さねばならない。研ぎ澄まされた神経と並はずれた大胆さ、存在感を消し去って雑踏や暗闇に溶け込む繊細さを併せ持たねばこの追尾は成功しない。

行確チームの事前打ち合わせが杜撰《ずさん》だったり、信頼関係が確立されてなかったりすれば、訓練されたスパイハンターたちであっても、ウオッチャーが見落とすのではないかと不安になる。すると、複数の行確員が対象に視線を集中させるという失敗を犯すことになる。結果、対象に追尾者の存在を察知されることになってしまう。

恵比寿駅から山手線に乗り込んだ森島は、いきなり点検作業を開始した。乗車して周囲の乗客の服装を確認し終えると、すぐに、乗客を掻き分けながら、ひとつ後ろの車両に素早く移動した。六つ目の浜松町駅で電車を降りると、待ち合わせの北口とは逆に向かい、南口改札前にある公衆電話の受話器を手に取った。硬貨もカードも入れずに、目にも留まらぬ速さで自宅の電話番号をプッシュした。そして受話器を持ったまま素早く背後を振り返り、あたりを見回した。あの黄色いシャツの男の姿はなかった。

森島は念を入れて、南口駅前のブロックを足早に一周歩いて、再び浜松町駅に戻り、ホームに駆け上がった。ちょうど発車のメロディが鳴っている恵比寿方面に戻る山手線の列車に乗り込んだ。

自衛官として肉体を鍛えられた森島にとって、運動量は微々たるものだが、呼吸が苦しくなった。酸素を肺の中に目一杯取り込んでも酸欠状態に陥るかのような圧迫感にとらわれた。

今度は途中の五反田駅で、発車間際に電車を飛び降りた。山手線外回りの電車を、五反田駅で降車すると、国道一号線の緩やかな上り坂が眼下に続いている。青い道路案内標識の矢印の先には「桜田門」という白文字が書かれている。激しくなった心臓の鼓動は治まらなかった。

五反田駅のプラットホームは、この国道一号線を跨ぐ緑色の鉄桁にのっている。森島は磨り減ったアスファルトのホームを走り、出口に向けて長い階段を駆け下りた。森島は下りながら、財布の札入れを弄《まさぐ》り、中にあったレシートを取り出した。ズボンのポケットのあたりからこのレシートを滑らせて落とした。そのまま階段を駆け足で下りながら、聴覚を後方の足音に集中させた。階段を下りきったところで素早く反転すると、レシートは落ちたままだった。

ＪＲ浜松町駅北口の周辺を、一般車両に紛れて回遊する作戦車両の中で、矢島は脱尾した吉田から状況報告を受けた。

「ヅかれたのか（気づかれたのか）！　何やってんだ！　絶対にリカバリーしろ！」

矢島は森島の「点検」の様子を聞いて、いきなり沸点に達した。

しかし、職人スパイハンターたちは実に沈着冷静に行動した。森島がレシートを落とした瞬間を、行確員は視界の端に捉えてはいたが、立ち止まって拾い上げるようなことはしなかった。情報機関員の本格的な点検を潜り抜けてきた「ウラ」の精鋭が、日本の幹部自衛官の初歩的なトラップにひっかかることはないのだ。

行確チームは秘匿追尾の陣形を維持していた。吉田は、列車内で移動を開始した森島を追わずに「脱尾」し、後方車両に乗っていた別の行確員が、ウオッチャーに入れ替わった。その後も森島が「点検」するたびに、ウオッチャーを入れ替え、常に影のように森島の周辺に付き添っていった。

「ヤツは絶対に戻りますよ。安心してください。そっちこそ態勢を整えておいてくださいよ。浜松町駅ホームでハンドオフ（引き継ぎ）します」

すでに白いシャツへと着替えを済ませ、最後尾についていた吉田は、自信たっぷりの口ぶりで矢島に返した。

吉田が印象に残りやすい黄色いシャツを着ていたのには訳がある。通常ならば、秘匿追尾を行うスパイハンターにとって、原色の着衣は厳禁である。彼らはいかに印象に残らない立ち振る舞いをするかに腐心し、「できれば透明人間になりたい」と常に願っている。しかし吉田は対象の裏をかいて、高彩度色から変装によって、上着の彩度を落としていく奇策をとった。彩度を落とすことによって、徐々に高ぶっていく対象の心理に与えるインパクトを減らす効果を狙ったのだ。ところが、森島が過去に遡って記憶を辿《たど》っていたことは吉田にとって想定外だった。

五反田駅で「点検」を終了した森島は、近くの書店に立ち寄った。書店奥のコーナーに直行して一冊の本を棚から取り出し、レジに向かった。

店員は本を丁重に受け取ると、書店の名前が書かれた濃緑色の袋に入れて森島に渡した。レジの脇のコーナーで、週刊誌を立ち読みしていた若い男は、店員が本を袋に入れる瞬間、細い眉をわずかに動かした。

森島が店を出て十秒後、週刊誌を素早く棚に戻した男は、レジにつかつかと歩み寄ると、有無を言わせぬ早口で、女性店員にこう言った。

「今の男が購入したものは『折り紙の作り方』でいいか！　タイトルに間違いないか？」

驚いた女性店員が記録を確認して頷くと、男はあっというまに立ち去った。

「対象は書店にて書籍を購入。タイトルは『折り紙の作り方』。鞄の中の濃い緑色の袋に入っている模様。これは押さえる対象にあらず。緑色の袋は押さえる対象ではない」

森島はボガチョンコフに、折り紙の本を渡すに違いない。本屋でのウオッチャーだった巡査部長から報告を受け、吉田はこう読んだ。こんな市販の本の受け渡しの瞬間を押さえてしまえば、「秘密漏洩」の立件は困難となる。吉田は無線で何度も念押しした。

完全包囲

午後六時五十分、浜松町駅北口改札に森島は姿を現した。約束の時間の十分前だった。吉田たちのチームは、森島が浜松町駅のホームに降りた時点で脱尾して、待ちかまえている矢島のチームに引き継いだ。

森島は浜松町のホームをゆっくりと往復したあと階段を下り、北口改札口の手前で立ち止まると、くるりと反転し、後続の人の流れを最終的にチェックした。そして安心したかのように、自動改札機に切符を入れた。

浜松町駅北口は、線路の高架を支えるため、改札の外側の狭いスペースに合計十本の太い柱がある。身を隠して森島の背後の行確員の有無を確認するには絶好の場所だ。ボガチョンコフは、券売機前の柱の陰から、冷たい視線で周辺の人の流れを「点検」していた。

入念な作業を終えたボガチョンコフは、改札から出てきた森島の背後から、

「森島さん。お待ちしてましたよ」

と声をかけ、いつもの人懐こい笑顔を作った。

待ち合わせのOL、帰宅を急ぐサラリーマン、暇そうに立ち話を続ける学生、さまざまな場面を演じる総勢二十名の行確チームが周辺に配置されている。全員が殺気を消し去って、見事に雑踏に溶け込んでいた。

森島とボガチョンコフは、行確員にまったく気づかぬ様子で、駅へ向かう人々の流れに逆行して『世界貿易センタービル』の前を、東京タワー方面に歩いていった。森島は竹芝桟橋方面から吹く強い海風に背中を押されるように、ボガチョンコフの半歩後ろに従った。

鉄紺の夜空に浮かび上がる東京タワーの手前に、パリの凱旋門のような増上寺大門が見える。さらに進んだ突き当たりにそびえる朱塗りの「三解脱門」は、一六二二年(元和八年)に建立《こんりゅう》されたもので、「貪欲」「瞋恚《しんい》」「愚痴」の三つの煩悩を解脱する門だという。

森島とボガチョンコフは大門交差点まで行くと、三解脱門を目にすることなく左に折れた。そして第一京浜沿いにある九階建てのビルに入った。

「ごめんなさい。ちょっと待ってもらえますか？」

ビルの三つあるエレベーターのひとつに、森島とボガチョンコフが乗り込むと、後ろから来たビジネススーツ姿の若いＯＬがエレベーターの上階行きのボタンを押したまま仲間を待っている。

「もう！　早くしてくださいよ！　待ってもらっているんですから！」

その女性はエレベーターに駆け込んできた上司らしい男に向かって、微笑みながら口をとがらせた。

がっちりした営業部長風の男は、壁に手をついて息を切らせ、汗を拭きながらネクタイをゆるめた。そして、森島たちの存在に気づいて「どうもすみません」と、いかにも不器用そうに会釈した。大衆居酒屋やカラオケ店が、ワンフロアに一店舗ずつ入っているこの雑居ビルでは日常の光景だった。

「そんなに急がなくてもいいじゃないか」

「もうちょっと部長も運動したほうがいいんじゃないですか？　えっと……七階でしたよね」

四人を乗せたエレベーターが上昇を始めると、愛嬌のある女性は階数ボタンの列に人差し指を巡らせたあと、すでに点灯している七階のボタンを素早く押した。

全員が顎を持ち上げ、エレベーターの階数表示を凝視した。沈黙の中、不気味な作動音だけが響いた。

厳《いか》ついが、冴えない印象のある男のブリーフケースの中に、簡易裁判所が発付したばかりの捜索差押許可状が入っていることなど、並んで立つ二人の男が知る由もなかった。

この男の日焼けした肌は、ゴルフ場の芝の上で浴びる上品な日差しではなく、灼熱の都会のアスファルトの照り返しで、じりじりと焼かれたものだ。しかし、色つき眼鏡をはずし、眉間の皺まで消し去った矢島は、仕事を終え部内の数人で飲みに行く、ありふれた会社員を見事に演じきっていた。

ビルの七階には、チェーン展開している『Party & Dining Living Bar サントリー館浜松町店』がある。見下ろせば第一京浜、見上げれば東京タワーの夜景も楽しめる、若いビジネスマンをターゲットにした小綺麗なレストランバーだ。

エレベーターを先に降りたのは矢島たちだった。狭いエレベーターの中で、わざわざ森島とボガチョンコフの背後に回り込むのは、あまりにも不自然だった。

先に店に入ると、矢島たちは店員が案内するままにテーブルに着いた。午後七時ちょうどだった。店内はちょっと洒落た洋風居酒屋といった雰囲気だった。

「ビクトルです。予約とっています。あの席でいいですか？」

あとから入ってきた「対象」は、矢島たちの席から七メートルほど離れた窓際の柱の陰のボックス席に座った。ボガチョンコフは三十分前に、このレストランバーを下見して、店内一番奥の柱に囲まれたテーブルを予約していたのだ。

矢島の席からは、二人の姿がちょうど死角になっていて確認することができない。矢島は心の中で舌打ちした。位置取りに失敗したが、悔やんでも仕方がない。目の前に座る女性捜査員からは、かろうじて二人を確認できる。

「おい、お客さんがブツを渡そうとした瞬間に俺に合図をしてくれよ」

メニューを眺めながら、矢島は女性捜査員に小声で指示した。彼女はメニューを指差しながらこくりと頷いた。

ウラにはかならず女性のスパイハンターが二、三人いる。女性のスパイハンターは演じるのが上手で、特にカップルを装うカモフラージュには有効だ。

「秘文書手交の瞬間」をつかむのは至難の業だったが、これは東京地検公安部の坂口主任検事の指示だった。

受け取った文書をボガチョンコフが鞄の中に入れてしまうと、外交特権の壁で鞄の捜索は不可能となり、「秘密の漏洩」の立証は不可能である。逆に書類を差し出した瞬間を押さえれば、中身の確認もできる。ただしその書類が「機密」「極秘」「秘」のいずれかに指定された自衛隊・防衛庁の内部文書でなければならない。秘文書でないものを押さえてしまうと、森島の自白をとるために大変な苦労をすることになる。森島が「これまで秘文書を渡したことはない」と否認し続ければ、事件は潰れる。タイミングと運が要求される、まさに結果は神のみぞ知る、「賭」だった。

店内には次のエレベーター、そしてその次のエレベーターで、サラリーマンやＯＬを演じきった「行確員」たちが、数人ずつのグループになって続々と到着し、矢島の周辺のテーブルに着席し始めた。

やがて店内は、矢島を含め、あわせて十四人のスパイハンターで埋め尽くされた。一年間の苛酷な作業が凝縮された瞬間がまもなく訪れる。しかし彼らは心臓の鼓動や体温までコントロールして、見事に与えられた役割を演じ始めた。稽古を重ねた役者のように、自然な振る舞いで店員を呼び、飲み物を注文し、賑やかに談笑した。旅行雑誌やパンフレットを開いて、お互いに見せ合う、実に和気《わき》藹々《あいあい》とした若いカップルもいた。

突然の盛況ぶりだが、ちょうど夕食時だ。仕事を終えた会社員のグループが一杯やりに来たとしても、まったく不自然ではなかった。

決行

浜松町駅に到着するまでに感じた、もやもやとした嫌な予感は、まだ森島の頭から消えなかった。とりあえず彼は、前月十二日に発生したロシアの「原子力潜水艦事故」の話題を、向かい合って座るボガチョンコフにふってみた。

バレンツ海でロシア北方艦隊所属の巨大原潜『クルスク』が沈没し、乗員百十八人全員が殉職したこの事故では、「他国艦との衝突説」「海底との接触説」「艦内爆発説」など事故原因を巡って諸説飛び交っていた。中でもこの時点で有力だったのが「海底接触説」だった。水上艦の燃料不足のため水深百メートルという浅い地点で演習をやっていたことが事故の原因だとされ、「要はロシアの財政難が本質的原因」との報道も出ていた。

この事故はロシア海軍の恥を、国際社会に晒すようなものだった。ボガチョンコフはむっつりとしている。気まずい雰囲気が流れたため、森島は東京タワーの夜景を見ながら、東京湾で行われた花火大会へと話題の転換を図った。

奥のボックス席にいた二人は、店内が客で一杯になっていることなど、まったく気づかなかった。

運ばれてきたビールを飲むふりをしながら、矢島は「対象」の手前に立つ太い柱に苛立っていた。時計を見ると午後七時十六分を指していた。

「矢島さん！」

そのとき、女性捜査員が矢島の袖口を引っ張って、視線を「対象」の方向に送った。矢島はそれを撥《は》ね除《の》けるように立ち上がって、柱の向こうに駆けだした。

ネクタイがはためく様はスローモーションのようだったが、まったく無駄のない動きだった。ラグビーの選手のように前傾姿勢で七メートルほどダッシュし、ＧＲＵ機関員の目の前で急停止すると同時に、色黒で分厚い掌を大きく振りかぶり、テーブルに叩きつけた。

その瞬間、「バーン」という破裂音のような音が店内に響き渡った。

「はい、そのまま！　そのまま！　動くな！」

ビールやカクテルで盛り上がっていた、残りの十二人の捜査員も一斉に芝居を中止し、椅子を膝裏で撥ね除けるように立ち上がった。またたく間に、森島とボガチョンコフの前に人垣ができた。テーブルの上のグラスやフォークが落ち、「ガシャン、ガシャン」という音が二度響いた。

ビールとモスコミュールの注文を受け、二人のテーブルに届けようとしていたウエイトレスは、突然の出来事に声もあげることすらできず、その場に立ち尽くした。ほかのウエイターと一般客は、ただならぬ事態に沈黙し、賑やかだった店内は静寂に支配された。

行確開始から三百四十四日、「対象」の前に「ウラ」のスパイハンターがはじめてその正体を晒した瞬間だった。矢島の汗ばんだ手は、テーブルに置かれたA４判の茶封筒を強く押さえつけていた。まさに森島が鞄から茶封筒を取り出し、ボガチョンコフが手を伸ばそうとしたタイミングだった。

森島は全身の筋肉が凍り付いてしまったかのように、茶封筒を差し出した格好で固まっていた。ボガチョンコフは苦々しい表情を浮かべて矢島の目を睨み付けていた。

二人に向けて写真撮影担当のフラッシュが三回焚かれた。

「警察です。森島祐一さんですね。本部で事情を聞かせてもらえますね」

「は、はい……」

「これは君の本が入っているんだね。ここは店の中だから外で話そうか」

矢島の後ろから、別の男がずいっと割り込んできた。

「我々は警視庁の者です。これから本部のほうに一緒に来ていただきたい」

有無を言わせぬ口調で言ったのは、あの黄色いシャツの男だった。白いシャツに着替えた背の高い尾行者は、真剣のような冷たい光を湛えた眼で森島をまっすぐに見据えていた。第四係特命キャップ・吉田竜彦警部補と一瞬目をあわせた森島は、動転したように小さく頷き、体を震わせた。唇は血色を失っていた。

「日本の警察です。あなたも一緒に来てもらえませんか」

大きな声でボガチョンコフに声をかけたのは、警視庁外事一課第四担当の熊崎敏夫管理官（仮名）、予定どおりの役回りだった。

「いったい何ですか？　私は外交官です。ウィーン条約で保護されているから、お断りします。行く必要はないでしょう」

「この理不尽な仕打ちの責任をどう取るつもりなのだ」と言わんばかりに眉をひそめたボガチョンコフは、流暢な日本語で反論した。

「外交官なら身分証明書を呈示してください」

「それは無理です」

ボガチョンコフは憎悪を滾《たぎ》らせた眼で熊崎を睨み付け、手慣れた様子で言い返す。

このやりとりは情報機関員の決まり文句だ。

「では、鞄に入っているものを見せるんだ」

「これは私の書類です。見せることはできません」

「我々はずっとあなたたちを見ていましたよ。森島さんに返す資料が入っているのでしょう」

その瞬間、両者の間に流れていた空気が逆転したのを周囲にいた全員が感じ取った。熊崎の間髪入れぬ切り返しに、ボガチョンコフは目を見開き、驚愕と苦渋の表情を隠さなかった。奪われてなるものかと、手にしっかり握りしめた大型の鞄からは、厚さ四センチほどの分厚いハードカバーのファイルが三冊のぞいていた。

「二人とも立て！　写真だ！」

熊崎管理官の大声で、再びフラッシュが三回焚かれた。

矢島と神奈川県警外事課課長代理の長嶺晃警視の二人に腕をつかまれると、森島は焦点の定まらぬ目を周囲に泳がせた。そして呆けたようにふらふらと立ち上がった。一瞬脱力したかのように足がもつれ、転倒しそうになったあと、項垂《うなだ》れたまま二人のスパイハンターの誘導に黙って従った。

ボガチョンコフの視線は、森島の後ろ姿を一瞬追いかけた。しかし、森島の姿がエレベーターのドアの向こうに消えると、目を伏せて、首を小さく横に振った。

「すみませんが……、いったい何があったのですか？」

真っ青な顔で立ちつくしていた店長らしき男が、神奈川県警外事課の船橋課長補佐に、さも申し訳なさそうに話しかけてきた。船橋は彼の肩を、馴れ馴れしく抱くようにしながら薄暗い店の片隅に連れていき、しかつめらしい顔を作った。

「警視庁と神奈川県警の者です。事情があって連中を引っ張らなきゃいけないんだよ。お騒がせして申し訳ない」

「わかりました。それにしても他のお客さんがいますから……」

店長の言葉を、例のべらんめえ調で遮った。

「金は俺がまとめて支払うよ。これ以上迷惑かけないから勘弁してくださいよ。ほんとに悪かった」

船橋に肩をぽんと叩かれた店長は、「わかりました」と小さな声で言って引き下がった。

吉田は、森島が渡そうとしたA４サイズの茶封筒をテーブルから持ち上げたとき、嫌な予感がした。中をのぞいた瞬間、鳥肌が立った。書店名が書かれた濃緑色の袋が見える。袋から出てきたのは、森島が五反田駅近くの書店で購入していた『折り紙の作り方』だった。

「森島をオトさないと大変なことになる……」

特命のキャップ・吉田竜彦警部補は宙を仰いだ。

のちにわかったことだが、この本はボガチョンコフの妻・エレーナへのおみやげだった。

「折り紙をつくってお父さんとお母さんにプレゼントするね」

森島の長男・航太が、死の間際に発した言葉だった。両親の関係を案じた航太の優しさから出た言葉だったのだろう。

目を潤ませながらこの話を聞いたボガチョンコフは、森島に「妻と折り紙がしてみたい」と希望していたのだという。

森島のボガチョンコフへの最後の言葉は、

「この本をエレーナさんにお渡しください。息子が好きな折り紙の本です」

というものだった。

通告

「防衛研究所勤務の森島祐一三等海佐を、自衛隊法違反の疑いで事情聴取していま す。状況を説明しますので、しかるべき上司の方に警視庁公安部までおいでいただきたい」

市ヶ谷駐屯地にある海上自衛隊警務隊本部の当直に、警視庁公安部から電話が入ったのは、九月七日午後七時五十分のことだった。

警務隊とは、刑事訴訟法に基づく司法警察職員として、自衛官の犯罪について捜査活動を行う部隊だ。当直幹部は「自衛隊法違反」「公安部」という二つのキーワードを聞いて、腰を抜かしそうになった。

「スパイ事件だ！」

警務隊の当直幹部は、警務隊司令を務める一等海佐の指示で、直ちに海上幕僚監部人事教育部補任課、森島が所属する防衛研究所の総務課に電話をかけた。「自衛官取調べ」の情報は、一気に虎島和夫防衛庁長官まで駆け上がり、防衛庁全体が、蜂の巣をつついたような大騒ぎになった。

このとき、森島の直属の上司にあたる防衛研究所第二研究部長は、恵比寿駅近くの居酒屋で、研究員と一杯やっていた。すると研究員の携帯電話が鳴った。

「部長と一緒にいるのか？　すぐに戻るように伝えてくれ」

ただならぬ雰囲気の電話に、部長は研究所に飛んで戻った。森島が警視庁に連行されたと聞いても、ピンとこなかった。

「物静かで印象の薄いあの男がいったい何の秘密を漏らしたというのだ？　そもそも防衛研究所にスパイがほしがる秘密なんて存在するのか？」

本来、大学教授で中国の研究者である第二研究部長にとって、ロシアを研究対象としていた森島とは、会話した記憶すらなかった。

そうこうするうち第二研究部長自身にも警視庁公安部から呼び出しがかかった。事情聴取を担当した捜査員は、所属や氏名を一切明かさなかったが、森島の職務内容を微細にわたって質問してきた。部長は『防衛白書』を開いて懸命に説明した。

森島と席を並べていたアメリカ担当の研究員は、午後九時半ごろに第二研究部に無表情な男たちが捜索差押許可状を持って踏み込んできたと知って、目の前の棚にあるずしりと重いファイルを無意識のうちに取り出した。

「息子がアレルギーで大変なんですよ」

研究員がこう雑談で話したら、森島が小児アレルギー研究の資料などを大量にファイリングして持ってきてくれたのだ。

「これが息子さんの役に立つかもしれません。ぜひお読みになってください」

森島は重そうなファイルを抱えてきた。

口数の少ない森島は、部内の同僚とはほとんど交流がなく、感情を読み取れない不思議な存在だった。この研究員も彼のひとり息子が亡くなったばかりであることなど全く知らされていなかったという。それ故、雑談の過程で子供のアレルギーの話をしてしまったのだが、森島は同僚の悩みに深く同情した様子で、懇切丁寧に調べ上げた資料をわざわざ持ってきたのである。つい一週間前のことだった。

研究員はあわててファイルのページを捲ったが、もちろん事件に関係するようなものは挟まれていなかった。

森島の上司にあたる防衛研究所副所長と第二研究部主任研究官、警務隊幹部は直ちに警視庁公安部に出向いた。その場で事件概要についての説明を受け、「任意聴取段階だが逮捕する可能性もある」と知らされた。

海上自衛隊警務隊本部に、警視庁公安部からの二回目の連絡があったのは、翌八日の早朝のこととなる。

不逮捕特権

森島が任意同行を求められていなくなってしまったあと、ひとり取り残されたボガチョンコフは、レストランバーで二十分間も身分証明書の提示を拒否し続けていた。

なんとか切り抜けて、身分を確認させずにこの場を脱すれば、諜報員としての自分の経歴に汚点を残さなくて済むという、淡い望みを抱いていたのかもしれない。

このまま帰すわけにはいかない。かつてTSのキャップとしてロシアの機関員と熾烈な闘いを繰り広げ、警部時代にはニューヨーク駐在も経験した国際派の熊崎管理官は、ある「秘策」を実行に移した。

「身分が確認できない以上は外交官とは認められない。事情聴取に応じてもらうことになるぞ」

熊崎が強い口調で追い込むと同時に、体格のいい若いスパイハンターがボガチョンコフの両脇から腕をとらんと迫った。

「外交官じゃないなら、引っ張っていくぞ！」

ひとりが耳元で囁いた。

彼らにはイメージしていたものがあった。ボガチョンコフなら当然、頭に叩き込まれているであろう五十九年前の「伝説のスパイ逮捕の瞬間」を再現したのだ。

一九四一年十月十八日午前六時三十分、リヒャルト・ゾルゲは、麻布永坂町の自宅にいるところを、警視庁特別高等警察部外事課ロシア班の大橋秀雄警部補らに踏み込まれた。

玄関のベルを鳴らされて、応対に出たゾルゲは落ち着いた様子で、捜査員を招き入れる素振りすら見せた。

大橋の「かかれ！」という合図で三人の捜査員が飛びかかり、ゾルゲは腕をねじ上げられて連れ出され、そのまま鳥居坂警察署に連行されたという。

ボガチョンコフもGRUの偉大なる英雄の悲運を伝え聞いたうえで来日し、多磨霊園のゾルゲの墓前で任務の成功を誓ったに違いない。だが、まさか自分が外事一課四係という特高外事課の末裔《まつえい》たちによって現場を押さえられ、「伝説のスパイ」とまったく同じように両脇を抱えられることになろうとは、想像すらしなかった最悪のシナリオであろう。

ボガチョンコフが情報機関員としての基本動作を怠ったのは、この一年足らずの間でたったの一回だけだった。それも約一年前の九月三十日の夜、森島と最初に食事をした『福鮨』近くの路上に違法駐車してしまったことだ。

機関員がエージェント候補者と接触する際は、乗ってきた車を遠く離れた駐車場に停め、徒歩で点検を繰り返しながら、接触ポイントに到達するのが鉄則であったはずだ。

初回接触ということで、ちょっとした気の緩みがあったのだろう。スパイハンターたちは、この針の穴のような小さなミスを見逃さなかった。そしてそれが致命傷となったのだ。

歴史を紐解けば、GRUの英雄ゾルゲも、次々と女性と浮き名を流し、酒に溺れるという機関員としては致命的な欠陥があった。自暴自棄になってオートバイを飛ばし、大事故を起こすなど、徹底して身を潜めることを求められるスパイとしては、型破りな存在であった。

しかし、ボガチョンコフにはゾルゲと異なる点が二つある。まずゾルゲは逮捕起訴され、死刑になったが、ボガチョンコフが活動している現在の日本には、治安維持法どころか、スパイ防止法すら存在しない。

二点目は、ゾルゲは新聞記者のカバーで活動した「イリーガル機関員」だったが、ボガチョンコフは、「外交官」の肩書を持っていることだ。身分証さえ呈示すれば、「外交関係に関するウィーン条約」に基づいた「不逮捕特権」によって、スパイハンターに両脇の下に手を差し込まれるという屈辱の場から逃れることができるのだ。

ボガチョンコフは目を閉じたまま、しばらく身じろぎひとつしなかったが、ついに観念したかのように、上着の内ポケットから身分証明書を取り出して、熊崎に呈示した。

身分証明書を持つボガチョンコフの手が、ぶるぶると震えていたのを全員が見逃さなかった。激しい震えで二つ折りになった身分証明書を広げて見せるのがやっとという様子であった。

不逮捕特権が証明されたとはいえ、特殊訓練を受けた情報機関員にとって、この瞬間は、人生最大の屈辱だったのだろう。「スパイ天国」と甘く見ていた日本のカウンターエスピオナージ機関に命令され、自らの正体を自らの手で明らかにするという行為は、情報機関員、諜報員、スパイと呼ばれる誇り高き人種にとっては、敗北以外の何物でもない。これでGRUに入局して以来、血の滲《にじ》むような努力を積み重ねて勝ち取った評価が地に堕《お》ちるのである。異常なまでの手の震えは、このあと彼に降りかかる出来事への恐怖だったのだろう。

「おう！　外交官だったのか！　ここから消えてしまえ！」

ボガチョンコフの表情の変化を観察していた熊崎管理官は、作戦成功を確信した。逮捕が不可能である以上、「敵」が二度と立ち直れないほどの恐怖と屈辱を叩きつけるしかないのだ。その精神的打撃が「アクヴァリウム」に持ち帰られ、GRU機関員たちの間で語り継がれればいい。

ボガチョンコフは屈辱に打ちひしがれたような顔で立ち上がり、十人以上の捜査員に取り囲まれたまま、レジスターの脇にある公衆電話で「狸穴」に電話をかけた。ボタンを押す人差し指はますます激しく震え、その様子は身体に異常をきたしていると見紛うほどであった。GRU機関員はコントロールが効かぬ右手に苛立ったかのように、何度か受話器を叩き切った。心を鎮めるように、ゆっくりと事態の顛末を説明する様子を、記録担当のデジタルビデオカメラが直近で撮影した。

ボガチョンコフは、無表情に見送るスパイハンターたちを振り返ることなく、無言で姿を消した。

暗涙

その後、ボガチョンコフ追尾班のスパイハンターは、我が目を疑う光景を目撃した。

ボガチョンコフが、港区三田の慶應義塾大学の裏手に位置する白亜の高級コンドミニアムに、「79」ナンバーの外交官車両で戻ったのは深夜のことだった。

十九階建ての住居棟が二棟並んで聳《そび》え立ち、一階のロビーフロアで連結されている。エントランスには接客に使えるソファが並び、二十四時間コンシェルジュが座る、セキュリティ万全の大型コンドミニアムだ。ボガチョンコフの部屋はこの建物の七階にあった。

追尾班はすぐに撤収せず、その場に留まった。「対象」が深夜に行動を再開する可能性もあると睨んで、メルセデスやポルシェなどがずらりと並ぶ専用駐車場の暗闇に、息を潜めて待機したのだ。

三十分後、ボガチョンコフは妻・エレーナを連れてコンドミニアムの玄関に出てきた。しかし、二人は駐車場の車には向かわず、玄関脇の敷地内にある日本庭園に入っていった。これから夫が説明する出来事を覚悟したのか、エレーナも神妙な表情で口数が少なかった。

摘発されたロシアの情報機関員は、まず本国からの疑いの目と闘わねばならない。本国の関心は、機関員の安全確保ではなく、「捕らえられた機関員が防諜当局に何をしゃべったか」ということに集中する。疑わしい部分があれば、組織は機関員にすら、牙を剝いて襲いかかってくることもある。

「ボガチョンコフは、部屋の中が自国の組織に盗聴される恐れがあると判断して、妻を外に連れ出したのだ」

スパイハンターたちはこのように分析し、暗闇から秘撮（秘匿撮影）用のデジタルビデオカメラと高指向性ガンマイクを、ロシア人夫婦が入って行った庭園に向けた。

綱町三井倶楽部の鬱蒼とした森の木々が街路灯に照らされて美しい陰翳をつくり、油蟬の夜鳴きと秋虫の音色が交錯していた。

ボガチョンコフは妻をベンチに座らせ、この日の悪夢をひとしきり説明したように見えた。そして次の瞬間、静まり返った暗闇に野太い男の呻き声が響いた。ボガチョンコフがうずくまって泣き出していた。それは雄ライオンが腹の底から発する咆哮《ほうこう》のようでもあった。

リヒャルト・ゾルゲは「愛情、人間的絆、感傷とも一切無縁の、孤独で禁欲的なのが諜報員である」と常に語っていたという。

しかしこの日、ボガチョンコフの身に降りかかった出来事は、彼に「ＧＲＵスパイの掟」を忘れさせるほどの打撃を与えたのかもしれない。

ベンチに座ったまま、顔をぐちゃぐちゃにして泣く、大物情報機関員の肩を、妻が優しく抱いていた。

陥落

浜松町のレストランバーで任意同行されてから九時間近くが経過した、翌九月八日午前四時十五分、警視庁本部二階にある留置管理課の取調室で、森島祐一は、矢島係長からこう伝えられた。

「森島さん。あなたに逮捕状が出ました。自衛隊法の守秘義務違反で、逮捕します」

矢島が示した紙を見ると森島は泣き崩れた。

この九時間、生きた心地がしなかったのは矢島も同じだっただろう。「秘文書の受け渡しを押さえる」と自分で号令をかけたにもかかわらず、最後の最後で押さえたのは秘文書とはかけ離れた市販の書籍『折り紙の作り方』だったからだ。森島は行確員の視界に入らないところで、濃緑色の書店の袋ごと茶封筒に入れていたのだ。

矢島のミスと責められても言い逃れのしようもなかったが、心のどこかには確信犯的な部分があったと見る者が多い。このXデーを逃せば、日露関係の変化によっては、次はいつになるかわからない。しかも、森島は尾行者の存在を察知し、点検作業を始めており、そのことをボガチョンコフに伝える恐れがあった。何よりも捜査情報がメディアに漏れて、森島に「直あたり取材」をされたり、報道が先行するようなことがあれば、確実に一年間の内偵捜査は無に帰すことになる。

矢島は「吉田なら森島をかならずオトす」と、乾坤一擲《けんこんいってき》の大勝負に出ていたのかもしれない。この一年間、森島が人生に翻弄《ほんろう》されゆく姿を、その眼に焼き付けながら、悲哀を感じ取ってきた吉田しか、自白を引き出すことができる者はいないと確信していたのだ。

森島の鞄の中から押収されたのは、『潜水艦救難』『航空救難』の二つのスタディガイドだけだった。ボガチョンコフに気に入られようと必死だったのだろう。「ロシア原潜事故で、大佐が必要としているかもしれない」と、気を利かせて渡そうとしていたのだ。しかし、この二つの文書はいずれも、「機密」「極秘」「秘」にはあたらないものだった。

「なぜ最後の最後でこんなミスを……」

取調官となった吉田は、目の前に座っている森島よりも、鎮めようのない憤懣《ふんまん》、そして焦燥と闘っていた。

四係では着手後の被疑者の取り調べを、担当班のキャップが執り行うのが慣例だ。しかし前回の「黒羽事件」では、吉田は担当班のキャップだったにもかかわらず、出向先の内閣情報調査室から戻って間もないことを理由に、偽黒羽の妻・日出子の取り調べを、年配の中坊に取って代わられるという屈辱を味わった。

今度こそ吉田は、眼前で震えている幹部自衛官の前で平常心を保ち、自白を引き出さねばならない。

「ボガチョンコフに渡した資料を全部書き出せ！」

吉田は森島に強く詰め寄った。

これに対して、森島は、「秘」にも指定されていない文書のタイトルを六十も書き連ねるなどの最後の抵抗を試みた。渡された紙にしがみつくように、集中してボールペンで書き殴る姿は、痛々しく、哀憫《あいびん》の情すら感じさせるものだった。

「もしかしたら無罪放免になるかもしれない」という一縷《いちる》の望みを抱いていたのだろう。これまで降りかかってきた数々の不幸と違い、己の努力でこの難局を切り抜けることが可能だと判断したのかもしれない。

頑なに口を閉ざす森島に対し、吉田はこう諭した。

「森島さん。俺たちは渋谷の『オスロ』でも隣の席に座っていたんだ。会話も全部聞いている。情報本部のことを話していたことも、金の入った封筒を受け取ったことも全部知っている。金額は十万円だったよな」

森島ははっとしたように顔を上げた。

時計の針は午前三時を指していた。これ以上時間が経過してからの自白調書や上申書では後々任意性を問われることになる。

吉田は最後の勝負をかけた。

「俺たちは君よりも君のことを知っているかもしれない。これ以上抵抗して息子さんを悲しませるのは、やめようじゃないか」

そして吉田は、池尻の自宅官舎の捜索で押収されたMO（光磁気ディスク）やフロッピーディスクの保存ファイル一覧表を静かに机の上に載せた。自衛隊の内部資料のタイトルがずらりと並んでいた。

森島はついに観念した。

「すみませんでした。秘文書を渡してしまいました」

ふりしぼるように言うと、嗚咽しながら全面自供した。

自宅に保管されていた自衛隊の内部資料は、合計二千点以上にのぼった。「極秘」に指定されている文書三十五点の中には、『中国・北朝鮮の研究報告書』など周辺諸国の軍事情勢や部隊運用に関するものも含まれていた。いずれも森島が同僚から借りてコピーしたり、職場から不正に持ち帰っていたものであった。

一方、森島がボガチョンコフから受け取った文書は、すべて日本国内の書店で入手可能な、価値のまったくないものばかりだった。

「我々は君を一年間追尾してきたんだ。もはや隠す必要はない。君の心のうちにあるものを全部吐き出しなさい」

吉田の穏やかな言葉に、森島は机に突っ伏して涙をぼろぼろと流した。

氷解

翌九月九日午前十一時五十分、成田空港第二ターミナルで、モスクワに向かうアエロフロート五八二便の最終搭乗案内のアナウンスが流れた。

この放送を待っていたかのように、ビクトル・ユリエビッチ・ボガチョンコフ海軍大佐がロビーに姿を現すと、マイクを持った記者とカメラマンがわっと殺到した。

ピンストライプのネイビースーツに身を包み、ブルーのクレリックのワイシャツに赤いネクタイを固く締めたGRU機関員は、四十人ほどの報道陣の中をまっすぐと突き進んだ。髪をきれいに七三に分け、整えられた口髭。目つきが鋭く、いかにも屈強そうなボディガードたちを従えて大股で歩く姿はまったく隙がなく、まさに英姿《えいし》颯爽《さっそう》たる幹部軍人の風格だった。

蟻のように群がった記者とカメラマンは、鍛錬を積んだボディガードによって、いとも簡単に突き飛ばされた。しかし、彼らは何度もボガチョンコフに立ち向かっていった。その姿はあまりに感情的で、ロシア人機関員に対する憎しみをぶつけているかのようだった。

ボガチョンコフは記者の質問に一切答えようとしなかった。ただ一瞬、ボガチョンコフの表情が変わった瞬間があった。

もみくちゃにされた状態で、ひとりの記者から、

「心が痛みませんか！」

と、罵声にも近い質問を浴びせかけられたときのことだ。

カメラ同士が衝突する鈍い音が響く中、瞬間的に時間が停止したかのような冷たい緊張が走った。そしてボガチョンコフの頬の辺りの筋肉がわずかに動き、かすかな微笑みが浮かんだように見えたのだ。

この記者の質問には、日本という国の本質が見事に凝縮されていた。二度と訪れることがない日本を出国する間際になって、ボガチョンコフは素晴らしい教訓を頭に叩き込んだのだ。彼はこの記者の一言で、心に重くのしかかっていた「塊《かたまり》」が氷解したような気持ちを味わったであろう。

その後は、記者たちがいくらマイクを差し出して、執拗に質問を浴びせかけても、感情を一切読み取らせない細い眼はゲートの方向一点を見据えたままで、固く結ばれた口は開かれることはなかった。

「二日前、暗闇の庭園で見せた、ボガチョンコフの涙の意味は、いったい何だったのだろうか？」

矢島はテレビ画面の中で繰り広げられる光景を、ぼんやりと眺めていた。機関員がゲート内のバスの中に足早に消えていくのを見届けると、目を閉じて考えた。

「作戦の失敗への悔し涙なのか？　それとも、帰国後の身分が不安になったからなのか？　それとも度重なる不幸に見舞われた『日本の友人』の身を案じたからなのか？」

囚われの身となったリヒャルト・ゾルゲは「自分だけが責任を負えば十分。尾崎秀実をはじめ日本人協力者にはどうか寛大な処置をたまわりたい」と、死の間際まで主張し続けたという。

イデオロギー対立の時代はとうの昔に終焉《しゅうえん》し、もはやターゲットの弱みに付け込むしかなかった現代のスパイが、果たして日本人エージェント・森島祐一に職務を越えた友情を抱いていたのだろうか。

いくら矢島が空想をめぐらせても、徹夜続きの寝不足の頭では答えが出ることはなかった。

懺悔

十一月二十七日、森島祐一の自衛隊法守秘義務違反事件の初公判が東京地裁で開かれた。

冒頭の森島の意見陳述は、彼がなぜスパイになってしまったのかが、自己分析されたものだったので、ここに全文を引用する。

――このたび私が犯した行為により、防衛庁のみならず、国民の安全を脅かし、心よりお詫び申し上げます。一切、私一人が悪いのであり、言い訳のしようのない利己的に生じた過ちであり、日本にいかなる重大な影響を及ぼしたか、心から悔いています。私が漏らした情報が、安全保障に与える影響が大きく、どのようにお詫びすればよいか、分からぬ心境です。国のために役立ちたいという思いが、いつか何かで一番になりたい、ロシアに対する継続的警戒を研究したい、この国の持つ不安定要因を中・長期的に分析する必要がある、などと考え、アジアのみならず、空間的広がりを分析する必要があると考えていました。

常に問題意識を持ち、広い発想で考え、数少ない人材として自認していました。自己中心的な向上心に陥り、ロシア側に資料を支援してもらいたいがために、情報漏洩に至りました。当時、一人息子が余命数ヵ月と宣告され、本年三月に死亡しました。特定の宗教に入り、狂信してしまいました。このような時に差し出された金を、自衛官としての分別もなく、信心に充ててしまいました。結果として、それを誠に汚れた行為として心から恥じています。一日も早く、大佐から資料を入手したい、そう思い、とうとう秘文書を貸与しました。どのようなせいであっても、罪を犯したのは事実です。

私の恥ずべき罪により、息子が九年の短い人生を精一杯生きて、亡くなった、それを、その尊厳を傷つけ、妻をずたずたにしたのを、悔やんでも悔やみきれません。生涯かけて、国民の皆様に対して償っていきます。もし、社会に出て、更生したら、社会に役立つ生き方をしたいと思います。

すべて私一人が悪いのであり、どのような裁きも受ける所存です。国民の皆様に心よりお詫び申し上げます。


力をこめて読み上げていた森島は、亡くなった航太と妻・聡子に触れる部分になると、感極まったように涙声になった。

公訴事実の中で、秘密の漏洩とされた文書は、『戦術概説』『将来の海上自衛隊通信のあり方』の二つだった。いずれも「秘」指定されており、あの渋谷のスカンジナビア料理店『オスロ』で森島が渡したものだ。当然、外部に漏れてしまえば、海上自衛隊の作戦が「敵」にばれ、有事の通信機能に支障を来す恐れのあるものだった。

その後の公判の中で、森島は自分を責め続けた。

「息子の死と同じ時期に、罪を犯した自分はまさに鬼畜だ」

その姿は痛々しさを通り越して、鬼気迫るものがあった。

傍聴席には妻・聡子の姿はなかった。森島は離婚届に署名して、弁護士に託していた。

罪と苦痛

二〇〇一年三月七日、判決公判当日の朝、森島はテレビ局の社会部記者と面会した。事件後はじめての取材に応じることになったのだ。

若い報道記者に挨拶され、取材の趣旨を説明されると、森島は飛び上がるように立ち上がって姿勢を正した。

そして椅子に座った状態の五つも年下の記者に対して、

「本当にご迷惑をおかけしました」

とまるで不始末を上官に詫びるかのごとく、大声で言って、背筋をぴんと伸ばしたまま、深々と頭を下げた。驚くほどの叫ぶような声だった。

「いろんなことが重なって大変でしたね」

さも優しげな声をかけられると、今度は急に涙を零《こぼ》し始めた。突然感情を急変させる様は、周囲にいる者を困惑させるほどだった。

森島は黒い大型のボストンバッグを右手に提げていた。記者は膨れ上がったバッグを指差して、

「なぜこんなに大きな荷物を持って法廷に行くのですか？」

と尋ねた。

すると、森島は急に遠くを見つめるような目つきになり、ある種の決意を表明するかのように、こう答えた。

「どんな判決でもしっかり償っていけるようにと思って、今日は刑務所にいくつもりで来ました」

「そのための着替えですか……」

「はい」

「事件を振り返ってみて、動機は何だったと思いますか？　金だったのか、それとも論文の資料が必要だったのか？　森島さんは自分の中で総括できているのですか？」

「はい……」

と森島は俯いて考え込んだ。

「罪を償ったらどうされるおつもりですか？」

「子供との病気の日々を通じて教えていただきました、福祉の関係の仕事がしたいと

希望しております」

森島の裁判を傍聴してきた記者には、ひとつの疑念があった。目の前の取材対象の男は懺悔する自分の姿に殉教者を重ねて陶酔しているのではないだろうか。草稿段階の安っぽい小説のように、作り上げられた悔恨の情を表現するために、慇懃《いんぎん》で小難しいセリフを羅列しているように思えてならなかったのだ。

実は、記者のこうした思いは、結審の日に森島の最終意見陳述を聞いたとき、どこからともなく沸き起こってきたものだった。

私の犯した罪が、通常ではなく、安全保障に関わる重大な結果を引き起こしたといたく認識し、何もかも裏切ってしまいました。

国民の皆様、私を育てて頂いたすべての方々に、心からお詫び申し上げます。

一、ここに誓います。

一、同じ過ちは決して犯さず、記憶の中の秘密は、どんなことがあっても口外しません。

一、心から悔い改め、今度こそ社会に役立つよう、更正します。

一、誰に対しても偽らず、逃げず、毎日真心をこめて、一生懸命生きます。

私の罪が重大であると思うゆえ、どのような判決でも賜り、心から償う所存です。

敬虔なクリスチャンにもどった森島が、必死に書いたのであろう意見陳述と、「息子の死に付け込まれた」と情状酌量を訴える弁護側の法廷戦術が、あまりにも見事なバランスだった。だからこそ、記者の気持ちを冷めたものにしたのかもしれない。

「あなたは諜報戦の犠牲になった純粋なる被害者という気持ちが強いのですか？　それともあなた個人に起因する何かが……」

記者がここまで質問したところで、森島は遮るようにして話し始めた。ほんの一瞬だが、幹部自衛官の凜《りん》とした表情が、太い眉の辺りに宿ったように見えた。

「私という人間は自分だけの秘密のお金が欲しいという……、心の中の黒い……真っ黒い部分が、汚いことに繫がっていったのだと反省しています。これは間違いありません。私の子供は病気をして亡くなっていきました。子供の九年というのは、美しくも尊いものでした。それを父親の私が、泥で汚してしまったということは許せません！」

森島は腹の底から声を振り絞ると、真っ赤な顔になった。

「どんな判決をもらおうが絶対に自分で自分を許せないんです！」

再びぽろぽろと零れる涙をハンカチで拭いながら、

「失礼しました」

と、頭を下げた。

必死に歯を食いしばって、呻き声すら上げながら嗚咽を堪えるその姿は、自らに新たなる責め苦を与えているかのようだった。彼の墨色のスーツと灰色のネクタイは、まるで自身を葬送するために身に着けているかのように見えた。

この男が過去一年半の間に経験してきた出来事は、たかが三十分程度のインタビューで語り尽くせるものではない。この場で、彼の口から発せられた言葉は、言葉で表現できない無数の真実に包まれている。その言葉にならぬ真実を読み取ることなど、挫折することも知らず、平坦な人生を送ってきた記者には到底無理なことだ。

記者はとんでもない邪推をしていたのだ。森島の味わった肺腑《はいふ》を抉られるような悲しみ、そして果てしない喪失感は、常人の想像を遥かに超えるものだった。彼の凄まじい感情の崩壊を目の当たりにして、記者は本能的に憐憫《れんびん》の情を排除しようと残酷な推論をしていただけだったのだ。

この男を追い続けてきたウラのスパイハンターたちも、自家撞着や心を激しく掻き毟るような息苦しさを、一年近くもの間、味わいながら一歩一歩真実に迫っていったに違いない。

不器用だが、まじめで、純粋、そして繊細なこの自衛官は、防衛大学校を卒業後、幹部自衛官への道を踏み外さぬよう、競争社会の中で必死に生きてきたのだろう。そんな中、愛息が白血病にかかって命を落とすという、常人では耐えがたい不幸に見舞われた。両親の生活苦と夫婦生活の破綻が追い討ちをかけた。

どこから見ても籠絡しやすい人生を背負った男を、ボガチョンコフは完全に取り込んだ。思うがままにコントロールし、日本という無垢な国家を裏切らせた。陥穽《かんせい》に嵌《はま》った森島は奈落の底に転げ落ち、それはまさしく人生の崩壊を招いたのだ。

この日、東京地裁が下した判決は、「懲役十ヵ月」の実刑だった。予想されていた執行猶予はつかなかった。

「捜査段階から取り調べに素直に応じ、贖罪《しょくざい》寄付しているが、刑事責任の重大性から刑の執行を猶予すべきとはいえない」

裁判長は実刑判決を下した理由をこう説明した。

世界の多くの国では、「スパイ罪」は、国家主権を侵害する罪と位置づけ、国家としての法定最高刑という厳罰をもってあたっている。これに対して日本は先端技術を持つ経済大国であり、同盟国アメリカの軍基地を領土内に有する国でありながら、厳しく罰するための「スパイ防止法」が存在しない。ここで裁判所が森島の情状を酌量し、執行猶予をつけて刑を軽減すれば、スパイ活動を横行させることになると、裁判長は厳しく判断したのだろう。

実刑判決を言い渡されても、森島は驚く様子を少しも見せなかった。絶えず膨れ上がって鎮めようもない絶望と憤懣の思いなど微塵も見せることはなかった。再び襲いかかってきた新たな苦痛に対し、罪を意識し、その過ちを克服していこうとしているかのように見えた。

この判決の日は、航太の一周忌から四日が経っていた。森島は心の中で自らを叱咤し、さらに厳しい刑を科しているかのごとく、顔を紅潮させ、目に涙をためていた。手を握りしめたまま、まっすぐ前を見つめ、いつまでも静まりかえった法廷の真ん中に佇立《ちょりつ》していた。

森島はその言葉通り、控訴することなく、刑務所に服役した。

消えたスパイハンター

事件着手から四ヵ月たった二〇〇一年一月、在日ロシア連邦大使館に、ミハイル・

ボガチョンコフ（仮名）という名の若い外交官が着任した。日本を去ったGRU機関員ビクトル・ボガチョンコフ海軍大佐の長男である。日本の外務省は摘発された情報機関員の息子に対し、何の疑問も持たずに外交査証を発給してしまったのだ。

GRUには「機関員の息子は採用しない」という厳格な規則が存在するといわれている。このため、ミハイルはGRU機関員ではない「クリーン」な外交官と見られた。しかし日本が「スパイ天国」と呼ばれる日は、当面続くことになるだろう。

帰国後のビクトル・ボガチョンコフは、「アクヴァリウム」の近くを歩いているところを、日本大使館員に目撃されている。解雇されることも、地方に左遷されることもなく、対日インテリジェンスの専門家として、何事もなかったかのように勤務していると見られている。

「警察庁キャリアが鵜匠だとすれば、俺たちは操られる鵜なんだよ。鮎を飲み込むのも吐き出すのも鵜匠の判断だ。逆らえば捨てられる。家族には何も言うことはできないし、日々の努力を誰からも誉められることはない。ただし鵜匠の政治的な判断が、国益に反していると感じたときだけは、我が身を犠牲にしてでも一歩も引かない。その姿勢だけは崩しちゃいけないんだよ」

これはスパイハンターのひとりが泥酔して吐いた言葉だ。

警視庁公安部外事第一課が森島の実刑判決の報に沸いたこの日、大型スパイ事件摘発で、大きな役割を担った二人のベテランスパイハンターの姿はなかった。

最後の最後まで警察庁とねばり強く交渉を続けた奥谷貢外事第一課長は、着手当日の九月七日に定年退職を迎え、事件の成功を見届けるかのように警視庁を去っていった。

自衛官が絡む本格的スパイ事件の摘発は、一九八〇年の「コズロフ事件」以来二十年ぶりだったが、華々しい報道発表の主役は、一年間の苛烈な捜査活動のことなど何も知らない後任の課長が務めた。

ウラ作業班の極秘作戦を指揮した矢島克巳第四係長には、判決公判の五日前、三月二日付で東京のはずれにある警察署の警備課長の辞令が出された。

警部に昇進して五年以上が経過した者は、所属長から「管理職」への推薦を受けることができる。推薦を得たうえで、論文と面接の試験にパスすれば「管理職警部」になる。本部勤務でこの管理職試験に合格した者は、所轄の課長へと異動し、およそ一年たつと自動的に警視に昇任する。

矢島の人事異動は形式的には、管理職試験合格に伴う栄転ではあった。だが、この署の警備課長は山岳遭難者の救助活動を陣頭指揮するのが主な任務で、スパイハンティングとはまったく無縁のポストだった。

こうした異動は珍しいことではない。熟練したスパイハンターであっても、「五年ルール」が適用されたり、昇任試験に合格して所轄へ異動すれば、翌日からまったく関係ない業務が待っている。

階級が巡査部長や警部補であれば、署の地域課に配属されて、「制服のお巡りさん」として交番に立つこともある。昨日まで諜報戦の最前線に立ってスパイを追っていた人間が、腰に拳銃をぶら下げて、自転車で管内を駆けずり回るのである。当直勤務になると自転車泥棒の職質検挙で署の成績向上のために奮闘することにもなる。当初はロシアの情報機関員に目撃されるのではないかと神経を尖らせるが、数ヵ月が経過すれば自尊心も警戒心も消滅する。人生を懸けて遂行しているつもりだったカウンターエスピオナージという任務が、国民の生命財産を守るという崇高な理念からかけ離れたちっぽけなものに見えてくる。

組織は職人のノウハウや人脈の継承など考慮していない。癒着や組織沈滞の防止のほうが重要だと見なしている。スパイハンティングのプロフェッショナルではなく、組織運営のためのジェネラリストの育成に力を入れているのだ。

矢島は都会の喧騒から隔絶された長閑な田舎町の警察署のデスクで、森島の実刑判決の一報を耳にしたのだろう。テレビ画面の中の森島とボガチョンコフの姿に万感の思いがこみ上げると同時に、峻烈をきわめた秘匿追尾の日々を遠い昔のことのように回想したに違いない。

新たな任務

森島とボガチョンコフを一年がかりで追ったウラのスパイハンターたちは、再び大都会の雑踏に溶け込んでいた。

五人のスパイハンターたちは霞が関の外務省周辺で、煙草を吸うために出てきた弛緩した役人を演じながら、「対象」が出てくるのを粘り強く待っていた。

外務省正門から死角になる東京地方裁判所脇、街路樹の陰に停められた作戦車両内に一人が待機し、外務省北側通用門周辺に二人、外務省正門の桜田通りを挟んだ反対側、農林水産省前の歩道に、もう二人が配置されていた。対象を待ちうける四人の徒歩行確員はゆっくりと歩道を往復し続ける「流し張り」を行っていた。

狙いはある外務省職員と、ＳＶＲ（ロシア対外諜報庁）東京駐在部長ボリス・スミルノフの接触である。

「俺たちはオモテの強制追尾の中止を命令されただけだ。ウラの秘匿追尾は問題にはならない」

鈴木宗男の圧力でオモテの強制追尾を中止するよう命じられた外事一課第四係は、ウラに課長特命班を設置し、秘匿追尾を開始したのだ。

スパイハンターのひとりの携帯電話が鳴った。男は目を細めて電話を切ると、ジャケットの胸元のマイクに向かってこう言った。

「今連絡が入った。森島は実刑だそうだ」

まもなく、視線の先には、秘匿追尾対象の外務省職員が出てくるだろう。外務省の建物から巨体を左右に揺らしながら出てくる男の姿は、得体の知れぬ迫力がある。この男が歩くと、外務省を出入りする霞が関の住人たちが、ごく自然に道を譲る。ある者は恐れおののいたかのように、ある者は珍しいものを見るかのように、その巨体を見つめるのである。

スミルノフと最も接触頻度の高い、この外務省職員がタクシーに乗れば、セダン型の作戦車両が追尾を開始する。徒歩であれば五人のスパイハンターが伝統の秘匿追尾技術で、周囲に影のように張り付くことになる。

彼が誰と接触していようと、スパイハンターたちは直近に位置して、秘撮用デジタルビデオカメラと高指向性ガンマイクで、その一部始終を記録する。接触相手は徹底的に調べ尽くされ、会話内容や行動形態は視察報告ファイルに綴られるだろう。

森島祐一の判決の翌日、スパイハンターたちは、スミルノフと鈴木宗男、そしてこの巨体の外務省職員が、港区内の高級しゃぶしゃぶ料理店に入っていくのを確認した。

エピローグ

練熟と孤独

多くのロシア政府関係者と長年の親交がある日本のロシア専門家は、スミルノフの情報機関員としての実力を「練熟」という言葉で表現する。

「品の良い日本語を操り、礼儀正しく謙虚で、時間に正確、決して本心を明かさない。それでいて意見を言わせるとキレがある」

と、この人物は評価する。

待ち合わせ場所に現れるときも、スミルノフは大きな声で、

「こんにちは。今日はありがとうございます」

と挨拶して、警戒心を解くのだという。このときの彼の表情は、情報機関員と接触しているという「後ろめたさ」を吹き飛ばしてしまうような、実に明るく邪気のない笑顔なのだそうだ。

そして時には、

「僕なんて出世しませんから」

と日本流に謙遜してみせ、親しみやすさを演出する。

あるときは芸術家として活躍している娘の自慢話をすることで、プライバシーの一端を明かしてみせる。

さらには、この人物が日本の政治情勢などについて解説すると、左眉を動かして、
「そうだったのですか？　知りませんでした！」
と、大げさに驚いた様子を見せる。

巧言を駆使して歓心を買うという、日本人相手の「人たらしの心理操作術」を十分に備えた人物なのだ。

一方で、こんなこともあった。大使館のパーティーに参加すると、スミルノフは遠くからワインボトルを携えてやってきた。

「○○さんは、確か赤ワインでしたよね？」

笑顔でグラスに赤ワインを注ぐ。

しかし、スミルノフに一度も酒の好みなど伝えたことはなかった。ワインを注いでもらったこの人物は、「私はあなたのことはすべて知っている」という無言のアピールと受け止めた。

ワインを注ぐスミルノフの口元は、わずかに微笑んでいたが、炯炯《けいけい》たる眼光を注ぎつつ相手の表情の微妙な変化を観察するかのようだったという。

「すべての立ち振る舞いが洗練されていて、日本人の気質にも見事に合致するものだった。情報の世界で生きる人間はこうあるべきものなのかと勉強になった」

と、ロシア専門家は驚嘆を隠さない。

この人物はスミルノフの行動や発言を分析したうえで、「スミルノフは既存の東京レジデント（駐在部長）ではなく、プーチンの特命全権大使として活動していたといえるだろう」と解説する。


在日中国人にスパイ活動を強要したなどとしてウラに摘発された元ＫＧＢ（ソ連国家保安委員会）機関員プレオブラジェンスキーは回顧録の中で、「ＫＧＢ東京駐在部長」という仕事について次のように語っている。

「東京の在日ＫＧＢチーフはいつも孤独で、人に嫌われ、友人はいない。大抵日本語ができないため、日本社会に入り込む努力もせず、大使館のサウナに行ったり、テニスコートでプレーする程度で、いつもお供するのはＫＧＢの運転手だった。ある夕方、勤務時間が終了後、六本木にあるサーティワンのアイスクリーム店で一人孤独にアイスクリームを黙々と食べているチーフを偶然目撃したとき、ＫＧＢで出世するのも問題だと実感したものだった」

さらにプレオブラジェンスキーによると、歴代のＫＧＢ東京駐在部長の目は日本よりも本国のＫＧＢ指導部に向いていた。指導部のほうも日本が世界で最も優れた工業製品をつくり出すことを認識していて、東京駐在部からの贈り物を期待していたという。

またロシア連邦国連代表部の広報担当一等書記官というカバーで、ニューヨークに駐在した元SVR（ロシア対外諜報庁）ニューヨーク副駐在部長セルゲイ・トレチャコフは亡命後に出版された本の中で、やはり駐在部長の悲哀を明らかにしている。

「彼は将校に出世したかったから、どうやって昇進するかに全精力を注いでいた。彼は着任するや否や、みやげ物を買って送り始めた。SVRの首脳部に対する賄賂だった」

トレチャコフによると、ニューヨーク駐在部長は、高価なモンブランのペンや油絵、アメリカの酒を毎月、税関で検査を受けなくてもいい「外交行嚢《こうのう》」で送っていたという。この「賄賂」の購入資金は、SVRニューヨーク駐在部の作戦資金から捻出されたということだった。

老スパイのロマンとは

二〇〇六年十月三十日、SVRの最高首脳が、スミルノフの牙城である東京を訪問した。十一月一日まで、二泊三日の日程で極秘来日したのは、セルゲイ・レベジェフ長官である。

「スパイたるもの信頼できる人物でなくてはならない。それは祖国や同志への『献身』を意味する。それは高潔であることでもある」

二〇〇〇年の就任直後のメディアのインタビューにこう話したレベジェフは、「対外諜報のエキスパート」と称される。しかしスミルノフのような秘密工作を得意とする現場のSVR機関員とは、かけ離れた経歴を歩んだ男である。

海外メディアの報道などによると、レベジェフは、キエフ工業大学卒業後、全ソ連邦レーニン共産主義青年同盟（現・ロシア連邦共産主義青年同盟）から一九七三年、旧KGBに送り込まれたという。

通常、KGBの対外諜報部門で働く機関員は、「ユーリ・アンドロポフ大学（現・対外情報アカデミー）」で非合法エスピオナージ（諜報）の基本を叩き込まれるが、レベジェフはロシア外務省傘下の「外交アカデミー」で学んだといわれている。

その後、レベジェフはKGB第一総局に配属され、東ドイツに駐在した。この際に、同じ第一総局に所属していたプーチンとともに働いた。その後、出世街道を駆け上がり、一九九八年にはSVRのアメリカ公式代表としてワシントンDCに駐在するなど、対西側諸国のインテリジェンスの専門家として活躍した。

レベジェフがＳＶＲ長官に就任したのは、彼が五十二歳のときだった。ロシアのインテリジェンスコミュニティーは、彼の抜擢をひとつの時代の終焉、もしくは方向の転換として受け止めたという。

　歴代の長官といえば、初代のエフゲニー・プリマコフは中東、二代目のヴァチェスラフ・トルブニコフは南アジア、二人とも広義での「東洋専門家」であった。だが、「北米・西ヨーロッパの専門家」であるレベジェフがトップに就任するということは、ロシアの対外情報機関が西側諸国に友好的に歩み寄る兆候だとされた。

　現に、就任後最初のメディアインタビューで、レベジェフはこう語っている。

「ロシアと西側諸国は協調し、一方で対峙するという矛盾に直面している。両者とも国際テロリズムや薬物取引、核兵器の拡散などと闘っている。我々は西側との協調関係を継続するつもりである」

　世界の情報機関にとって「テロリズムとの闘い」が最重要課題となる中で、インテリジェンスに従事するものたちは、思想の転換を求められているのが実情だ。レベジェフが就任直後のインタビューで答えているとおり、各国の情報機関は、諜報戦で対峙しながら、テロリズムや核拡散という共通の敵と闘うために、「協調」しなければならなくなった。

プーチンはこうした時代の変化を敏感に読み取り、非公然エスピオナージ活動よりも「情報外交」の経験が豊富な元同僚をトップに据えたのだ。

ＳＶＲのソフトイメージ路線を牽引することになったレベジェフだったが、日本では決して歓迎されなかった。

警察庁や内閣情報調査室の複数の関係者によると、レベジェフの極秘来日の背景には、日本の外務省の招きがあったという。「ホスト役」となった外務省のトップ・谷内正太郎事務次官は、レベジェフ長官を中央区明石町にある老舗料亭で接待し、北朝鮮拉致問題に関する情報外交のパイプ作りを行ったと見られている。

来日するＳＶＲのトップに対しては、日本の各機関の対応は「神経質」を通り越して、「臆病」である。

一九九七年十二月、公安調査庁がトルブニコフＳＶＲ長官を日本に招いたことがある。公安調査庁側は、長官自らがもてなして、情報外交の公式ルートを築こうとしたわけだが、どういうわけかトルブニコフ長官は、誰にも面会することなく帰国してしまった。

公安調査庁の元幹部は裏事情を明かす。

「外務省から横槍が入った。外交の一元化を犯しているという決まり文句に、公安調査庁の長官がびびってしまった。トルブニコフは日本側の非礼極まりない対応に激怒して帰国してしまった。トルブニコフは公安調査庁の長官だけでなく、横槍を入れた外務省にも怒ったのだ」

プーチン政権の第一外務次官となったトルブニコフの怒りは五年たっても冷めやらなかった。二〇〇二年のイタル・タスのインタビューに対してトルブニコフは、

「ロシアと日本の間に協力体制があれば、オウム真理教による地下鉄サリン事件は起こらなかっただろう」

と、皮肉とも取れる発言をしている。

トルブニコフを激怒させた一件以来、公安調査庁、内閣情報調査室、警察庁のいずれもSVRの正式なカウンターパートにはならなかった。

いざ、レベジェフ長官が来日というときになって、内閣情報調査室内部でも「情報官が面会すべきではないか」という意見が出た。しかし、レベジェフ自身が面会を希望しているという情報もなかったし、外務省が正式に通知してこなかったことを理由に、見送ったという。

一方、警察庁警備局の幹部は、

「警察庁長官が友好国以外の情報機関トップと面会することはない」

と解説する。

なぜなら、日本警察のメンタリティーはあくまで「法執行機関」であって、「インテリジェンス機関」ではないからだ。このため、日本警察のカウンターパートは、防諜機関であるFSB（連邦保安庁）であって、SVR長官は被疑者想定機関のトップにすぎないのだという。警察はテロ防止の役割も担っているが、カウンターエスピオナージ（防諜）の視点に固執しているのだ。

レベジェフ長官は日本滞在中、栃木県日光市へ観光旅行に向かい、一行は中禅寺湖の金谷《かなや》ホテルに一泊した。オモテのスパイハンターは、レベジェフ長官と、そのお供を務めるSVR東京駐在部長スミルノフの行確を行うことになった。

世界中にあるSVRの駐在部では「首脳部の訪問」というものは、最大の悩みの種なのだという。どんなに懸命に接待しても、首脳部はもてなしに対する不満を言うのだそうだ。プーチン大統領の後ろ盾でSVR長官にまで上り詰めたとされるレベジェフは、スミルノフより二つ年下ではあるが、SVRでは厳然たる力を持つ。階級は「中将」で、最高幹部の待遇とも伝えられるスミルノフでも、接待で手を抜くわけにはいかなかったのだろう。

外務省のロシアンスクール出身の現職幹部は、両者の特別な関係を示唆する。

「レベジェフはスミルノフの能力に絶大なる信頼を置いていた。『自らがＳＶＲ長官である限り、スミルノフの定年を延長する』という特例措置を約束していた」

六十歳の定年が迫っていたスミルノフにとって、レベジェフは重要な存在であったのは間違いない。

実際この幾日か前、書店で日光の観光用ＤＶＤを購入しているスミルノフの姿も確認されていたという。レベジェフ長官を案内するために「予習」したに違いない。

観光客を装ってレベジェフ一行を追尾していたオモテのひとりはスミルノフの姿を見て、

「いったいどうなっているんだろう……」

と思わずつぶやいてしまった。

スミルノフが集団からひとり小走りで駆けだして、売店でみやげ物を購入し、レベジェフ長官に手渡したり、レベジェフ長官を中心に据えて、記念写真を撮影したり……。

「プーチン大統領の指令で動く」と豪語していた老スパイが腰をかがめて立ち回る様は、もはやサービス精神旺盛という表現を超えて、「痛々しい」とさえ映ったという。

「レベジェフ一行を行確員が追尾していることを、スミルノフが気づいていないはずはない。最大の敵だと思っていた大物機関員に、あの姿を見せてほしくはなかった」

オモテのスパイハンターは、ため息をつくように同僚に語ったという。

外事第一課第四係ウラ作業班はその後、ボリス・スミルノフ東京駐在部長の行確を中止した。

このときのスミルノフの様子については、評価が分かれている。

彼の実力を高く評価するロシア専門家は、

「これぞスミルノフの人たらしたる所以《ゆえん》だ」

と主張する。

老練なる戦略家ならではの、計算しつくされた立ち振る舞いだというのだ。

しかし、日露関係に精通している海外メディア関係者は、

「鈴木宗男の逮捕以降、スミルノフは活躍の場を失った。古典的なKGB機関員である彼の仕事はSVR東京駐在部にはなくなった。より良い天下り先確保が念頭にあったのでは」

と、否定的な分析を披露する。

SVRにも巨大官僚組織ゆえの、足の引っ張り合いもあるし、硬直化した組織の悪弊も存在するのであろう。決して感情を喪失してしまった冷酷な職人スパイ組織では

ないのだ。インテリジェンスに携わる人間が組織に身を置きながらも常に孤独であるのは、万国共通なのだろう。

二〇〇八年七月末、スミルノフの姿は成田空港にあった。十年間もＳＶＲ東京駐在部長として君臨し、プーチンの特命全権大使とまで評された男の離任だったが、見送りに来ていたのは、機関員認定されていた外交官補と運転担当者、わずか三人だけだった。スミルノフは帰国後、ＳＶＲを退職、国営ナノテクノロジー会社の顧問として再就職した。

ＳＶＲのレベジェフ長官は就任直後、ロシアのテレビ番組に出演してこう話したという。

「スパイの世界にはロマンがある。インテリジェンスの仕事におけるロマンが、多くの若い諜報員たちを仕事に駆り立てるのです。私たちの仕事にはこのロマンという要素は欠かせないものです。ジェームズ・ボンドの映画はファンタジー（現実離れした空想）にすぎませんけどね」

強大な情報機関トップのこうした発言こそ、ファンタジーに近いものであるというのが真相なのかもしれない。

人波の彼方に……

ボガチョンコフ事件から数年後のある夜、神奈川県警警備部外事課の羽生警部補は、警察学校の同期と一杯やっていた。

横浜のJR桜木町駅から十分ほど歩いた中華料理屋の二階は、外事課の捜査員の溜まり場のような場所だ。不法残留に違いない中国人店員の粗雑な態度が逆に心地よく、名物の肉団子は何の肉が材料かは不明だが、紹興酒と抜群に合う。

飲みすぎでちょっとした酩酊《めいてい》状態のまま電車に揺られ、気づくと神奈川県内の郊外の小さな駅に電車が停車し、発車メロディが鳴っていた。吊り革に捕まったまままかろうじて眼を開けると、帰宅ラッシュの駅のホームに、見覚えのある男の後ろ姿が見え隠れしていた。

かつて穴のあくほど見つめた後頭部と耳の形状だった。羽生はドアが閉まる寸前に、ホームに飛び出した。見慣れた男が人波の向こうにゆっくりと沈んでゆく。

「おい、ちょっと待ってくれよ」

呼び止めようとしたが、人違いだろうと思い直し、声を押しとどめた。

午前零時、我が家に到着すると、家族はすでに寝静まっていた。自室でネクタイを解きながらパソコンのメールを開くと、画面に懐かしい名前が表示されている。

メールの送り主は、警視庁外事一課第四係にいた元スパイハンターだった。ボガチョンコフ事件で異例の合同捜査チームを組み、逮捕後の証拠固めで何度か出張し、議論を闘わせたものだ。

羽生より三つ年下で、神奈川県警の捜査能力を過小評価する傾向があったが、付き合ってみると別組織に所属しているこの男のほうが本音を明かすことができた。

「追っかけや視察じゃ駄目だ。ＦＢＩ（アメリカ連邦捜査局）やＭＩ５（イギリス保安部）のように、東京に駐在している情報機関員をリクルートして協力者にする努力をしないと、日本は永遠にスパイ天国だ」

彼がいつも羽生の眼をまっすぐに見据え、拳で机を叩きながら力説していたのを思い出した。ストレートな物言いと気性の激しさは同僚から煙たがられるだろうが、公安捜査員らしからぬ、嘘のない正直さに羽生は好感を持っていた。

メールによると彼は警部試験に合格し、ある警察署の公安代理として転出するという。

「ちくしょう！　先を越されたか……」

羽生はにやりと笑って充血した目をこすった。読み進めると最後にこう書かれていた。

「追伸：森島は出所後、○○県内において順調に生活、介護福祉士の資格を取って老人介護の仕事に就いているとのこと。お知らせまで」

亡くなった航太の願いどおり、妻との離婚は回避されたのだろうか。羽生は航太の亡骸を抱きしめていた夫婦の姿を思い出し、目頭が熱くなった。

「君は決して犯罪者ではない。悪夢を見ていただけだ。どうかすべてを忘れて航太のために立ち直ってくれ」

羽生は心の中で囁いていた。

あとがき

あの日、太陽が燦々《さんさん》と照り付ける、緑深いロサンゼルスの高級住宅街で、筆者はある人物が出てくるのを待ち続けていた。

妻と笑顔で話しながら出てきた男は、謎の東洋人に下手な英語で声をかけられて、身構えると同時に、警戒心に満ちた目でこちらを睨み付けた。

ポロシャツにショートパンツ、片手に黄色いテニスボールを持ったこの男の名は、ジェームス・Ｊ・スミス、ＦＢＩ（アメリカ連邦捜査局）のベテラン捜査官だった人物である。同僚から「ＪＪ」という愛称で呼ばれたスミスは二〇〇三年四月、中国系アメリカ人の女性実業家カトリーナ・レアンに機密資料を渡していたとしてＦＢＩの同僚に逮捕された。筆者が前触れもなく取材に出向いたのは、彼が保釈された直後のことだった。

スミスはＦＢＩロサンゼルス支局防諜部中国班の監督捜査官だった。ＦＢＩ本部の承認を得たうえで、スミスは一九八二年に中国の政府高官に幅広い人脈を持つレアンをインフォーマント（情報協力者）としてリクルートした。そして退職するまでの十八年間、彼女をハンドリングして、中国による米大統領選挙への資金工作活動や情報機関員の動向などに関する情報を入手していたのだ。ＦＢＩが名付けたレアンのコードネームは「パーラーメイド」。彼女がもたらす情報は超一級のもので、ＦＢＩは日本円にして二億円という巨額の報酬を彼女に支払っていたという。

しかし、レアンはダブルエージェント（二重スパイ）だった。彼女は中国の諜報機関ＭＳＳ（中国国家安全部）からも「ルオ」というコードネームを付けられ、アメリカに対する諜報活動を行っていたのだ。これに気づいたＦＢＩはレアンが米中間を出入国する際、ロサンゼルス国際空港の荷物検査場でレアンのスーツケースを極秘捜索した。すると出発時に入っていたはずのＦＢＩの秘文書が、帰国の際にはなくなっていたことが判明したのだ。

女スパイ・レアンは、第一次大戦中、美貌と妖艶な踊りを武器に諜報活動を行い、フランスの機密情報をドイツに流したマタ・ハリに喩《たと》えられ、センセーショナルに報じられた。実物のレアンは大きな黒縁眼鏡をかけた四十九歳の垢抜けない女性だったが、現代版マタ・ハリらしくスミスをベッドに誘い込み、「ハニートラップ」にかけていた。その一部始終もＦＢＩによって盗聴されていたという。

スミスは普段サンマリノにあるレアンの豪邸に行って、中国に関する情報提供を受けていた。しかしそのたびに機密資料が入った鞄をわざとレアンの前に置いてトイレに行き、盗み出す機会を提供していたことも明らかになった。

カメラを向けられたスミスは「ノーコメント」を通したが、取材が終了すると筆者の車に近づいてきてこう言った。

「すまない。僕は訴追されているからあなたに何も話すことはできない。カウンターエスピオナージ（防諜）は私の仕事だ。私は自分の仕事をしただけだ。今、あなたが私にマイクを向けたのと同じようにね」

彼はＦＢＩに対する不満を微塵も見せず、自らが成し遂げた仕事に誇りを持っているかのように見えた。胸を張って堂々と、そして余裕の笑顔で異国のメディアの記者に理解を求めてきた。

取材に応じてくれたＦＢＩの同僚はこう解説してくれた。

「ＪＪ（スミス）は対中国カウンターエスピオナージの分野ではトップクラスの捜査官だった。しかし彼も人間だった。優しすぎるところがあった。敵のスパイとの攻防の中で一線を越えてしまったのだろう」

インテリジェンスに関わる要員であれば、対象国の情報機関員やエージェントとの間で、ぎりぎりの駆け引きを展開しなければならない。「ギブ・アンド・テイク」はこの世界の作法であろう。

ハンドラーとインフォーマントの関係は十八年間もの長い時を過ごすうちに崩壊した。スミスは足場を踏み外して「向こう側」に落ちてしまい、まさしくミイラ取りがミイラになってしまったのだ。かつてリヒャルト・ゾルゲが厳しく自らを遠ざけようとしていた「愛情、人間的絆、感傷」のようなものが、スミスの心の奥底に湧き起こっていたに違いない。世界最強の捜査機関の中で抜群の評価を受けていた特別捜査官も、所詮「ヒト」だったということが証明されたのだ。

ＦＢＩの同僚たちは情け容赦なかった。スミスを二十四時間態勢で行確し、最終的にはレアンもろとも逮捕してしまった。この諜報戦の世界とは、かくも人間の業と冷酷さが混在するものなのかと、鳥肌が立った。

関係者の証言を集めながらスミスとレアンの足跡を追い、報道番組で放送した直後から、筆者は「諜報戦とヒト」をテーマにしたノンフィクションを書きたいと心に秘めていた。

本書は、ＧＲＵ（ロシア連邦軍参謀本部情報総局）の機関員が、幹部自衛官に工作をかけ、それを警視庁公安部外事第一課の捜査員が追い詰めてゆく様を描いている。そこにまず見えるのは国際社会の厳しい現実であり、日本という未成熟な国家の存在である。冷戦が終結し、グローバル化が進んだ世界であっても、「国家」という概念が存在することは動かしがたい事実だ。国家はその国益を貪欲なまでに追求し、その先兵となる諜報要員を他国に送り込んでいる。日本もその対象となっているという現実に、日本の指導者の多くが眼を向けようともしないという現実が存在する。

日本のスパイハンターは、国際インテリジェンスという概念に乏しい国家を基盤として闘わねばならないという大きなハンディキャップを背負っている。与えられた権限も予算もあまりにも小さなものだ。しかし磨きに磨かれた技術は世界のどんなカウンターエスピオナージ機関をも凌駕《りようが》し、諜報大国ロシアの機関員を恐れさせる存在となっている。他国から学び、それを上回る競争力を身につけてしまったのは、世界一といわれる日本の技術力と似ている。

だが多くの日本人にとって「諜報戦」などというものは映画や小説の中の存在であり、諜報・防諜に関わるのは怪しげな組織に属する薄気味悪い非人間的な怪物だ。国民の安全と平和を守ることが本来の任務でありながら、彼らは平和な国民生活からは最も縁遠い存在であり続けている。警備公安警察の「公安《こうあん》」という言葉にしても、ある種のノスタルジーとともに、かつての特高警察の思想弾圧が持つ陰湿で冷酷無比なイメージを想起させるものだ。

ジョン・F・ケネディ大統領がCIA（アメリカ中央情報局）職員を前に語ったように、インテリジェンスの世界では、失敗のみが明らかにされて、世間に知られるところとなる。共産党幹部宅盗聴事件などの失敗だけがクローズアップされ続けた歴史の中で、「コウアン」とは非公然の秘密結社のごとき得体の知れぬ組織であるという虚像が増幅を重ねた。

公安警察の側も過剰とも思われる「秘密主義」によって神秘性を高める努力を惜しまない。そしてその神秘性こそが「抑止効果」を生み出すのだという論理が組織内部ではまかり通っている。このため失敗の山陰に存在する、数多くの成功は秘密主義の壁の向こう側で闇へと消えてしまう。そしてそれが陰険、冷酷なイメージをつくり上げることになっている。

だからこそ筆者は真実の隙間から迸《ほとばし》る、彼らの葛藤、同情、怒り、自尊心、後悔、不安、残酷さといった「ヒト」ならではの情念のようなものをできるだけ生き生きと描くことに、価値があると考えた。そのために「情報機関員＝悪・捜査員＝正義」というステレオタイプな報道がつくり上げた構図を捨て去ったうえで、両者の構図を頭の中でリセットし、再構築する努力をした。

本書に登場する日本のスパイハンターや、ロシアの情報機関員はいずれも、官僚組織の中で喘いでいる。彼らは機械のように無感情のまま任務を遂行するわけではない。

諜報戦の主役たちはさまざまな表情を見せていた。上司に媚びることもあれば、理不尽な命令に怒り狂うこともある。個人的な感情の対立から反目することもあれば、センチメンタリズムに支配され、任務放棄の欲求に駆られることもある。ときには職を失うかもしれないという恐怖に打ち震え、取り返しのつかないミスを犯して、口もきけないほど落ち込むこともあっただろう。彼らが見せる心の動きは実に人間的で、読者の皆さんも我が身に置き換えることすらできよう。

逆の視点から見れば、これは昨今流布しているインテリジェンス万能論的な思想とは相反するものなのかもしれない。インテリジェンスと呼ばれるものは、いくらシステムが整っても活動主体は我々と同じ生身の人間であり、官僚組織の中で職務として遂行されるものであるということを我々は忘れてはならない。所詮「ヒト」対「ヒト」で行われるものだからこそ、間違いも起こりうる。極限まで完璧さを求めるが、かならず綻びがある。決して完全無欠になれないからこそ、ドラマチックな面白みが生まれるのである。

本文中のボガチョンコフと森島の会話は、当然のことながら取材で得られた客観的な証言に裏付けられたものである。だが、まるで「人格と人格の衝突」をドラマで見せられているかのような、迫力ある駆け引きが展開されている。息が詰まるような事実に、筆者自身魅了された。

本書をお読みいただいた読者の皆さんには、スパイやスパイハンターという職業に従事している人間の真の息づかいを間近に感じ取っていただき、「所詮ヒト」ならではの魅力に触れていただければ幸甚の極みである。同時に日本という国家が、いかに先進国のスタンダードからかけ離れた存在であり、自国民を守るという意識が希薄な国であるかという事実に、危機感を感じていただけたらと思う。

本書の執筆にあたっては、多くの関係者から話を聞くことになった。伝《つて》を頼って面会の約束を取り付け、自転車や電車、バスを乗り継いで人に会いに行き、あるときは人目を避けてホテルの一室で、ときには酒を酌み交わしながら本音を開示するよう説得するという地道な作業の中で、筆者は記者の仕事の原点に立ち戻ったような痛快さを感じることができた。

公開情報の谷間にすっぽりと抜け落ち、暗闇に隠されている真実を掘り起こす作業の過程で、ジャーナリズムとインテリジェンスの共通項を見出し、取材対象者から手法や心構えを学ぶことも多かった。

ある人物は、目印の英字新聞を持って待ち合わせ場所に到着する筆者を、ビルの階段の踊り場から観察していた。筆者の周辺に怪しい追尾者がいないか確認していたのだ。別の人物は明らかに偽名を使っていた。ボガチョンコフがそうであったように、かならず公衆電話を使って連絡してくる人もいた。バーや喫茶店に行っても、誰もが「割り勘」にすることを求めた。頑固なまでに「俺とお前は対等だ」と言って聞かなかった。

客観的事実から心情、情景まで根掘り葉掘りの質問に膨大な時間を消費して応じるという作業は、後悔とともに根気のいるものであったに違いない。彼らの存在を本文中に浮上させることを筆者は希望したが、その願いは叶わなかった。しかし、彼らへの感謝の気持ちは永遠に消えることはない。

多くの方に「多少の損失は阻却《そきやく》されるから、意義ある作品にしてほしい。あくまでも個人として応援する」という心強い激励を頂いたが、本書が彼らの期待に添えたかどうかは不明だ。本書を読んだあと、「費やしたあの時間は無駄ではなかった」と感じてくださることを願うばかりである。

同時に読者の皆さんには、筆者が取材に応じてくれた彼らを守るために、文章の中にいくつかの細工を施したこともお断りしておかねばならない。本文中の鍵括弧で括った会話や情景描写の中には取材から得られたファクツを解きほぐし、組み立て直すなど、取材源秘匿のための努力をしたものもある。私の足と目による観察に基づいた「スパイス」を振りかけ、味付けを微妙に変更している部分もある。こうした手法は特殊なテーマを取材する際の取材源への礼儀であると判断している。同時に記者としてのプロフェッショナリズムであり、私個人の義務でもある。

最後に、執筆を勧めてくださった現代産業情報の石原俊介編集発行人、鼓舞激励してくれた講談社学芸図書出版部の藤田康雄さん、埋もれそうになった拙稿を作品にまで仕上げてくださった講談社セオリープロジェクトの鈴木章一部長には、言葉に表現するのは困難なほど、感謝している。

　こうしている間にも、情報機関員たちはエージェントを探して大都市を徘徊しているであろう。彼らの周辺に影のように付き添うのは秘匿追尾中のスパイハンターたちに違いない。彼らは大都市東京を舞台に頭脳戦を繰り広げることで、自国民の幸せを追求しようとしている。自らがパズルのワンピースにすぎないという事実を受け容れ、人々の喝采を期待することもない。誰にも知られることなく、自国の平和という理想の大作を完成するために、孤独で果てしなき闘いを続けるのである。

著者の最近の取材メモから——文庫版の読者の皆様へのあとがき

ヤセネヴォ

この冬、取材でモスクワに滞在する機会があった。氷点下二十度、身を刺すような酷寒に耐えながら、トゥヴェルスカヤ通りを歩き、一時間ほどクレムリン周辺を散策した。

気が滅入りそうになる暗灰の空から、メインストリートに目を転じると、西欧の一流ブランドの看板が林立し、スタイルのいい金髪の女性たちが器用に氷の上を闊歩している。雪道を走るのはロシア製の車ではなく、日本やドイツの高級車ばかりだ。プーチン首相が景気後退終了を宣言したとおり、街は活気であふれ、華やいだ雰囲気すら漂っていた。

モスクワ大学前の雀が丘から、凍りついたモスクワ川、雪をかぶったオリンピックスタジアム、その先に広がるモスクワの冬景色を眺めた。ここは挙式したばかりの新郎新婦が記念撮影に訪れる場所らしい。米国製の軍用自動車「ハマー」のストレッチリムジンが次々と到着し、純白のウエディングドレスに包まれた美しい新婦が、新郎のエスコートで降りてくる。そこにあるのは、豊かな資本主義国家の日常だった。

夕刻、車を飛ばして、モスクワ市中心部から放射状に伸びた幹線道路を南西に下った。大環状線の外回りに入ると、激しい渋滞に巻き込まれた。雪のハイウエイは、「ヤセネヴォ」と呼ばれる場所に差し掛かった。

凍てついた森林を重苦しい夕闇が包み込む。右手の丘の上、降りしきる雪の向こうに、微かに、あのビルが浮かんでいるのが確認できた。路側帯に車を寄せると、森の中に続く路地がある。雪上に幾筋ものタイヤの痕が続き、森に吸い込まれてゆく。

入り口には「進入厳禁地帯」と書かれた看板。これがロシア連邦のスパイたちが「センター」という隠語で呼ぶ司令塔、「ＳＶＲ（ロシア対外課報庁）」の本部庁舎である。

「ここから先に入ると、恐ろしいトラブルになる。あまり写真は撮るなよ」

初老のロシア人運転手、ミーシャが、薄気味悪そうに囁く。そして一分もしないうちに車を発進させてしまった。

実はこの前夜には、「GRU（ロシア連邦軍参謀本部情報総局）」にも行った。本書に登場するビクトル・ボガチョンコフが勤務する情報機関だ。

地下鉄七号線のポレジャイフスカヤ駅近くにあるGRU本部は、二〇〇六年に新築された近代ビル群だ。大統領時代のプーチンがヘリで屋上に降り立ち、射撃場で腕前を披露してみせたことが、ニュースになったこともある。

敷地の周囲には、アパートなどが立ち並び、通常のオフィスビルにも見えなくもないが、いつの間にか数台の監視カメラが、周囲をうろつく我々に向けられていた。このときもミーシャは慌てて車を発進させた。


夜のモスクワ中心部に戻る雪道は、方々でトレーラーがスタックし、大渋滞を作り出していた。暖かい車内で眠気をこらえながら、ミーシャと話をしていると、思わぬ話を聞くことができた。

いまは年金暮らしで、愛車ボルガのレストアを趣味にしているミーシャだが、東西冷戦時代には、在ロシア・アメリカ大使館の夜間運転手をしていたのだという。

「俺もKGBにはたくさんの書類にサインさせられたよ。大使館で働いていたアメリカのスパイが、ロシア人エージェントと会っているときにKGBにさらわれちゃったことがあった。そのときは、俺がKGBまで引き取りに行ったんだ。そのアメリカ人は、キックアウトされたけどね。PNGってヤツで、二度と戻って来なかったね」

訛りのきつい英語でこう話したミーシャは、時代を懐かしむように目を細めた。KGBに協力を誓約しながら、アメリカの外交官の運転手として働いていたこの老人こそ、冷戦下の諜報戦の末端に身を置いていたわけだ。

アメリカでFBI（連邦捜査局）によって身柄を拘束され、スパイ交換によってロシアに送還された「美人スパイ」こと、アンナ・チャップマンの話題になった。

「俺は嫌いだね。あれは本物のスパイなのかねえ。いつも人目を惹いて、目立とうとしているじゃないか。下品だと思わないかい？」

冷戦時代のKGBを知るミーシャは懐疑的だ。男性誌のグラビアを飾ったり、ショー番組の司会を務めたり、政治活動にも乗り出したりという、従来のイメージからはあまりにかけ離れたスパイ像を受け入れられないのだという。

スリーパー

私はホテルに戻り、パソコンのハードディスクに保存してある、ファイルを開いた。アンナ・チャップマンら十人のロシアスパイを訴追する際に、FBIが、ニューヨークの連邦地裁に提出した宣誓供述書だ。二通あわせて五十五ページのこの文書には、アメリカで諜報活動を行った「イリーガル（非公然ＳＶＲ機関員）」たちの最新の手法が、仔細に描かれている。

それによると、アンナ・チャップマンは、ヤセネヴォから送り出された正真正銘のＳＶＲ機関員だ。実名のまま、ニューヨークで不動産会社を経営しながら本格的な任務を待つ、「スリーパー（休眠諜報員）」だったようだ。

宣誓供述書には、二〇一〇年一月、チャップマンがハンドラーと見られるロシア国連代表部員との間でデータの受け渡しを行う様子が描かれている。

マンハッタン中心部、タイムズスクエアのコーヒーショップの窓際の席に、チャップマンが腰掛ける。およそ十分後、彼女を視察中だったＦＢＩ捜査官の前を、見慣れたミニバンが通過した。ハンドルを握るのは、ロシア国連代表部に出入りするのが確認されていた男だった。

そのとき、ＦＢＩの視察チームの探知機は、不審なワイヤレスネットワークの出現をキャッチする。アクセスポイントなしに端末のみで構成するアドホックネットワークと、二つのＭＡＣアドレス（ネットワーク機器に割り当てられた識別ＩＤ）だった。

新たなネットワークの構築が検出されたタイミングからして、二つのＭＡＣアドレスは、チャップマンとミニバンの国連代表部員が隠し持っている端末のものである疑いが強まった。二人は目をあわせることすらせず、獲得した情報の受け渡しを行っていたのである。

こうした非接触型のコンタクトは必ず水曜日に行われた。二〇一〇年三月にも、チャップマンは書店の中の喫茶コーナーで、ノートブックパソコンを開き、書店前の通りの反対側にいる例の男との間で、データの送受信を行っていた。彼女が電源を入れるとほぼ同時に、ＦＢＩの探知機は、新たなアドホックネットワークの存在を確認したという。

国連代表部の男はその後、ＦＢＩの視察チームの存在を察知し、行動を控えるようになったが、チャップマンは無警戒だった。

ＦＢＩニューヨーク支局防諜班は、思い切った行動を決断する。二〇一〇年六月、ＦＢＩのアンダーカバー（潜入捜査官）が、ロシアの領事館員を名乗って、チャップマンに電話をかけ、面会の約束を取り付けたのだ。

「君に渡したいものがある。至急の用件だ」

ＳＶＲが活動資金を渡すと思ったのであろう。チャップマンはロシア語を巧みに操るアンダーカバーの誘いに乗って、指定された場所にのこのことやってきたのである。

「調子はどうだ」

マンハッタンのダウンタウンにあるコーヒーショップ。SVR機関員を装ったアンダーカバーの質問に、チャップマンはこう答えた。

「『接続』を除けばすべてうまくいっているわ」

彼女はパソコンのトラブルで、データの送受信がうまくいっていないことを明かした。二人は他の客の関心を引かぬよう、ロシア語ではなく、英語で会話した。

「話をする前に、あなたのことをもっと知っておく必要があるわ」

「僕は君と同じ部署に所属している。ここでは領事館員として働いている。僕の名前はローマンだ」

アンダーカバーはチャップマンを油断させると、こういった。

「君のノートブックパソコンに問題があるのかい？　僕は技術者じゃないから、どうやって直せばいいか分からないんだが……。よかったら、領事館で専門家に見せようか。じゃなければ、君が自分でモスクワにもって帰るしかないけど……」

チャップマンは見事に罠に嵌り、データや通信記録がたっぷり入っているパソコンを、ＦＢＩ捜査官に渡してしまった。

会合の途中、チャップマンは何かを察知したのか、こんな発言をしている。

「あなたは誰にも見られていないという自信があるの？」

「僕がここに来るのにどれだけの時間をかけたと思うんだい？　三時間だぜ。だから安心していられるんだ」

アンダーカバーは、待ち合わせ場所に来るために、時間をかけて「点検」を行って、追尾者がいないことを確認したと強調した。そして最後にこういった。

「モスクワにいる同僚たちは、君がいい仕事をしていることを知っているさ。だから頑張るんだよ」

チャップマンはこうして、ＦＢＩの大胆な戦略に嵌って、パソコンを騙し取られるという、致命的な失敗をおかした。だが、チャップマンの逮捕は、ＦＢＩにとってオマケのようなものだった。彼らの真のターゲットは、彼女と同時に逮捕された八人の「イリーガル」だったからだ。

イリーガルネットワーク

「ＦＢＩのターゲットは、偽の名前や身分を使いながら、長期間のディープカバーの任務のためにアメリカに居住するＳＶＲ機関員だった。これらの秘密工作員はロシアとの接点、ＳＶＲの指令を受けて活動しているという事実を一切隠して活動する典型的なイリーガルだった」

宣誓供述書にはこう書かれている。

八人は初歩的な任務をこなしていたチャップマンとは違い、ヤセネヴォで秘密工作員としての厳しいトレーニングを受けたうえで、アメリカに送りこまれた、真正の「イリーガル」だった。中には二十年も、アメリカの一般市民を装って生活していた夫婦もいた。

ＦＢＩは暗号通信を解読して、イリーガルネットワークの摘発にこぎつけた。ＳＶＲ本部はイリーガルたちに、こんな指令を送って、鼓舞していたという。

「君たちは長期の工作活動のためにアメリカに派遣された。我々は君たちに教育を施した。銀行口座、車、家などを提供した。任務遂行というひとつの目標のために、これらを使うのだ。米国の政策決定にかかわる人物に食い込み、インテリジェンスレポートをセンター（ＳＶＲ本部）に送るのだ」

冷戦時代さながらの秘密指令は、イリーガルたちの箸の上げ下ろしまで、実に事細かに出されていた。ＦＢＩによる、秘密指令の解読は、ロシアスパイの極秘の手法を暴露することになった。

以下に、宣誓供述書に書かれた八人のイリーガルの手法を列挙する。

①ボストン、シアトル、ニュージャージーなどの都市部に、夫婦単位で居住し、互いに補佐しあいながら諜報活動を行う。

②実在しないアメリカ人の「偽造の出生証明書」を所持し、身分証明などに使用する。

③死亡したカナダ人の「真正の出生証明書」を使って「背乗り」し、アメリカに居住する。

④本部からの指令には、SVRが開発した暗号解読ソフトを使用する。誰でも接続可能なウエブサイトのごくありふれた画像に、暗号化された指令文が埋め込まれていて、イリーガルはソフトを使ってテキスト化する。

⑤短波ラジオに乗せたモールス信号によって指令受信。捜索では乱数表や短波ラジオ受信機も発見された。

⑥ロシア本国に一時帰国する際には、ロシア入国の痕跡を消すために、西欧の複数都市を鉄道などで経由する。経由地でSVRの連絡要員からアイルランド、イギ

リス等の外国人名義のパスポートを受け取り、モスクワ行きの飛行機に乗る。帰国時も同様の経路でアメリカに戻り、ロシア入国の痕跡を一切残さない。
⑦ロシア入国の際には、SVR本部がアエロフロートの便名を指定、入国審査時のカバーストーリーを指示する。「レジェンド」と呼ばれる虚偽の経歴を記憶し、「ビジネス会議に参加する」など虚偽の入国目的をあらかじめ用意する。
⑧イリーガルへの活動資金などを渡す必要性が生じた場合、サポート役の国連代表部員との間で、デッド・ドロップやフラッシュ・コンタクトを使って受け渡す。接触点はSVR本部との間で、暗号通信によって協議し、人気が少なく、監視カメラが設置されていない場所を選定する。
⑨見知らぬ者同士が秘密に接触する場合には、「合言葉」で相手を確認する。「すいません。去年の四月、バンコクでお会いしませんでしたか?」「四月は覚えていませんね。でも私は五月にはタイにいましたよ」など。
⑩イリーガルは国務省などアメリカ政府機関、政府との取引のある民間企業への就職を模索する。
⑪アメリカの大学の学位を取得し、同時に、学内でCIAなど情報機関への就職を希望している学生をリクルートする。

宣誓供述書には、彼らのターゲットになった人物の実名は記されていないが、「元政府安全保障担当高官」、「核兵器開発の戦略計画に携わる研究機関スタッフ」「ニューヨークの著名な投資家」などへの接近は明らかにされている。

またSVR本部からは、「戦略兵器削減条約」、「アフガニスタン」、「イランの核開発」などのオバマ政権の政策に関するインテリジェンスを集めよと指示が飛んでいた。「金市場の展望」に関するイリーガルのレポートを評価するやりとりもあった。諜報活動の対象は実に幅広いことが分かる。

さらに、工作対象の背景チェックから、接近のタイミングや方法まで、SVR本部が細やかに指導しており、工作活動が厳重な管理の下で、緻密に行われていたことが窺える。

本文にも書いたが、FBIがスパイ事件を捜査する際、裁判所が認めれば、秘密の捜索や、電話・メールなどの通信傍受、住居内へのカメラやマイクの設置などを行うことができる。留守中に自宅内に侵入、パソコンのハードディスクや書類をコピーし、監視カメラやマイクを壁などに埋め込み、塵ひとつ残さずに立ち去る。こうした捜査活動は二〇〇五年以降続けられ、収集された証拠は、イリーガルたちの本音までも暴いていた。

彼らは無期限の非公然任務を遂行しながら、常に尾行者がいないか、監視カメラが作動していないか怯え、極度の緊張状態を維持していた。「アメリカ政府中枢に食い込み、政策決定に関するインテリジェンスをセンター（SVR本部）に送って来い」という、理不尽な指令に怒りながらも、実現のために心を砕いていた。

SVR本部から「レポートに価値がない」と叱責された夫が、妻に悩みを打ちあける様子。住宅の所有名義をめぐるイリーガルとSVR本部の議論。仲間に報酬や仕事内容への不満をぶつけるやりとり。政府中枢に人脈を持つ人物に接近するよう、夫にアドバイスする妻……。

イリーガルたちは、SVRからのリクエストに応え、少しでも高い評価を得るために、涙ぐましい努力をしていた。これまで明らかにされたことがなかったイリーガルスパイたちの、あまりにも人間臭い実像までが、白日の下にさらされた。諜報機関とはアンタッチャブルな存在でなくてはならないはずのロシア政府にとって、かなりの痛手だったはずだ。

スパイ交換で帰国したチャップマンの芸能活動や政府の厚遇ぶりについて、ある情報筋はこんな解説をする。

「チャップマンの活動は、ロシア政府による巧妙なメディア戦略だ。核心への興味を削ぎ、諜報大国たるロシアの層の厚さを逆にアピールしているように見えるだろう」

確かに、世界のメディアは、チャップマンのグラビア写真からスキャンダルまで、その動向をつぶさに伝えた。

だが、チャップマンの露出は、ロシアにとって都合の悪い真実を覆い隠すという効果を生み出した。ＣＩＡ（中央情報局）が、ＳＶＲ大佐を「モグラ（組織深くに隠れたスパイ）」として養成し、イリーガルネットワークに関する情報を獲得していたという核心的事実は注目されなかった。イリーガル機関員たちの手法や、帰国後の消息といった核心情報は、チャップマンの派手な活動によって、見事に覆い隠され、スパイという職業へのヒロイズムだけが、人々の記憶に残されたのだ。

ＫＧＢ時代を知るミーシャからすれば、チャップマンの活動は、スパイとしての品位に欠けるのかもしれないが、これこそ、ロシアが諜報大国たるゆえんと見ることもできるというわけだ。

目に余る活動が、核心を隠蔽し、ヒロイズムが諜報機関の地位を押し上げる。我が身を危険にさらして、諜報活動を行うスパイたちの存在は、国家の存立に欠かせないものである、という畏敬の念がロシア人たちの中に醸成される。ロシアでは一時的に新しいタイプのスパイ像ができ上がっているが、諜報大国としての本質は何も変わっていないのである。

日本は諜報戦を闘えるのか

モスクワから帰国したあと、本書の取材に協力してくれた人物と、久しぶりに昼食をともにした。

X氏は相変わらず、尾行者の有無を確認する「点検」のために、一駅前で地下鉄を降りて、待ち合わせ場所にやってきた。目で合図すると、X氏はそのまま、私の十メートル先を歩いて、近くの喫茶店に入っていった。数年前と同じ作法で、店の一番奥、入り口を見渡せる席に陣取っていたX氏だったが、昇進にともなう人事異動によって、もはやスパイハンターではなかった。

私は旅の報告をするとともに、後日談を聞いた。X氏によると、「ボガチョンコフ事件」から、十一年が経過したいま、警視庁公安部外事一課第四係ウラ作業班には、苛烈な事件捜査を知るものは、ほとんど残っていないという。

本書に登場する矢島克己係長は、東京都下の警察署の警備課長に転出したあと、警視には昇進した。しかし、その後は、所轄の警備課長、警務課長というポストを転々とし、外事一課に復帰していないという。

公安部のエース、将来の四係長と評された吉田竜彦は、外事三課で国際テロ対策の係長となったが、世間を騒がせた「テロ捜査資料流出事件」に巻き込まれ、内部調査の対象になった。それどころか、流出した資料に記載された彼の実名がネット上に拡散するという不幸に見舞われた。

そのほかの多くのウラ作業班の捜査員が、所轄で勤務していたり、定年退職して民間企業の顧問に就任したりと、スパイハンティングの現場から外れていた。

元スパイハンターX氏の目には、かつての爛々とした火は灯っていなかった。

「古い職人タイプの捜査員がどんどん現場からいなくなっている。技術の継承などあったものではない。役人としてバランスの取れた人間を配置しているから、事故は起きないが、事件もできない。日本の防諜体制はますます弱体化しているよ。国力は経済力と比例するというが、インテリジェンス能力も必ずしも無関係とはいえないと思うんだ」

その任を外れた者が、現体制を批判するのは、どの組織でも見られることだが、カウンターエスピオナージの精鋭部隊までもが、骨抜きになっているという話を聞いて、私は愕然とした。

事実、外事第一課ウラ作業班は、内閣情報調査室職員のスパイ事件以降、三年余りの間、一件もスパイ事件を摘発していない。

「スパイ戦の時代は終わった。これが時代の変化というものだ」と、訳知り顔で語るものもいる。確かに、インテリジェンス活動は二〇〇一年の同時テロ以降、大きな思想の転換を求められた。エスピオナージ（諜報活動）とカウンターエスピオナージ（防諜活動）という、これまでの枠組みの中だけでは生存不可能になっている。

東西冷戦時代の情報機関は、「国家対国家」が対峙して、スパイ合戦を繰り広げる「バイ」の関係だった。しかし、テロリズムや核拡散という世界共通の敵と戦うために、各国の情報機関同士が手を握りあって情報交換しなければ、自国民を守ることができなくなった。つまり「国家連合対テロリスト」という「マルチ」の協調体制構築も求められるようになったのだ。

表では「情報外交」の名の下に手を握る。その裏では互いにスパイを送り込み、相手国の活動を暴く。現代の情報機関は、国益を守るために、国家間の協調と対立という背反する二面性を必要とされているというわけだ。

しかし、日本は協調関係の構築すらうまくいっていない。X氏は親しく付き合っていたＭＩ６（英国秘密情報部）の機関員から、こんな指摘を受けたという。

「日本はインテリジェンスの取引ができる相手ではない。秘密を守れるわけがない。インテリジェンス機関が存在しない限り、ギブアンドテイクの関係なんてできるわけがないだろう。内閣情報調査室は、ほとんどが警察からの出向者で、組織への忠誠心なんてないだろう。彼らが警察に戻ったら、我々が提供したインテリジェンスはどうなってしまうんだ？」

言葉を返せないでいると、ＭＩ６の男は「どうせずさんな管理で漏洩するか、消えてなくなるだけだろう」と言ったという。

「さすがにヤツはよく分かっていた。情報機関を名乗るからには、インテリジェンスの取り扱いについての厳格なルールがなきゃいけない。これがないと、他国との情報交換ができないだけでない。現場で活動する情報マンたちが、収集した情報を全部吐き出さなくなっちゃうんだ。組織を信用できなくなると、自分の財産である情報源を守るために、情報を自分で抱え込むようになる。その結果、日本のインテリジェンスレベルが低くなってしまう」

Ｘ氏がこう解説するように、内閣情報調査室や、外務省、公安調査庁、公安警察に所属する情報マンたちの能力が低いわけではない。かつて、日本軍の特務機関員たちが活躍したように、日本人のヒューミント能力は高いはずだ。私生活を犠牲にしてでも、工作対象を籠絡するために人間関係を構築し、作戦計画を緻密に遂行することは、日本人の得意とするところである。

それではなぜ、日本のインテリジェンス能力は低いのか。これは戦後日本の「国家の体」の問題である。いや、歴史が生み出した日本人の「思想」が原因だ。

この国は戦後、東西冷戦期ですらインテリジェンスの必要性に迫られることはなかった。同盟国アメリカに安全保障ばかりか、情報活動まで依存し続けてきたからだ。自前の軍隊を持たなくとも、奇跡的な経済成長が日本を「大国」と呼ばれる地位に押し上げた。経済力が外交力、政治力の欠如をも補完してきた。

しかし、いまは違う。政権交代によって日米同盟はぐらついた。国家財政が逼迫《ひっぱく》し、経済力の翳りが顕著となり、それにともなって日本の外交力は大きく低下した。総理大臣の交替を繰り返す政治的不安定や、少子高齢化による勤労人口減少は、国力をさらに低下させることになるだろう。震災復興や原発事故収束の遅れは、これに拍車をかける。

情報はギブ・アンド・テイクが基本だ。たとえ友好国との情報外交が円滑に行われても、一方的にもたらされるインテリジェンスには、提供国の思惑が介在する。自前の情報に基づいた検証能力を持たねば、「純度の低い情報」が政策決定のプロセスの中に混入することにつながる。これでは国際社会の中での日本の地位は低下する一方だ。

「こんな情勢だからこそ、情報を武器にしないと駄目だ。国際インテリジェンス機能を強化するために、既存の組織の再構築を図るべきだ。情報を集める手足から、情報を集約分析して国益につなげる頭脳まで、国のトップにつながる組織を作るのは、金を使わなくてもできるはずだ。統合された組織を作ったら、まずは情報蓄積と保秘の厳格なシステムを整える。次に世界共通のインテリジェンスの作法を身につけた情報マンを育てる。そして、彼らには国際舞台での情報活動をするための、強い権限を与える。対象国の法律を侵害してでも活動する情報マンをバックアップする覚悟も必要だ」

X氏は、喫茶店の片隅のテーブルで、二時間以上、熱弁をふるった。私はインテリジェンス活動の末端に身を置いた男の悲鳴を黙って聞くしかなかった。

戦後体制から脱却し、独立した主権国家として、世界水準のインテリジェンス機能を確立することこそが、日本に求められていることだ。だが、いままで窓のない小部屋に隠れていた日本が、吹き荒れる暴風雨の中に身を投じるには、国家としての覚悟と決断が必要だろう。

X氏は冷えたコーヒーをぐいっと飲み干すと、「ごめんな。俺がこんなこと言っても仕方ないよな……。明日は宿直勤務なんだ」と生真面目そうな顔を作って、腰を上げた。一緒に立とうとした私を制すると、「悪いが十分後に店を出てくれ」と言い残して、喫茶店を出て行った。かつて、その存在すら秘してロシアスパイを追った男は、当時の作法のまま、雑踏へと消えた。

参考文献

『ソ連ＫＧＢの対日謀略――米国下院特別情報委員会レフチェンコ証言の全貌』加瀬英明（監修）／宮崎正弘（訳）　一九八三年（山手書房）

『レフチェンコは証言する』週刊文春編集部編　一九八三年（文藝春秋）

『ＫＧＢの見た日本――レフチェンコ回想録』スタニスラフ・Ａ・レフチェンコ　一九八四年（日本リーダーズ　ダイジェスト社）

『ＧＲＵ――ソ連軍情報本部の内幕』ビクトル・スヴォーロフ　一九八五年（講談社）

『スパイキャッチャー』ピーター・ライト、ポール・グリーングラス　一九八七年（朝日新聞社）

『戦後のスパイ事件』諜報事件研究会　一九九〇年（東京法令出版）

『日本を愛したスパイ――ＫＧＢ特派員の東京奮戦記』コンスタンチン・プレオブラジェンスキー　一九九四年（時事通信社）

『ＦＢＩスパイハンター』ピーター・マース　一九九五年（徳間書店）

『月刊おりがみ』二〇〇〇年三月号（日本折紙協会）

『スパイはなんでも知っている』春名幹男　二〇〇一年（新潮社）

『アメリカを売ったＦＢＩ捜査官』デイヴィッド・Ａ・ヴァイス　二〇〇三年（早川書房）
『ＣＩＡ　失敗の研究』落合浩太郎　二〇〇五年（文春新書）
『「情報」と国家戦略』太田文雄　二〇〇五年（芙蓉書房出版）
『赤い諜報員』太田尚樹　二〇〇七年（講談社）
『インテリジェンスと国際情勢分析』太田文雄　二〇〇七年（芙蓉書房出版）
『スパイの世界史』海野弘　二〇〇七年（文春文庫）
『世界のインテリジェンス』中西輝政（まえがき）／小谷賢（編著）　二〇〇七年（ＰＨＰ研究所）
『戦後の外事事件』外事事件研究会　二〇〇七年（東京法令出版）
『諜報機関に騙されるな！』野田敬生　二〇〇七年（ちくま新書）
『日本の情報機関』黒井文太郎　二〇〇七年（講談社）
『心理諜報戦』野田敬生　二〇〇八年（ちくま新書）
「対外諜報について考える〜ロシア対外諜報庁を材料に」猪股浩司　二〇〇八年二月（日本国際問題研究所）
『警察学論集』警察大学校編　各号（立花書房）

『月刊・治安フォーラム』各号（立花書房）

「毎日新聞」「読売新聞」「朝日新聞」「産経新聞」「東京新聞」など、国内新聞各紙

「The New York Times」「The Washington Post」「Los Angeles Times」など、米新聞各紙

『Inside Soviet Military Intelligence』Victor Suvorov　1984

『On The Wrong Side/ My Life In The KGB』Stanislav Levchenko　1988

『The Sword And The Shield/ The Mitrokhin Archive And The Secret History Of The KGB』Christopher Andrew & Vasili Mitrokhin　1999

『Inside Russia's SVR/ The Foreign Intelligence Service』Stella Suib　2002

『Denial And Deceptions/ An Insider's View of The CIA From Iran-Contra to 9/11』Melissa Boyle Mahle　2004

『The World Was Going Our Way/ The KGB And The Battle For The Third World』Christopher Andrew & Vasili Mitrokhin　2005

『Comrade J/ The Untold Secrets of Russia's Master Spy in America After the End of the Cold War』Pete Earley　2008

解説

香山《かやま》　二三郎《ふみろう》

今を流行《はや》りの警察ものといえば、まず東京警視庁。

東京都の治安を預かる警視庁は四万数千人の警察官を擁《よう》する大組織だが、フィクションの世界に登場するのは主に刑事部捜査課の面々である。捜査課は扱う犯罪の種類によって三つの課に分けられており、中でも殺人、強盗、傷害、放火等の〝強行犯〟や誘拐、ハイジャック、爆破事件等の〝特殊犯〟の捜査に当たる捜査第一課は花形といっていい。

警察ものといっても、その多くはこの警視庁刑事部捜査第一課もの。これに生活安全部や組織犯罪対策部、あるいは各所轄署《しょかつしょ》を舞台にした話を加えると、警察ものの九割以上を占めるのではないだろうか。

もっとも近年の警察もの人気とともに、これまであまり描かれてこなかった部署の話も描かれるようになってきた。その最たる例が公安部ものである。

公安部というのは、スパイや思想犯、宗教絡みの組織犯罪、テロ事件等の特殊な犯罪を捜査対象とする部署で、日本の警察では警視庁だけが独立した公安部を持ち、都内だけでなく国家公安の実務も行う（道府県警では警備部の中に公安課や外事課が設置される）。その活動は犯罪捜査というより、スパイや反体制活動家を監視する防諜活動、秘密警察的なものになり、それゆえ、その内情が明るみに出ることは滅多になく、フィクションでも扱われることはほとんどなかった。

小説ジャンルでそれが変わるきっかけになったのは、『裏切《うらぎ》りの日日《ひび》』（集英社文庫）に始まる逢坂剛《おおさかごう》の公安シリーズから。このシリーズは単に主人公が警視庁公安部の捜査官というだけでなく、その秘密めいた活動や謀略をめぐらす体質にまで踏み込んでいる。ただどこまで実情を取り込んでいるかという点になると、想像に頼るところがまだかなりあったようだ。ただそれは作家の手法にも関わること、小説では必ずしもすべてが現実に即《そく》していなくても構わないわけだ。逢坂いわく、「私は警察の現実をそのまま書こうとしているのではなくて、私の中にある警察のイメージを書いています。要するに日本の管理化された社会の縮図としての警察組織なんです。『警察』という組織の中に日本の全体の構図を組み込んで代表させていると言ってもいいのかな。私の警察小説は、現実の部署ばかりではなく、実在しない部署や役職もある。捜査の手順とかも必ずしも現実には即していないと思う。読者には、その小説に書かれている警察が本当らしく書かれていればそれでいいわけです」（「有鄰《ゆうりん》」第502号　二〇〇九年九月一〇日）

むろん公安警察の資料がたやすく手に入れば問題はない。公安シリーズが始まった一九八〇年代にはまだそれは叶わなかったが、各方面で情報開示が進む昨今、長らく鎖《とざ》されていた扉も徐々に開き始めたのである。

いささか前置きが長くなったが、本書は公安警察ものに興味がある人、その手の小説に手を染めたいと考える作家にはまさに恰好《かっこう》の資料になり得るドキュメンタリーだろう。

『秘匿捜査——警視庁公安部スパイハンターの真実』は『ドキュメント秘匿捜査——警視庁公安部スパイハンターの344日』というタイトルで二〇〇九年一月、講談社から刊行された。その中身は、「ロシア情報機関員にハメられ、搦《から》めとられた自衛隊のエリート。追尾から逮捕まで、一年間追い続けた『捜査の全貌』を明らかにする」という帯の惹句《じゃっく》に要約されているように、一九九九年から二〇〇〇年にかけて東京で起きた日露のスパイ事件の顚末《てんまつ》を描いたものである。日露間の諜報戦は東京とその周辺を舞台に新世紀に入っても頻繁に繰り広げられているが、著者はその攻防のあらましを記したのち、本篇のストーリーを立ち上げる。

　きっかけは麻布署交通課の女性巡査が九月末の夜、六本木の路上で狸穴《まみあな》ナンバー――在日ロシア連邦大使館の外交官車両を見つけたことだった。それは程なく警視庁公安部の対ロシア防諜担当である外事第一課の第四係長に伝えられる。現場に向かった「オモテ」の捜査官は「対象」が高級鮨《すし》店でひとりの日本人と食事しているのを目撃。やがて対象は在日ロシア連邦大使館の駐在武官――実はGRU（ロシア連邦軍参謀本部情報総局）の機関員ビクトル・ユリエビッチ・ボガチョンコフであることが判明、相手の日本人も海上自衛隊三等海佐・森島祐一《もりしまゆういち》（仮名）であることがわかる。犬猿の仲である警視庁公安部と神奈川県警の警備部が手を組むという異例の共同捜査の結果、ボガチョンコフと森島の関係が次第に明らかになっていく。

　ボガチョンコフが森島を取り込んでいく過程はまさにスパイ小説も真っ青。森島は防衛大学出のエリートでしかもロシア関連のエキスパートだった。ロシアへの情熱がかえって仇《あだ》になった形だが、かてて加えて彼は重病の息子を抱えており、それが原因で家庭生活も大きく揺らいでいた。そこをボガチョンコフに付け込まれたのである。捜査に個人の感情を介入させるのは禁物というクールな公安捜査官も森島家の悲劇には同情を禁じ得なかったようだが、ロシアスパイの運命も含め、フィクション顔負けのドラマチックな展開が本書の最大の読みどころであるのはいうまでもない。

著者はそうしたストーリーを追ういっぽう、スパイハンターの素顔や内外の諜報機関の歴史や実態を随所で詳《つまび》らかにしてみせる。旧ソ連時代の秘密警察KGBはソ連の崩壊とともに解体されたが、GRUは情報機関再編の波に呑まれず原形を保つことが出来た等。警視庁公安部の内幕も活写されており、それはたとえば「廊下を歩く男たちは、警察官然とした立ち居振る舞いはせず、大声で会話するようなこともない。さしたる特徴もなく、音もなく早足で用を済ませ、扉の向こうに消えていく」といった描写に如実《にょじつ》に表れていよう。「彼らのことを『ハムの連中』と呼ぶ刑事部の刑事たちに言わせれば、公安捜査員は『真実を語らず、人を疑い、隠し事ばかり』の得体の知れない不気味な集団となる」が、本書を読めば彼らがそんな冷血漢ばかりでは決してないこともおわかりになるはずだ。それにしても、対ロシア防諜担当の外事第一課第四係がさらにオモテの作業班とウラの作業班に分かれ、非公然部隊であるウラはさらにコードネームで呼ばれる三つのチームに分かれるといった細《さい》にわたる解説には目を見張るばかりだ。

リヒャルト・ゾルゲといえば、第二次世界大戦前に暗躍し、「日本のスパイ摘発史《てきはつ》に昂然《こうぜん》と名を刻む」旧ソ連のスパイだが、ドイツを降伏させた勝利の記念日になると日本に駐在するGRU機関員たちが皆で彼の眠る多磨霊園に訪れるとか、公安部はボガチョンコフ事件と並行して別の大物スパイ相手の追尾も進んでいたけど大物政治家からの圧力で潰されてしまったとか（鈴木《すずき》宗男《むねお》説）、こぼれ話にも事欠かない。

日露間の諜報事件は今に始まったことではないが、敵方のみならず、自国の政治家や官僚を相手にも闘わなくてはならないとは、スパイハンターも楽じゃない。「日本のスパイハンターは、国際インテリジェンスという概念に乏しい国家を基盤として闘わねばならないという大きなハンディキャップを背負っている」が、「磨きに磨かれた技術は世界のどんなカウンターエスピオナージ機関をも凌駕《りょうが》し、諜報大国ロシアの機関員を恐れさせる存在となっている。他国から学び、それを上回る競争力を身につけてしまったのは、世界一といわれる日本の技術力と似ている」という本書あとがきの一節は示唆《しさ》に富んでいよう。

ところで、著者が何故ボガチョンコフ事件を取り上げたのかといえば、前出のリヒャルト・ゾルゲの時代から長きにわたる日露の諜報戦の歴史がまずあって、その現状をもっともドラマチックな形で伝えるのがこの事件だったからに他なるまい。さらには、キャリア官僚の思惑や政治家の横槍でハンティングを潰されてしまうこともないではなく、ボガチョンコフ事件においてもそういう危機はあった。当然ながら、現場からは「この国の指導者たち」のインテリジェンスの欠如が「国家としての判断能力を喪失させている」という批判の声が上がるが、その点においてもこの事件は象徴的だったといえよう。本書には初刊本にはなかった「著者の最近の取材メモから――文庫版の読者の皆様へのあとがき」が付されているが、そこでも「戦後体制から脱却し、独立した主権国家としてのインテリジェンス機能を確立することこそが、日本に求められていることだ」と重ねて訴えられている。東日本大震災による福島第一原発事故の杜撰《ずさん》な処理が国際問題になっている今、インテリジェンスの欠如はさらに切実な問題となっていよう。

最後に本書の叙述スタイルについて。冒頭「文庫版の読者の皆様へ」で著者は「これから描くのは、綿密な取材に基づいた真実である。私がこの眼で見たものと、百人近くの証言を再構築したノンフィクションだ」と断っているが、こうした手法はかつて〝ニュージャーナリズム〟と呼ばれた。ジャーナリズムの世界では客観性が重視されるが、ニュージャーナリズムはあえて取材対象に積極的に関わり、小説的な手法で事実を再現するスタイルを取った。ノーマン・メイラー『夜の軍隊』やハンター・S・トンプソン『ラスベガスをやっつけろ!』、ゲイ・タリーズ『汝の父を敬え』、トム・ウルフ、『ザ・ライト・スタッフ』等、一九六〇年代から七〇年代にかけて多くの名作が生まれ、日本でも世界戦に挑むボクサーに取材した『一瞬の夏』（新潮文庫）等で独自の「私ノンフィクション」を切り開いた沢木《さわき》耕太郎《こうたろう》がこの流れを汲む作家として注目を集めたが、今また新たな世代からこの手法に挑む書き手が現れたことにも、ぜひご注目いただきたい。

本書は二〇〇九年一月に小社より『ドキュメント秘匿捜査——警視庁公安部スパイハンターの３４４日』として刊行された単行本を改題したものです。

|著者| 竹内 明　1969年生まれ。神奈川県茅ヶ崎市出身。1991年慶應義塾大学法学部法律学科卒業。TBS入社。報道局社会部記者として検察庁、裁判所、警察庁、警視庁などを担当。2002年よりニューヨーク特派員。ハーレムのストリートギャング、イスラム社会を長期取材。米同時多発テロ直後の情報機関・連邦捜査機関を取材した。2006年に帰国後は夕方ニュースの編集長、社会部・外信部のデスク、キャスターなどを務めた。現在は政治部外交担当。他の著作に『時効捜査――警察庁長官狙撃事件の深層』（講談社）がある。

秘匿捜査《ひとくそうさ》　警視庁公安部《けいしちょうこうあんぶ》スパイハンターの真実《しんじつ》

竹内《たけうち》 明《めい》

講談社文庫

定価はカバーに
表示してあります

2011年8月12日第1刷発行

発行者――鈴木　哲
発行所――株式会社　講談社
東京都文京区音羽2-12-21　〒112-8001
電話　出版部（03）5395-3510
　　　販売部（03）5395-5817
　　　業務部（03）5395-3615

Printed in Japan

デザイン―菊地信義
本文データ制作―講談社デジタル製作部
印刷―――大日本印刷株式会社
製本―――株式会社大進堂

ISBN978-4-06-277003-3

講談社文庫刊行の辞

二十一世紀の到来を目睫に望みながら、われわれはいま、人類史上かつて例を見ない巨大な転換期をむかえようとしている。

世界も、日本も、激動の予兆に対する期待とおののきを内に蔵して、未知の時代に歩み入ろうとしている。このときにあたり、創業の人野間清治の「ナショナル・エデュケイター」への志を現代に甦らせようと意図して、われわれはここに古今の文芸作品はいうまでもなく、ひろく人文・社会・自然の諸科学から東西の名著を網羅する、新しい綜合文庫の発刊を決意した。

激動の転換期はまた断絶の時代である。われわれは戦後二十五年間の出版文化のありかたへの深い反省をこめて、この断絶の時代にあえて人間的な持続を求めようとする。いたずらに浮薄な商業主義のあだ花を追い求めることなく、長期にわたって良書に生命をあたえようとつとめるところにしか、今後の出版文化の真の繁栄はあり得ないと信じるからである。

同時にわれわれはこの綜合文庫の刊行を通じて、人文・社会・自然の諸科学が、結局人間の学にほかならないことを立証しようと願っている。かつて知識とは、「汝自身を知る」ことにつきていた。現代社会の瑣末な情報の氾濫のなかから、力強い知識の源泉を掘り起し、技術文明のただなかに、生きた人間の姿を復活させること。それこそわれわれの切なる希求である。

われわれは権威に盲従せず、俗流に媚びることなく、渾然一体となって日本の「草の根」をかたちづくる若く新しい世代の人々に、心をこめてこの新しい綜合文庫をおくり届けたい。それは知識の泉であるとともに感受性のふるさとであり、もっとも有機的に組織され、社会に開かれた万人のための大学をめざしている。大方の支援と協力を衷心より切望してやまない。

一九七一年七月

野間省一

講談社文庫 最新刊

恩田陸
きのうの世界(上)(下)
送別会から姿を消した一人の男。一年後の寒い朝、彼は死体となって現れた。犯人は誰？

翔田寛
誘拐児
昭和21年、戻らなかった誘拐児。15年後再び事件が動き出す。第54回江戸川乱歩賞受賞作。

高田崇史
QED 諏訪の神霊
長野・諏訪大社に千二百年続く奇祭「御柱祭」「御頭祭」の意味と、連続殺人事件の謎を解く。

早見俊
双子同心 捕物競い
瓜二つの双子だが性格は真逆。左京と右近二人が競い合い悪を追う書下ろし新シリーズ！

佐藤さとる
〈コロボックル物語④〉
ふしぎな目をした男の子
コロボックルと人間の〝トモダチ〟が、汚れた池に奇跡を招く？ 250万部の名作第4弾

太田尚樹
満州裏史
〈甘粕正彦と岸信介が背負ったもの〉
鬼憲兵と昭和の妖怪——二つの人生は満州で交錯した。知られざるもう一つの昭和史。

篠田真由美
失楽の街
〈建築探偵桜井京介の事件簿〉
巨大都市・東京に仕掛けられた謎に桜井京介が立ち向かう。建築探偵シリーズ第二部完結。

化野燐
人外鏡
〈人工憑霊蠱猫〉
小夜子であるはずの〝私〟は〝あの女〟だという。私は一体何者!? シリーズ最大の謎の迷宮。

二階堂黎人
千澤のり子
ルームシェア
〈私立探偵・桐山真紀子〉
部屋の壁一面に呪詛の言葉を書き殴って消えたルームメイト。謎の失踪に隠された真相！

真梨幸子
深く深く、砂に埋めて
美貌の女優の恋人が、殺人と詐欺の容疑で逮捕された。女の愛と破滅を描く長編ロマンス。

ダニエル・スアレース
上野元美 訳
デーモン(上)(下)
天才博士が遺したシステムが社会を崩壊させる。かつてないノンストップエンタメ誕生！

ヤンソン
小野寺百合子 訳
新装版 **ムーミンパパ海へいく**
毎日が平和すぎて物足りないムーミンパパは一家を連れて海を渡り、島暮らしを始める。

講談社文芸文庫

講談社文芸文庫 編
第三の新人名作選
昭和二〇年代後半に文壇に登場してきた新人作家たちは「第三の新人」と呼ばれ、後に文壇の中心的存在となっていく。彼らの芥川賞受賞作他代表作を十人十作品精選。
解説=富岡幸一郎
こJ24
978-4-06-290131-4

和田芳恵
順番が来るまで
長い不遇に堪えた最晩年、「接木の台」「暗い流れ」で文学史に名を刻んだ和田芳恵。死の順番を待つ明澄な心境で綴る故郷北海道の思い出、懐旧の作家達など五二篇。
解説=大村彦次郎　年譜=保昌正夫
わB6
978-4-06-290132-1

小林秀雄
小林秀雄全文芸時評集 下
昭和九年の後半から、文芸時評より身を退く昭和十六年までを収録。太平洋戦争へと向かう時代の批評は、その後の小林秀雄を予感させる若き「文芸時評」である。
解説=山城むつみ　年譜=吉田凞生
こB4
978-4-06-290130-7

講談社文庫　目録

有栖川有栖　スウェーデン館の謎
有栖川有栖　ブラジル蝶の謎
有栖川有栖　英国庭園の謎
有栖川有栖　ペルシャ猫の謎
有栖川有栖　幻想運河
有栖川有栖　幽霊刑事《デカ》
有栖川有栖　マレー鉄道の謎
有栖川有栖　スイス時計の謎
有栖川有栖　モロッコ水晶の謎
有栖川有栖　新装版 マジックミラー
有栖川有栖　新装版 46番目の密室
有栖川有栖 篠田真由美 二階堂黎人 法月綸太郎　「Y」の悲劇
有栖川有栖／恩田陸 加納朋子／貫井徳郎 法月綸太郎　「ABC」殺人事件
明石散人 佐々木幹雄　東洲斎写楽はもういない
明石散人　二人の天魔王〈信長〉の真実
明石散人　龍安寺石庭の謎〈スペース・ガーデン〉
明石散人　ジェームス・ディーンの向こうに日本が視える
明石散人　謎ジパング〈誰も知らない日本史〉
明石散人　アカシック ファイル〈日本の「謎」を解く!〉

明石散人　真説 謎解き日本史
明石散人　視えずの魚《うお》
明石散人　鳥玄坊〈根源の謎〉
明石散人　鳥玄坊〈時間の裏側〉
明石散人　鳥玄坊〈ゼロから零へ〉
明石散人　大老猫《だいろうびょう》の外交術〈鄧小平秘録〉
明石散人　日本国大崩壊〈アカシックファイル〉
明石散人　七つの金印〈日本史アンダーワールド〉
明石散人　日本語千里眼
姉小路祐　刑事《デカ》長《チョウ》
姉小路祐　刑事長《デカチョウ》四の告発
姉小路祐　東京地検特捜部
姉小路祐　仮面官僚〈東京地検特捜部〉
姉小路祐　汚職捜査〈警視庁サンズイ別動班〉
姉小路祐　合併裏頭取〈警視庁サンズイ別動班〉
姉小路祐　首相官邸占拠399分
姉小路祐　化野《あだしの》学園の犯罪〈教育実習生 西郷大介の事件日誌〉
姉小路祐　法廷戦術
姉小路祐　司法改革

姉小路祐　「本能寺」の真相
姉小路祐　京都七不思議の真実
姉小路祐　密命副検事
秋元康　伝染歌
浅田次郎　日輪の遺産
浅田次郎　勇気凜凜ルリの色
浅田次郎　勇気凜凜ルリの色 四十肩と恋愛
浅田次郎　地下鉄《メトロ》に乗って
浅田次郎　霞町物語
浅田次郎　勇気凜凜ルリの色 福音について
浅田次郎　勇気凜凜ルリの色 満天の星
浅田次郎　ひとは情熱がなければ生きていけない〈勇気凜凜ルリの色〉
浅田次郎　シェエラザード(上)(下)
浅田次郎　歩兵の本領
浅田次郎　蒼穹の昴 全4巻
浅田次郎　珍妃の井戸
浅田次郎　中原の虹(一)(二)
浅田次郎　中原の虹(三)(四)
浅田次郎 原作 ながやす巧 漫画　鉄道員《ぽっぽや》／ラブ・レター

青木　玉　小石川の家
青木　玉　帰りたかった家
青木　玉　上り坂下り坂
青木　玉　底のない袋
青木　玉　記憶の中の幸田一族〈青木玉対談集〉
芦辺　拓　時の誘拐
芦辺　拓　怪人対名探偵
芦辺　拓　時の密室
芦辺　拓　探偵宣言〈森江春策の事件簿〉
浅川博忠　小説角栄学校
浅川博忠　小説池田学校
浅川博忠　「新党」盛衰記〈新自由クラブから国民新党まで〉
浅川博忠　自民党幹事長〈二百億のカネ、八百のポストを握る男〉
浅川博忠　小泉純一郎とは何者だったのか
浅川博忠　政権交代狂騒曲
荒　和雄　預金封鎖
阿部和重　アメリカの夜
阿部和重　グランド・フィナーレ
阿部和重　ABC〈阿部和重初期作品集〉

阿部和重　ミステリアスセッティング
阿川佐和子　あんな作家こんな作家どんな作家
阿川佐和子　恋する音楽小説
阿川佐和子　いい歳旅立ち
阿川佐和子　屋上のあるアパート
阿川佐和子　マチルデの肖像〈恋する音楽小説2〉
麻生　幾　加筆完全版　宣戦布告(上)(下)
青木奈緒　うさぎの聞き耳
青木奈緒　動くとき、動くもの
赤坂真理　ヴァイブレータ
赤坂真理　コーリング
赤坂真理　ミューズ
赤尾邦和　イラク高校生からのメッセージ
浅暮三文　ダブ(エ)ストン街道
安野モヨコ　美人画報
安野モヨコ　美人画報ハイパー
安野モヨコ　美人画報ワンダー
梓澤　要　遊部(上)(下)
雨宮処凛　暴力恋愛

雨宮処凛　ともだち刑
雨宮処凛　バンギャル アゴーゴー1・2・3
有村英明　届かなかった贈り物〈心臓移植を待ちつづけた87日間〉
有吉玉青　キャベツの新生活
有吉玉青　車掌さんの恋
有吉玉青　恋するフェルメール〈37作品への旅〉
有吉玉青　風の牧場
甘糟りり子　みちたりた痛み
甘糟りり子　長い失恋
赤井三尋　翳《かげ》りゆく夏
赤井三尋　花曇り
あさのあつこ　NO.6〔ナンバーシックス〕#1
あさのあつこ　NO.6〔ナンバーシックス〕#2
あさのあつこ　NO.6〔ナンバーシックス〕#3
あさのあつこ　NO.6〔ナンバーシックス〕#4
あさのあつこ　NO.6〔ナンバーシックス〕#5
あさのあつこ　NO.6〔ナンバーシックス〕#6
赤城　毅　虹のつばさ
赤城　毅　麝《じゃ》香《こう》姫《ひめ》の恋文

講談社文庫　目録

講談社文庫　目録

石黒　耀　死都日本
石黒　耀　震災列島
石黒　耀　富士覚醒
石井睦美　レモン・ドロップス
石井睦美　白い月黄色い月
犬飼六岐　筋違い半介
犬飼六岐　吉岡清三郎貸腕帳
石川大我　ボクの彼氏はどこにいる？
石松宏章　マジでガチなボランティア
池澤夏樹　虹の彼方に
伊藤比呂美　とげ抜き〈新巣鴨地蔵縁起〉
伊東　潤　戦国無常　首獲り
内田康夫　死者の木霊《こだま》
内田康夫　シーラカンス殺人事件
内田康夫　パソコン探偵の名推理
内田康夫　「横山大観」殺人事件
内田康夫　漂泊の楽人
内田康夫　江田島殺人事件
内田康夫　琵琶湖周航殺人歌

内田康夫　夏泊殺人岬
内田康夫　平城山《ならやま》を越えた女
内田康夫　「信濃の国」殺人事件
内田康夫　鐘
内田康夫　風葬の城
内田康夫　透明な遺書
内田康夫　鞆《とも》の浦《うら》殺人事件
内田康夫　箱庭
内田康夫　終幕《フィナーレ》のない殺人
内田康夫　御堂筋殺人事件
内田康夫　記憶の中の殺人
内田康夫　北国街道殺人事件
内田康夫　蜃気楼
内田康夫　「紅藍《くれない》の女《ひと》」殺人事件
内田康夫　「紫《むらさき》の女《ひと》」殺人事件
内田康夫　藍色回廊殺人事件
内田康夫　明日香の皇子
内田康夫　伊香保殺人事件
内田康夫　不知火《しらぬい》海《かい》

内田康夫　華の下にて
内田康夫　博多殺人事件
内田康夫　中央構造帯(上)(下)
内田康夫　黄金の石橋
内田康夫　金沢殺人事件
内田康夫　朝日殺人事件
内田康夫　湯布院殺人事件
内田康夫　釧路湿原殺人事件
内田康夫　貴賓室の怪人〈「飛鳥」編〉
内田康夫　イタリア幻想曲　貴賓室の怪人2
歌野晶午　正月十一日、鏡殺し
歌野晶午　死体を買う男
歌野晶午　安達ヶ原の鬼密室
歌野晶午　新装版　長い家の殺人
歌野晶午　新装版　白い家の殺人
歌野晶午　新装版　動く家の殺人
歌野晶午　密室殺人ゲーム王手飛車取り
歌野晶午　新装版　ROMMY　越境者の夢
歌野晶午　増補版　放浪探偵と七つの殺人

2011年6月15日現在